Troubled Hearts :

Tome 3 :
Le droit au bonheur

Marie Anjoy

TROUBLED HEARTS

Tome 3 :

LE DROIT AU BONHEUR

Marie Anjoy

So ROMANCE

www.soromance.com

À vous, lecteurs

Parfois, tu as seulement besoin de respirer,
de faire confiance à la vie
et de lâcher prise.

- Auteur anonyme

Avertissement sur le contenu

Ce roman est une œuvre de fiction. Si certains lieux sont réels, les situations et les personnages décrits proviennent uniquement de l'imagination de l'auteure. Par conséquent, toute ressemblance avec des personnes et des faits existants, ou ayant existé, serait purement fortuite.

Ce livre contient quelques scènes susceptibles de heurter la sensibilité des plus jeunes et des personnes non averties. Il ne convient donc pas aux mineurs. L'auteure décline toute responsabilité dans le cas où ce récit serait lu par un public non adapté.

Bonne lecture !

- Marie Anjoy

Prologue
Clémence

J'arpente la pièce depuis un quart d'heure, toujours en sous-vêtements, quand la porte s'ouvre sur Suzie et Meg. Je les ignore et continue ma déambulation en marmonnant dans ma barbe.

— Clémence, qu'est-ce que tu fais ? s'enquiert Meg.

— Ça ne se voit pas ? Je réfléchis.

— Euh, OK, mais…

— Mais quoi ? m'emporté-je en la toisant.

Suzie me dévisage sans émettre le moindre commentaire, elle ne me connaît que trop bien et sait qu'il vaut mieux ne pas me pousser dans mes retranchements. Elle se contente de s'asseoir sur le lit, près de la robe que j'ai prévu de porter pour la cérémonie à laquelle nous sommes censées nous rendre. La femme de mon ex arbore une tenue mettant en valeur sa splendide silhouette à faire baver d'envie les jeunes filles rêvant de mannequinat. À trente-six ans et malgré ses grossesses, elle peut encore aujourd'hui, sans gêne, exposer son corps de déesse dans des robes cintrées qui dessinent les courbes subtiles de son anatomie. Suzie possède une classe folle et un port de tête aristocratique qui lui donnent un air guindé et froid de prime abord, mais qui est loin de l'être. Elle est même tout l'opposé de ce qu'elle laisse paraître lors d'une première rencontre.

— Tu es d'une élégance folle, comme toujours. Tu vas faire de l'ombre à la reine de la fête, ne puis-je m'empêcher de lui dire.

Elle me fixe, petit sourire narquois aux lèvres.

— Tu crois qu'elle va s'en offusquer ? réplique-t-elle.

Je hausse les épaules et m'installe sur le tabouret face au miroir de ma coiffeuse.

— Va savoir !

— Elle ne devrait pas. Après tout, n'a-t-elle pas choisi nos tenues ? glousse Meg, tout aussi chic dans son vêtement aux reflets moirés qui rehaussent l'éclat de ses yeux verts.

À travers la glace, je contemple le mien que Meg tient à bout de bras et que je ne me résigne pas à enfiler.

Incapable de tenir en place, je me lève, soupire et me poste devant la fenêtre qui offre un panorama magnifique sur des vignes à perte de vue. Habituellement, ce décor m'enchante et m'apaise. Cette demeure est une petite merveille, un havre de paix perdu au milieu de nulle part dans ce Médoc que l'on apprend vite à aimer, loin des villes bruyantes. Un espace de vie dans lequel les enfants s'épanouissent. Je les aperçois sagement installés sur les chaises de jardin, sous la surveillance attentive de leurs pères respectifs. Les faire tenir en place est une gageure. D'ailleurs, Julian, deux ans, court vers les vignes de sa démarche incertaine. Eva gigote sur son siège. Nina, sa cousine Emma sur les genoux, lui chantonne probablement une comptine, tandis que Robert, suivi d'Enzo, se précipite à la poursuite de son bambin fuyard. Nick, quant à lui, agenouillé aux pieds de sa deuxième fille, rajuste ses sandales. Un homme dans un costume gris anthracite vient les rejoindre. Mon cœur se serre à sa vue. Bon sang de bonsoir, qu'il est beau !

— Bon, alors, on fait quoi, là ? m'interroge Meg. L'heure tourne.

Ma décision est prise : je ne peux m'y résoudre. Aussitôt décidée, je me campe devant l'armoire, en sors un jeans et un t-shirt que j'enfile à la hâte sous les regards consternés de mes amies.

— Mais qu'est-ce que tu fais ? panique Meg tandis que j'attrape mon sac et mon téléphone.

— Je peux pas, lui réponds-je.

— Non ! s'insurge-t-elle en m'attrapant le bras.

Je me dégage d'un coup sec, me dirige vers la sortie, retirant les épingles qui maintiennent ma coiffure élaborée pour la circonstance, et me heurte à Marie sur le point de toquer à la porte. Elle me dévisage, abasourdie.

— Clémence ! hurle Meg, tandis que Suzie l'exhorte à me laisser partir. Je n'entends pas la fin de sa phrase, mais cela n'a aucune importance.

Partir, ou plutôt fuir, incognito de préférence, c'est mon souhait le plus cher. J'ai de grandes chances d'y parvenir, les femmes de la maison étant toutes dans ma chambre, les enfants et les hommes dans le jardin. Sauf qu'un de ceux que je voulais éviter se dresse au bas des escaliers et m'observe. Je marque un temps d'arrêt devant son regard qui me déstabilise et confirme que je fais le bon choix. Pour preuve, il n'intervient pas, et, bien que visiblement surpris, s'abstient de tout commentaire. Des larmes contenues trop longtemps m'échappent à la seconde où je passe la porte de la résidence des Chambard.

Chapitre 1 :
Des rencontres intéressantes
Clémence

3 ans plus tôt

Je me demande bien pourquoi j'ai accepté de venir à cet anniversaire ! Je n'y connais personne en dehors de celui dont on fête aujourd'hui les trente-deux ans, de Suzie, sans oublier Nick et sa femme rencontrée lors de circonstances fâcheuses.[1] Certes, je suis ravie d'être là, n'ayant pas revu mes amis depuis au moins six mois. Mais au milieu de tous ces Bordelais qui ne parlent que de grands crus, d'intempéries, de mildiou, d'oïdium[2] et de leurs conséquences tragiques sur la production, je me sens perdue.

Je dois reconnaître que l'endroit est plaisant. La demeure cernée de vignes possède un certain charme, un peu désuet cependant, mais offre néanmoins tout le confort moderne malgré son grand âge.

Mais que de monde ! Je n'aurais pas imaginé que Robert apprécie ce genre d'évènement. Mais je suppose que Suzie, talentueuse organisatrice de réception en tout genre, en est l'instigatrice. Je présume qu'elle profite de l'occasion pour se glisser subrepticement dans la bonne société bordelaise et approcher les personnes les plus en vue de ce milieu auquel elle souhaite s'intégrer. Castelgraves, petit domaine

---

1. Voir *Troubled Hearts*, tome 1.
2. Maladies de la vigne.

viticole à faire connaître, vaut bien quelques efforts. Je l'ai bien compris au cours du dîner de la veille durant lequel nous avons fêté, dans l'intimité et en famille, notre cher Robert et ses trente-deux printemps. Voir les miens approcher ne me réjouit pas. Ils sonnent le glas des ans qui passent et d'une vie que je veux distrayante, mais loin de me rendre réellement heureuse. Malgré mes tentatives pour me convaincre, clamer haut et fort être satisfaite de relations éphémères — fugaces et juste suffisantes à combler mes pulsions sexuelles —, je me sens totalement vide. Bien plus vide dès que mon regard glisse sur le ventre rond de la femme de Nick et lorsque Éléonore se réjouit d'entrer dans son deuxième trimestre, malgré quelques appréhensions, ayant fait deux fausses couches.

Accoudée au comptoir du bar dressé pour l'occasion dans le jardin arboré qui fait dos à la façade joliment ornée de lierre, je vis une véritable torture. Des gosses hurlent, nous tournent autour et m'insupportent ! Pour tout dire, mon seuil de tolérance avoisine le zéro pointé ; cinq minutes, c'est le temps maximum que je peux passer en leur compagnie.

Je soupire d'ennui et de mal-être. Par comble de malchance, la nièce de Robert, qui répond au doux nom de Nina, il me semble, et une autre gamine bien plus turbulente qu'elle, me bousculent sans ménagement. Ma coupe de champagne s'écrase à mes pieds. Mes magnifiques chaussures échappent au désastre. Pas celles de mon voisin.

— Sale môme, marmonné-je entre mes dents.

— Il n'y a pas de mal. Juste un peu de vin renversé, me répond le propriétaire des Richelieu tout en se penchant pour récupérer, à l'aide d'une serviette en papier, les débris de verre et éponger ses chaussures.

Je le regarde s'activer sans intervenir, de plus en plus irritée. Lors de réunions festives, je suis plutôt à l'aise et, en général, en mode prédatrice à la recherche d'un homme à dévorer tout cru. Mais aujourd'hui, je suis d'humeur morose, sans raison particulière. Enfin si, mais je repousse la cause de mon tourment au plus profond de mon âme. Même après avoir scanné la foule à la recherche de mecs sexy, mon moral reste en berne. Et pourtant, mes amis m'ont présenté plusieurs de leurs connaissances masculines célibataires. Nick, qui me connaît parfaitement, n'a pas manqué de me mettre en garde, me demandant d'oublier momentanément mes penchants exotiques — si l'on peut les nommer ainsi — que j'affectionne. Le saligaud n'ignore pas mes préférences sexuelles, et pour cause ! Pourtant, une partie de jambes en l'air musclée quelque part dans la maison me rendrait ma bonne humeur.

Je soupire à nouveau au souvenir d'une rencontre insolite[3] lors d'une fête similaire narrée par Nick et Meg ; mon regard se porte sur eux, et je me demande si, vu les circonstances, ils se remémorent cette journée. Sans nul doute que oui.

— Ça va ? s'enquiert mon voisin de comptoir que j'ai totalement ignoré malgré l'incident de la coupe échouée à ses pieds.

J'aurais peut-être dû m'excuser ? Mais toute à ma mélancolie, je l'ai occulté de mon horizon qui se résume, pour l'heure, à ma bande d'amis. Je m'oblige à détourner les yeux pour les porter sur l'individu face à moi et croiser les siens. Je reste un instant, abasourdie, éblouie par ses prunelles azurées marquées d'un filet bleu marine qui borde la pupille et le bord de l'iris. L'intensité du regard en

---

3. Voir *Troubled Hearts*, tome 1.

est plus accentuée. Si troublant que je peine à le soutenir. Et moi, Clémence, celle que rien ne dérange, déstabilisée, baisse la tête sur mes Louboutin.

L'inconnu aux yeux hypnotiques éclate de rire.

— Désolé pour l'effet que je fais sur les femmes !

Bien évidemment, sa remarque m'insupporte. Je me redresse pour le toiser et lui lancer une réplique mordante. J'en profite pour le détailler de la tête aux pieds. Un malotru plutôt bel homme, très élégant ! Sa chemise blanche cintrée laisse deviner une silhouette galbée, un ventre plat. Une mâchoire carrée, rasée de près, met en valeur une bouche bien dessinée que surmonte un nez aquilin. Ses cheveux bruns, à la coupe courte parfaite, sont parsemés de quelques fils argentés. La quarantaine, peut-être. Tout à fait mon type. Sexy en diable. Sauf que j'exècre les prétentieux.

— Pas dans le sens que vous imaginez, tente-t-il de se justifier. La couleur de mes yeux déconcerte et met souvent mes interlocutrices mal à l'aise. De ce fait, je porte des verres de contact la plupart du temps, et plus particulièrement dans le cadre de mes activités professionnelles. Je ne peux me permettre de les troubler, reprend le fanfaron.

Je pense plutôt qu'il joue de son attrait sur la gent féminine, même s'il faut reconnaître que ce bleu profond qui ourle ses prunelles rend son regard… gênant… déstabilisant… particulier. Je ne saurais définir la sensation éprouvée. Devant cette teinte peu commune, je me demande s'il ne se fiche pas de moi. Des yeux de ce bleu, ça n'existe pas ! Il ne peut que porter des lentilles colorées, délibérément choisies pour son jeu de séduction.

— Et vous exercez quel métier au point de troubler les femmes et les hommes ? demandé-je, insistant sur le mot « troubler ».

— Juge d'instruction.

Ah, l'ignorant qui croit m'impressionner, alors que j'en ai mis, plus d'un, au pas des « juges d'instruction » !

— Oh, un ami de Nicolas, je suppose ?

— Plutôt de Robert. Nous n'avons pas été présentés. Lucas Berthelier, pour vous servir, annonce-t-il en me tendant la main.

Je souris devant cet air cérémonieux et accepte sa poigne virile.

— Clémence Dubreuil, avocate au barreau de Paris.

Eh oui, très cher, nous évoluons dans la même sphère ! Alors tu repasseras avec ton statut censé m'éblouir...

Son visage impassible ne laisse entrevoir aucun signe éventuel de surprise.

— Du genre à squatter le bureau de votre juge ?

— Cela m'arrive.

Il m'observe à son tour, effrontément, me déshabillant du regard. Je crois bien avoir déniché le coup d'un soir répondant à mes aspirations. Mais ce soir, je mènerai la danse, malgré mon faible pour les dominants.

— Je ne doute pas un instant qu'il goûte à vos visites impromptues.

— Et vous, Lucas, appréciez-vous les magistrates qui viennent perturber votre travail ?

— Tout dépend de qui vient et pourquoi, me réplique-t-il en s'approchant jusqu'à m'acculer contre le bar.

Je perçois les effluves de son parfum boisé, son souffle dans mon oreille quand il ajoute :

— Je négligerai volontiers quelques dossiers pour quelques instants en votre compagnie.

Hum, la soirée prenant un nouveau tournant s'annonce sous de bien meilleurs auspices !

— Ah, te voilà !

Une jeune blonde, la vingtaine — peut-être plus —, aux atouts physiques indéniables, vient interrompre notre flirt. Sa sœur ? Très rapidement, je devine que non. Son intérêt pour le bel Apollon s'avère des plus évidents. Qui n'en aurait pas pour ce séduisant et attirant mâle alpha ?

— Oh, Marie, j'allais te rejoindre quand nous avons, Clémence et moi, été victimes d'un petit incident.

La prénommée Marie nous dévisage tour à tour, fronçant les sourcils de son joli minois.

— Une amie de longue date de Robert et Nick, me présenté-je.

— La secrétaire de Rob. Ravie de vous rencontrer.

Voici donc la perle rare dont mon ex — oui, je considère toujours mon premier amour comme mon ex, malgré la longue liste de prétendants à ce titre qui ont suivi —, ne cesse de vanter les compétences !

— Moi de même, déclaré-je, alors que je n'en pense pas un mot, agacée par son intrusion et craignant qu'elle ne vienne contrecarrer mes projets.

— J'ai repéré nos places sur le plan de table. J'y ai vu votre nom. Nous partageons donc la même, car je présume que vous êtes la seule Clémence dans cette assemblée.

Tout bien considéré, l'espoir de conclure plaisamment cette soirée ne semble pas compromis.

— Super ! me contenté-je de commenter en leur emboîtant le pas.

Chemin faisant, nous croisons Robert.

— Je m'inquiétais, ne te voyant plus dans les parages.

— Ah oui ? Pour moi ou pour les hommes que je pourrais séduire ? Sache que ton jumeau de cœur m'a déjà fait la leçon, ajouté-je devant son air déconfit. Promis, je serai sage comme une image. Sauf si j'en trouve un à ma mesure. J'espère que ta maison est bien insonorisée ?

— Clem !

— Oh, je t'en prie ! Je constate que ton sens de l'humour ne s'améliore pas au fil des ans.

— C'est ça ! Comme si tu plaisantais !

— Aurais-tu peur que je dévergonde tes relations coincées du c...

Robert m'empoigne par le coude et m'entraîne à l'écart de Lucas et Marie, me coupant au milieu de ma phrase.

— On se calme. OK ?

— Quoi ? Je ne peux plus rigoler ? Si tu n'apprécies pas mes manières, tu aurais dû t'abstenir de m'inviter. Et j'y suis pour rien si tes fréquentations sont super collet monté ! Quoique Lucas me semble suffisamment déluré pour répondre à mes besoins. Mais je ne voudrais pas empiéter sur les platebandes de la petite, donc est-ce que elle et lui... ? m'informé-je.

— Marie n'est pas son type. Par contre toi, oui. Vous devriez bien vous entendre.

— Eh bien, voilà ! Je te remercie de nous avoir placés à la même table.

— Tâche cependant de bien te tenir. Ne va pas faire étalage de tes prouesses sexuelles et de ton fameux top 10. Garde-le pour un cercle plus intime.

Je m'approche et lisse la chemise du plat de la main de mon ex toujours aussi beau qu'au premier jour de notre rencontre, quinze ans plus tôt. Voire encore plus sexy. À la place de Suzie, je serais jalouse de toutes les nanas qu'il côtoie, même si nul n'ignore l'amour sans limites qu'il éprouve pour elle. Malgré celui qu'il ressentait pour moi du temps de notre vie commune, j'ai conscience de n'avoir pas été aimée aussi intensément. Pour preuve : son peu d'enthousiasme à me reconquérir. OK ! Pour être honnête, le pauvre n'en a pas vraiment eu l'opportunité face à mon comportement de peste. Pour autant, notre relation amoureuse, muée en une amitié indéfectible, perdure depuis toutes ces années. L'affection que nous portions à Eve nous unit pour toujours. J'imagine qu'elle doit s'en réjouir, où qu'elle soit ! Décidément, de sombres souvenirs polluent mon cerveau, aujourd'hui. Je me reconcentre sur l'instant présent et ajuste mon masque.

— Pas d'inquiétude, mon petit cœur. Personne ne t'a détrôné du podium. Mais promis, je tiendrai ma langue ou, tout au moins, en ferai un autre usage dans l'intimité de ma chambre.

— Clem, tu es insupportable. Tu ne penses qu'à ça !

— Eh ! Qui a mis le sujet sur le tapis ? Toi, que je sache !

Mon ami lève les bras en signe de reddition et me souhaite un bon après-midi. Je l'abandonne pour rejoindre ma table, tout émoustillée à la perspective d'une fin de soirée avec le sexy Lucas. J'userai de tous les artifices pour quelques heures torrides en sa compagnie, dans mon lit ou ailleurs. Distraite par ce projet et la tête dans les nuages, fantasmant à des scènes indécentes, j'entre en collision avec un mur de béton.

En réalité, je découvre un torse bien sculpté sur lequel ma main s'égare avant que je ne lève les yeux sur son propriétaire et croise ceux d'un brun, de type hispanique, au regard noisette. Contrairement à la majorité des invités, il ne porte pas de chemise, mais un t-shirt, blanc ajusté, soulignant sa plastique plus qu'appétissante, sans parler de sa bouche qui appelle les baisers.

— Désolée, m'excusé-je.

— Il n'y a pas de mal.

Derrière lui, Lucas me hèle de la main. Je lui réponds en retour d'un geste similaire, ce qui incite mon bel inconnu à se tourner.

— Ah, je vois que vous êtes en compagnie du juge, déclare-t-il d'un ton soudain plus froid.

— Nous partageons la même table. En réalité, je viens à peine de faire sa connaissance. Moi, c'est Clémence, une amie des mousquetaires, déclaré-je en désignant le quatuor discutant un peu plus loin. Et vous ?

— La Parisienne.

— Oh, vous avez entendu parler de moi ?

— On ne parle que de vous. Vous ne passez pas inaperçue.

— Vraiment ? minaudé-je.

— Clémence !

— Le juge Berthelier vous réclame. Hâtez-vous de le rejoindre. Il n'apprécie pas qu'on le fasse attendre ni que les femmes lui résistent. Amusez-vous bien, Clémence.

— Et si je préfère passer la soirée avec vous ?

— Il semble que vous ne soyez plus disponible, monsieur Berthelier vient récupérer sa proie.

Il se trompe, c'est moi la prédatrice !

Avant que mon futur joujou ne m'ait rejoint, mon inconnu tourne les talons. Je ne peux m'empêcher de reluquer ses fesses moulées dans un jeans noir et d'éprouver quelques regrets. Sa beauté brute contraste avec celle de Lucas, bien plus raffinée, et stimule ma gourmandise. J'en ferais bien mon quatre-heures, si je parviens à découvrir son identité.

Chapitre 2 :
Plaisirs de lendemain
Clémence

Je sirote mon café, installée sur la terrasse qui surplombe le domaine vinicole. Bien que citadine dans l'âme, Parisienne de naissance et n'ayant jamais envisagé de vivre ailleurs que dans la ville de lumière, j'apprécie l'ambiance de cette résidence secondaire, tout en ayant une préférence pour l'appartement dont disposent mes amis en centre-ville de Bordeaux.

Suzie, très investie dans son exploitation agricole, passe désormais la majorité de son temps sur la propriété. Elle y produit un vin de qualité. Pas un grand cru, pour l'instant, bien que vanté comme prometteur par les amateurs de Bordeaux lors du repas de la veille. Personnellement, je n'y connais rien en œnologie, je peux juste assurer qu'une fois bu ses effets secondaires sont dévastateurs. Quoique la sensation d'ivresse n'était peut-être pas due à la quantité ingurgitée sans modération, mais plutôt au beau brun aux yeux azur avec lequel j'ai partagé mes draps. Non sans avoir testé, en guise de préliminaires, le capot de sa Porsche, l'abri de jardin et de la piscine, à deux doigts de nous y faire surprendre. Je glousse à ce souvenir. Ce mec, une vraie bête de sexe, vient de bouleverser tout mon classement basculant au bas des marches les trois premiers du podium pour lui laisser la place. Toute la place. Il en occupe désormais les trois gradins à lui tout seul. Aucun futur candidat au trône ne parviendra jamais à égaler cet étalon. Décidée dans un premier temps à mener la danse, je lui ai rapidement cédé les rênes pour un résultat dépassant mes espérances les plus folles, chassant aussitôt de mes pensées le brun typé croisé quelques heures plus tôt.

Suzie me sort de mes divagations érotiques.

— Déjà debout ? Bien dormi ?

— Si on veut !

Un sourire de satisfaction étire mes lèvres en songeant à celui qui m'attend dans mon lit.

— Oh ! Surtout, ne me raconte rien !

— Je n'en avais pas l'intention, m'insurgé-je.

— Étonnant ! Lucas ne serait donc pas à la hauteur des rumeurs à son propos ?

— Je croyais que tu ne voulais pas savoir ?

— Je ne veux pas que tu entres dans les détails comme tu en as l'habitude ; je suis simplement surprise que tu ne clames pas haut et fort sa place dans le classement.

— Tout simplement parce qu'il est hors concours. Tu vois ma tête ? Je suis lessivée et rassasiée de sexe pour le mois à venir.

Suzie éclate de rire.

— Ah non, je ne peux pas y croire ! Te connaissant, je pense plutôt que tu aimerais bien en redemander du « Lucas ». L'ennui, ma chérie, c'est que Monsieur le Juge prône, tout comme toi, les relations éphémères. Très éphémères.

— Parfait ! Il suffit que je prenne une petite avance jusqu'à la prochaine séance. Et lui, je suis persuadée qu'il appréciera ma petite gâterie matinale avant que nous ne nous séparions.

— Je crains que cela ne soit pas possible.

— Et pourquoi donc ?

— Parce que je viens de le croiser alors qu'il regagnait sa voiture. Comme je reviens des vignes, il n'a pas pu m'éviter, malgré ses tentatives pour s'éclipser discrètement.

Je ne sais pas ce qui me surprend le plus : que Lucas ait profité de mon absence pour s'enfuir — je ne peux lui reprocher, j'agis de même — ou de découvrir que Suzie, Suzie la citadine que je connais depuis des lustres, arpente ses terres à l'aube — enfin l'aube, de mon point de vue —.

— Qu'est-ce que tu fichais dehors à une heure aussi matinale ?

— Huit heures, c'est matinal pour toi ?

— C'est les vacances, Suze !

— Pour toi ! D'ailleurs, pourquoi es-tu debout si tôt, alors qu'un homme squattait ton lit ?

— Baiser toute la nuit ouvre l'appétit, je suis venue reprendre des forces avant un deuxième round. Donc toi, tous les matins, tu sillonnes la propriété quand tu viens ici ?

— Oui, pas de dimanche ni de jours fériés pour la vigne. Qu'il pleuve ou qu'il vente, sur le pont dès sept heures du matin. Et j'ai beaucoup à apprendre.

Je la fixe d'un œil torve tant je ne la reconnais pas. OK, elle administre un domaine vinicole, mais je l'imaginais le faire derrière un bureau ! Je réalise soudain qu'elle a troqué ses robes de créateur contre une tenue confortable et une paire de baskets. Ses cheveux blonds sont maintenus en une simple queue de cheval et son visage exempt de maquillage. Une trace de boue lui barre la joue ; je me penche pour la lui retirer avec une serviette.

— Qu'est-ce que tu fais ?

— Tu avais un peu de terre sur le visage.

— Oh, les risques de ce métier. On ne revient pas toujours très propre…

— Mais tu fabriques quoi dans tes vignes ?

— Tout dépend. Parfois, je me contente de suivre Matthias et de l'écouter faire le point. D'autres fois, je participe à la taille ou aux soins à prodiguer aux ceps, pour ce qui concerne le volet viticole. Mateo, mon maitre chai, m'instruit quant à lui pour tout ce qui touche à la partie vinicole. Exercice moins fatigant, moins salissant et plus fascinant.

— Viticole, vinicole ? Il y a une différence ? Cela semble complexe. Moi, je croyais que tu manageais ton équipe et qu'elle gérait le reste. Je n'aurais jamais imaginé que tu t'investisses à ce point. On est loin du jardinage et de la composition de bouquets de fleurs.

— En effet ! Mais tu sais, j'ai toujours souhaité m'occuper, pas simplement faire de la figuration et voilà que Mateo, véritable puits de science sur la question, me transmet sa passion pour l'élaboration du vin. Notre *Lion de Castelgraves* se place doucement dans la liste des deuxièmes vins et nous travaillons d'arrache-pied pour lui offrir une place honorable. J'espère que de nos efforts combinés et de nos cépages naîtra, dans quelques années, un grand Bordeaux.

Je suis soufflée et, face à son sérieux, j'ai presque envie de hurler : « Rendez-moi Suzie ! ». Mais la femme face à moi respire la joie de vivre. L'air du Médoc lui va bien au teint.

— Vu que ton amant d'un soir t'a fait faux bond, tu veux venir avec moi jusqu'au chai ? Tu y feras la connaissance de Mateo. Tu vas voir, il est fascinant.

Et vieux, je suppose.

— Pourquoi pas.

— OK ! Pendant que tu enfiles une paire de baskets, je vais donner à Lucie les consignes pour le repas de midi.

— Ah, eh bien, je n'envisageais pas de faire du footing, mais plutôt de glander dans un transat pour peaufiner mon bronzage… et écumer les boutiques rue Sainte-Catherine. Mais j'ai une paire de tongs dans ma valise.

— Pas très adapté pour le sentier qui mène aux dépendances. Nous avons la même pointure, il me semble. Je vais te dépanner.

Suzie possède réellement plus d'une paire de chaussures de sport ? Je peine à y croire. Aussi loin que remontent mes souvenirs, j'ai toujours bavé d'envie devant la centaine d'escarpins de son dressing. Je ne me souviens pas y avoir vu autre chose que ce type de chaussures hormis d'élégantes bottines ! De plus, Suzie, pas sportive pour deux sous, ne doit son corps de rêve qu'à la génétique, tandis que je dois m'astreindre à des séances régulières en club de gym. La vie est injuste !

Arrivée dans ma chambre, je constate la vacuité de mon lit. Bien que Lucas et moi n'ayons rien projeté de plus qu'une partie de jambes en l'air le temps d'une nuit, je suis déçue. Voire contrariée qu'il ait filé à l'anglaise, comportement qui m'est pourtant familier, agissant de même la plupart du temps. De plus, je n'envisageais pas d'entretenir une relation, même épisodique. Encore moins gérable quand huit cents kilomètres nous séparent. Lorsque l'amour s'en mêle, cela s'avère compliqué, comme j'ai pu le constater avec Meg et Nick. Alors quand seules les relations sexuelles unissent deux personnes… De toute façon, je n'en demande pas plus, d'autant que j'ignore quand et si je reviendrai dans la région.

Un sourire de satisfaction s'affiche sur mes lèvres à la vue d'un petit mot près de mon téléphone en charge.

« J'ai entré mon numéro dans ton répertoire, appelle-moi quand tu es dispo pour remettre ça ».

J'avoue que la perspective de le revoir durant mon séjour m'enchante. C'est donc toute guillerette que je descends les escaliers en chantonnant. Suzie m'attend, une paire de chaussures à la main.

— Vous êtes tombées du lit, constate Robert qui apparaît sur le palier. Vous allez où de si bon matin ? s'enquiert-il tandis que je lace mes baskets, assise sur la dernière marche.

— Faire visiter l'exploitation à Clémence.

— Tu t'intéresses au vin, toi ? me demande mon ami, sceptique, tout en s'accoudant à la rambarde.

Je hausse les épaules.

— Bah, pas plus que ça, mais ta femme, très fière de son acquisition, m'a suggéré de l'accompagner jusqu'au chai...

— Hum, ne va pas faire du gringue à Mateo, s'il te plaît.

— Oh, ça va ! Je ne drague pas tous les hommes que je croise, répliqué-je en le toisant, les mains sur les hanches.

— Non, mais tous ceux que tu trouves à ton goût, oui, me rétorque-t-il en descendant nonchalamment de l'étage.

OK ! Le Mateo ne doit pas être un vieillard comme je l'imagine.

— Elle a eu sa dose de sexe, cette nuit, précise sa femme en se coulant dans ses bras. Avec Lucas, ajoute-t-elle.

— Eh, pas besoin de raconter ma vie sexuelle ! m'indigné-je.

— Habituellement, c'est toi qui nous abreuves de détails croustillants, alors ne viens pas faire croire que ça te gêne.

— Non, TU es celui que ça dérange.

— Je suis un de tes ex, Clem !

— Oh, Seigneur ! Tu n'as pas dépassé tout ça ! De l'eau a coulé sous les ponts depuis quinze ans ; tu es mon ami, maintenant, un frère en quelque sorte.

— Un frère inscrit dans ton top des... des... bafouille-t-il.

— Meilleurs coups de sa vie, complète Suzie en gloussant dans son cou.

— Suzie ! s'agace-t-il.

— Quoi ? Je confirme, des miens aussi, réplique-t-elle, légèrement grivoise.

— Non, mais vraiment, cette conversation est d'un glauque !

— Tout simplement parce que tu manques d'humour. Et pour info, tu as quitté le top 10. Même le top 3.

— Non ! s'exclame Suzie. Donc Lucas...

— Suzie, pitié, arrête, la coupe Robert, ne va pas alimenter cette discussion. Je ne veux rien entendre !

Mon amie me pousse vers l'extérieur tandis que son mari se dirige vers la terrasse pour y déjeuner.

— Donc les rumeurs confirment l'adage : « Pas de fumée sans feu ».

— Faut croire. Je peux te l'assurer.

— Pauvre petite Marie.

— Pourquoi plains-tu cette fille ? Rob m'a assuré qu'elle n'est pas son genre.

— Exact. Pas du tout même, ce qui ne l'empêche pas d'espérer tant elle est dingue de lui.

— Et ?

— Eh bien, elle voudrait se glisser également ailleurs que dans son lit.

— Quoi ? Elle voudrait se faire épouser ? Tristement démodé ! Et lui, un peu trop vieux pour elle, non ?

— Est-ce important quand on s'aime ?

— Non, bien sûr que non. Enfin, j'imagine. Et tu connais l'âge de Lucas ?

— Entre trente-huit et quarante, je pense.

— Une quarantaine qu'il porte bien. Il pète la forme. Et quelle endurance ! Et donc, Marie et lui ?

— Oh, sa réputation de libertin notoire le précède. Quant à Marie, Rob s'efforce de la tenir à distance de ce Don Juan tant elle lui rappelle Meg.

— Rob ne change pas, toujours aussi protecteur à ce que je constate. Il devrait laisser la gamine tenter sa chance. Et vu la fin heureuse de l'aventure entre Meg et le play-boy, qui sait si la belle ne pourrait pas, elle aussi, séduire le bad-boy. De plus il n'existe rien de plus divertissant que de jouer à la bête à deux dos.

— Non, je ne pense pas. Il serait colérique et fréquenterait des clubs… un peu particuliers. Je n'imagine pas Marie prisant ce genre de vie. Il est donc préférable qu'elle l'oublie.

— Hum, un hédoniste !

Je ne peux pas mieux tomber.

— Oui, mais là, on suggère des comportements à la limite de la perversion. Et pour un juge…

— Peut-on qualifier de perverses des pratiques sexuelles, quelles qu'elles soient, consenties par les deux partenaires ?

— Houlà ! Je ne peux débattre de ce sujet, manquant d'ouverture d'esprit dans ce domaine !

— Quoi ? Serais-tu incapable d'être amie avec des personnes qui ne rentrent pas dans le moule, au point de leur retirer ton amitié ?

— Non, bien sûr que non ! Je ne me permettrais jamais de juger les modes de vie de qui que ce soit, n'ayant pas été, moi-même, très exemplaire non plus. J'ai... j'ai eu un amant, un temps.

— Un ? Plusieurs, il me semble.

— Oh, ceux-là ne comptent pas. Ce que je veux dire, c'est que j'ai trompé Robert. Alors que nous étions mariés.

Je m'arrête quelques secondes, sous le choc de la révélation.

— Il le sait ?

— Il l'a toujours su.

Je ne sais que répliquer et nous poursuivons notre chemin en silence. Je me demande si Suzie regrette cette soudaine confidence.

— Je te choque ?

— Eh bien... non, oui... je n'en sais rien, en fait. D'une certaine manière, oui. Mais après tout, que sais-je de la vie de couple et de l'amour éternel ? Je suis célibataire et fuis toute relation sérieuse, depuis Léo. N'ayant jamais vécu avec quelqu'un sur du long terme, je ne peux qu'imaginer que l'amour s'étiole au cours du temps qui passe. À vivre constamment avec la même personne, à la longue, on ne doit plus supporter les petits travers de l'autre, au point qu'ils deviennent insupportables. Enfin, je suppose, d'où...

— Comment ça, tu supposes ? m'interrompt Suzie en me stoppant par le bras. Les petits défauts horripilants, c'est bien l'argument que tu nous as vendu pour justifier ta rupture avec Rob que tu fréquentais depuis presque deux ans ? reprend-elle.

Comment me sortir de ce mauvais pas ? Hors de question que j'avoue la vraie raison, à elle plus qu'à tout autre.

— Oh, oui, bien sûr ! Je voulais dire que je comprends ton envie d'échapper à ces tics agaçants et qu'elle t'a probablement poussée dans les bras d'un autre homme. Un besoin de nouveauté, de fuir le quotidien ennuyeux.

— Peut-être, répond-elle en reprenant la marche, l'air morose.

— Une de nos connaissances ? m'enquiers-je craignant qu'elle ne revienne sur les raisons de ma séparation.

— Peut-être, répète-t-elle.

Ce nouveau « peut-être » me laisse perplexe, laisse conjecturer que je le connais probablement. D'autant qu'en règle générale, les statistiques prouvent que les relations adultérines sont fréquentes dans la sphère familiale ou amicale. Après un petit tour rapide de notre entourage commun, j'en conclus qu'il s'agit de… Nick ! Mais mon cerveau refuse cette éventualité, devant leur passé commun, leurs liens presque fraternels et un Nick fou amoureux d'Eve au point d'être anéanti par son décès. Sauf si…

Clémence, tu t'incrustes dans des secrets qui ne te regardent pas, me morigéné-je intérieurement.

— Rien de simple, en réalité. Car on peut aimer quelqu'un et pourtant avoir besoin d'un autre.

— Tu pollues mon cerveau avec cette confidence. Comment en sommes-nous arrivées là ?

— Nous parlions de tolérance, de nos imperfections, de nos erreurs.

— Robert en a souffert ? ne puis-je m'empêcher de demander.

— Oui, même s'il comprenait. Jusqu'à l'accepter. Plus ou moins.

— J'avoue que rien ne laisse penser que votre couple ait pu vivre des moments difficiles. Hormis la mort d'Eve et le sentiment de culpabilité de Robert pour n'avoir pu la sauver, alors que lui s'en est sorti avec juste quelques cicatrices.

— En effet, la culpabilité, très prégnante, nous a fait vivre d'affreux moments. Une période difficile et douloureuse que nous nous efforçons d'oublier, sans pour autant effacer Eve de nos souvenirs. Ah, nous voilà arrivées, annonce Suzie, coupant court à cette discussion somme toute quelque peu gênante avec une révélation dont je me serais bien passée.

Un homme, jeans, chemisette ouverte sur un marcel blanc épousant ses abdos, nous accueille sur le pas de porte d'un bâtiment que j'imagine être le « chai ».

Tiens, tiens, tiens, comme on se retrouve !

Me voici donc face au prénommé Mateo sur lequel je suis censé n'entreprendre aucun rentre-dedans. Ce qui va être très, très difficile. Ce ténébreux aux yeux noisette, celui dont je voulais faire mon goûter, m'adresse un magnifique sourire. Je remercie le destin de l'avoir remis sur mon chemin.

Chapitre 3 :
Retrouvailles
Clémence

— Mateo, je te présente mon amie Clémence. Elle souhaite en apprendre un peu plus sur notre activité.

Je ne démens pas, parce que j'aime bien faire plaisir à Suzie. Quoique, maintenant que je viens officiellement de rencontrer le fameux Mateo, je ne rechigne pas à subir un cours sur la vivi ou vini…, bref sur le vin. Je suis prête à écouter le maitre m'instruire, recevoir une petite tape sur les fesses s'il m'estime trop dissipée. Le bel hidalgo peut bien me torturer avec des explications mortellement ennuyeuses tant que l'issue de la leçon se termine par l'union de nos bouches.

Mateo me sourit d'un air canaille encourageant et je lui adresse en retour mon plus éblouissant sourire. Il nous suggère d'entrer et nous nous engageons à sa suite dans la bâtisse. Mon regard se porte sur deux rangées de cuves en inox qui se font face.

— Cette première salle s'appelle le cuvier, m'informe Suzie.

— Et que contiennent ces bacs ?

— À ton avis ?

Je la regarde de travers ; cela semble évident pour elle, mais pas pour moi. Mateo, quelques pas devant nous, m'explique :

— Une fois le raisin pressé, on le recueille dans ces cuves pour l'étape de fermentation.

— Ah bon, pas dans des tonneaux ?

— Pas au début, précise mon amie. La mise en fûts est une des dernières étapes. À ce moment-là, ils sont entreposés dans une pièce appelée « cuvier à barriques ». Nous nous y rendons justement.

— Ah, OK, cela semble moderne, ton bazar.

— Autrefois, les cuves que tu vois là étaient en béton et le sont encore dans certaines exploitations. Aujourd'hui, quelques-unes optent pour le bois, mais au prix affreusement exorbitant. Seuls quelques grands propriétaires peuvent se le permettre. Pas nous.

OK ! Parlez-moi d'injonction, de mise en examen, de gardes à vue, de recours… Là, je maîtrise ! Mais en ce qui concerne l'élaboration du vin, à vrai dire, personnellement, seul le résultat compte. En quelques minutes, Suzie m'a perdue avec toutes sortes d'explications sur la fermentation ou la clarification, et je suppose qu'elle va au plus simple. Je l'écoute d'une oreille distraite, plus concentrée sur le fessier de Mateo, juste devant mon nez, sur lequel je fantasme plus que de raison !

— Mateo cumule deux fonctions : maitre chai et œnologue. Aujourd'hui, nous allons évaluer quelques échantillons.

— Ce n'est pas un peu tôt pour boire ? m'étonné-je.

— On le goûte, Clem, se marre Suzie.

Je ne comprends pas très bien ce qu'elle veut me dire et, avec ma gueule de bois, j'espère ne pas être mise à contribution pour tester quoi que ce soit, petit ou grand cru en devenir. D'ailleurs, cette visite de la cave m'ennuie déjà et seule la présence du séduisant Mateo me retient de m'enfuir à toutes jambes vers la piscine ou autre lieu plus attractif, comme le centre de Bordeaux.

Nous pénétrons dans une salle plus conforme à l'idée de ce que j'imaginais être une cave. D'un côté des fûts, de chêne, je suppose, et de l'autre des bouteilles parfaitement alignées. Une pièce pas très grande, à la taille du domaine, je présume. En son centre, une table sur laquelle s'alignent des verres étiquetés. L'œnologue entreprend de siroter leur contenu, s'abstient de tout commentaire, se contente de prendre quelques notes, puis incite Suzie à faire de même.

Cette dernière suit toutes les étapes comme il l'a fait précédemment. Elle évalue la couleur, le hume et qualifie le vin de tout un vocabulaire spécifique. Elle conclut en lui attribuant le terme de « fruité » avec son goût framboise prononcé. Je me demande où elle va chercher tout ça ! Mateo la félicite. Ses yeux pétillent d'admiration. Il me paraît très fier de son apprentie.

La vache ! Que sa bouche est tentante lorsqu'il sourit.

Je ne suis peut-être pas douée en œnologie, mais je suis certaine de trouver les mots adaptés s'il me laisse faire la dégustation à même son corps. Dans ce domaine, mes compétences ne sont plus à démontrer.

Malheureusement, il m'ignore, tout comme Suzie, tous deux concentrés, épaule contre épaule, sur la cuvée à tester. Le moment me semble malvenu pour attirer l'attention du séduisant jeune homme. Mais je ne désespère pas de « tester » sur lui mes talents de séductrice. Mon séjour débute à peine et en règle générale les hommes ne me résistent pas. Faute d'obtenir l'attention immédiate de l'œnologue, je comblerai mes attentes dans les bras de Lucas, disposé à me revoir.

D'ailleurs, mon téléphone vibre dans ma poche. Je l'en extirpe et, avec ma maladresse légendaire, le laisse tomber. Étonnamment, alors que Mateo semblait se désintéresser de ma personne, il s'en saisit avant même qu'il ne touche le sol et me le tend dans un froncement de sourcils.

Oh, merde!

— Euh, je vous abandonne. Peut-être que, plus tard dans la journée, Mateo pourra m'expliquer en détail la vinification, déclaré-je.

— Je ne pense pas, j'ai beaucoup à faire, me répond froidement ce dernier.

Pas de doutes, il a bien visualisé, tout comme moi, la photo affichée en même temps que «bon coup» en guise d'identifiant de contact!

— Demain, alors. Je suis en vacances encore quelques jours.

— Je n'aurai pas plus de temps libre à vous consacrer.

À la mine de Suzie, je devine qu'elle s'étonne du comportement de son employé devant ce manque flagrant d'engouement à me servir de guide. Personnellement, j'en suspecte la soudaine raison.

— Tu trouveras bien un moment, ne serait-ce qu'une petite heure, insiste-t-elle.

— Pas sûr. Tu n'as qu'à t'en charger.

— Oh, mais personne ne connaît la propriété aussi bien que toi! De plus, ce serait l'occasion de t'entraîner avant l'ouverture du domaine aux visiteurs.

— Tu connais mon point de vue sur la question, Suzie. Tu devrais confier cette mission à Matthias.

— Tu sais bien qu'elle te revient en tant qu'œnologue. Toi seul peux présenter nos vins et en vanter les qualités.

Mateo ne renchérit pas et semble excédé par son insistance.

— Demain, sept heures, ici. Soyez à l'heure parce que je n'ai pas que ça à foutre, crache-t-il, manifestement contrarié.

Disparus les sourires chaleureux de la veille et d'une demi-heure plus tôt !

Pas grave, je le veux, je l'aurai.

— Oh, cool. Je serai à l'heure, chef !

Il croise enfin mon regard, ou plutôt me fusille de ses sombres yeux noisette. À l'évidence, ma réplique ne l'amuse pas !

OK ! Qualité à rayer chez Mateo : humour. Il doit bien s'entendre avec Robert.

— Sept heures du matin, précise-t-il tandis que je quitte la pièce.

— J'avais compris, répliqué-je sans me retourner.

Grâce à mon ouïe fine, j'entends Suzie lui réclamer des explications sur les raisons de cette soudaine animosité à mon égard. Je ralentis le pas jusqu'à m'arrêter pour capter sa réponse.

Eh oui, ça m'intéresse aussi !

— Je n'apprécie pas ce genre de nana.

— Tu ne la connais pas !

— Pas vraiment l'envie non plus. Désolée si c'est une amie, mais pour moi, elle a tout d'une pimbêche.

— C'est ce que tu pensais également de moi, il n'y a pas si longtemps.

— Eh bien, il faut croire que je me suis trompé sur toi.

— Ce qui veut dire que tu peux revenir sur ta première impression. Sous ses faux airs de bêcheuse se cache une fille géniale. Et, crois-moi, j'ai été pire qu'elle avant d'atterrir ici.

— Pire que la mijaurée rencontrée à mon embauche ?

— Oh, tu n'imagines même pas !

Elle peut le dire !

Quant à moi, je suis loin d'arriver à la cheville de la prétentieuse et hautaine nana qu'elle était avant de tomber sous le charme de Robert.

Et tout d'abord, je ne suis pas snob ; la pimbêche va rapidement lui faire ravaler ses opinions tranchées.

En attendant ma revanche, je consulte mon répondeur. Lucas me propose de le rejoindre et me fixe un lieu de rendez-vous. Proposition tentante. Mais je n'approuve pas la manière cavalière dont il a notifié son identité dans mes contacts.

Hum, il faudrait peut-être que j'envisage de remettre un mot de passe sur ce fichu téléphone ! Mais les codes de déverrouillage me saoulent !

Pour autant, moi seule décide de ce que j'associe à leurs noms. J'efface la photo de « monsieur je me crois tout permis », trouve sur le net celle d'une tenue de magistrat pour la remplacer, hésite quelques secondes sur l'identifiant « bon coup » octroyé par cet arrogant. Là encore, je suis seul juge.

« Juge », on ne peut plus adapté !

Me voilà satisfaite, mais pas totalement, car son humour potache vient de me faire perdre l'opportunité de moments que je pressentais agréables avec « maitre chai ». Pour tout dire, je suis contrariée, irritée. Et quoi de mieux que quelques brasses et un moment de détente à se prélasser, voire somnoler sur une chaise longue au bord de la piscine, pour chasser ma mauvaise humeur ? Robert s'y trouve en compagnie de Nick qui apprend à nager à Nina. Je suppose qu'Éléonore, enceinte, se ménage.

Merde ! Pour la pause tranquillité, on repassera ! Et Nick, il n'a pas une baraque, celui-là ? Il a besoin de squatter ici en permanence en mode SDF ?

Pour être honnête, les deux couples, unis comme les deux doigts de la main, entretiennent des relations plus fraternelles qu'amicales. De plus, Meg et Nick résident à quelques kilomètres à peine d'ici, dans une immense et superbe propriété que Meg envisage de transformer, en partie, en maison d'hôtes. Je ne devrais pas m'étonner de sa présence.

— Hello ! En forme ? me demande ce dernier.

— Nickel !

— Tu as de petits yeux, pourtant. La nuit a été plaisante et animée ?

— Parfaite.

— Content pour toi. Tu viens avec moi, demain ? Y a une compet' de surf à Soulac. Départ à l'aube, retour dans la soirée. Éventuellement, si on est trop crevés, on dormira à la maison de la plage.

— Désolée, mais j'ai un truc de prévu.

— Ah, bon ? intervient Robert, étonné. Suzie ne m'a pas informé d'un quelconque projet.

— Oh, c'est juste moi. Je ne sais pas ce que ta femme envisage de faire de son côté.

— Peut-on savoir ce que tu comptes faire ?

— Une petite visite guidée et explicative sur Castelgraves avec Mateo. Je suis en quelque sorte son client test.

Robert fronce les sourcils, visiblement inquiet de ce qui pourrait en découler.

— Tu ne le dragues pas, OK ? m'ordonne-t-il.

— Depuis quand tu te mêles de mes affaires ?

— Je ne m'en mêle pas.

— Ben si !

— Non, je m'assure que, sur ce coup-ci, tu fiches la paix à un employé auquel je tiens particulièrement.

— Du Rob tout craché en mode protecteur, et j'ai comme une impression de déjà vu, intervient Nick.

— Si j'ai bonne mémoire, cela ne t'a pas empêché de ne pas écouter mes conseils et de foutre le merdier dans nos vies.

— Nina, ma chérie, on va rentrer, appelle son père depuis la porte-fenêtre du salon. Allez, viens, maman est fatiguée.

Nick aide la petite à sortir de l'eau, l'accompagne jusqu'à Ludovic, puis s'installe à mes côtés et reprend la conversation interrompue.

— Il va falloir que tu apprennes à ne pas dire de gros mots devant les enfants ! Je n'apprécierais pas que tu le fasses devant ma fille. Alors apprend à modérer tes propos, tu as quelques mois avant sa naissance.

— De mieux en mieux ! Tu as toujours été le plus vulgaire de nous deux.

— Si tu le dis ! Pour en revenir à ce que tu disais : heureusement que j'ai suivi mon instinct, car je te signale que, pour finir, nous sommes très heureux avec Meg.

— OK, mais ici, on parle de Clem et de ses mœurs dissolues, poursuit Robert.

— Que tu me reprochais aussi, mon pote, si ma mémoire ne me fait pas défaut.

— T'es un mec et elle...

— Je vous en prie, faites donc comme si je n'étais pas là. Au passage, je vous informe que nous ne sommes plus au Moyen Âge.

Nick s'esclaffe.

— Et d'ailleurs, on peut savoir pourquoi ce mec n'apprécierait pas, justement, « les mœurs » de cette chère Clem ? Aucun homme ne s'en plaindrait et ceux qui ont testé ses talents s'en trouvent plutôt satisfaits. C'est une bombe au pieu, nous sommes tous deux bien placés pour en convenir.

— C'est ça, continuez.

— Tu devrais être fière que je te complimente.

— Mouais, mais si ta femme t'entendait, je crois que ce serait ta fête !

— Et pourquoi ça ? nous interroge Suzie qui vient de nous rejoindre.

— Tu ne veux pas le savoir, répliqué-je.

— Ah oui ? Explique.

— Parce que nous parlons de mes relations sexuelles passées avec ces deux lascars, réponds-je en les désignant. Et je n'ai pas ouvert le débat. C'est Nick, chuchoté-je pour me défendre.

— La faute à ton mari, se défausse ce dernier.

— Ah, non, mais quel gonflé, celui-là, rouspète notre ami.

— Tout est parti de Mateo, en fait. Ton homme veut le tenir à distance des griffes de notre très chère prédatrice, explique Nick.

— Oh, mais Mateo peut se débrouiller tout seul ! assure Suzie.

— Et puis, ça lui ferait peut-être du bien de sortir de sa cave, à l'ermite, déclare Nick.

— Tu sais bien que c'est compliqué, se fâche Suzie.

— Oh, oh, toi aussi, tu montres au créneau ?

— C'est quelqu'un de bien avec pas mal de trucs à gérer en dehors de son boulot. Tu le sais très bien. Pas le genre de mec à tremper son biscuit à tout-va. Pas du tout « one-shot » comme certains, précise Robert. J'éprouve beaucoup de sympathie pour ce mec. Et je préférerais que Clem lui fiche la paix. Lucas devrait la contenter.

— Eh, je suis là ! lancé-je en secouant les mains pour attirer l'attention sur ma présence qu'ils semblent avoir oubliée.

— Ne t'inquiète pas, on te voit. Tu ne passes pas inaperçue avec ton mini maillot rouge. Heureusement que ces deux-là sont immunisés contre tes charmes et que Meg et moi ne sommes pas jalouses.

— Bien dit, Suzie ! la félicite Nick.

— Vous m'agacez ! Je vais faire un tour à Bordeaux.

— Je crois que le juge Lucas est de repos aujourd'hui. Tu veux son 06 ? me demande Nick.

— Merci bien. Je l'ai déjà.

— Vraiment ? s'étonne Suzie. Il veut te revoir ?

— Quoi ? Tu as déjà couché avec lui et il veut remettre le couvert ? s'enquiert Nick.

— Il faut croire qu'il ne se cantonne pas aux « une seule fois ». À moins qu'il m'ait trouvée exceptionnelle.

— Pff, toujours aussi prétentieuse ! marmonne mon ex en sortant de l'eau.

Nick et Suzie éclatent de rire de concert.

— Tu oublies que c'est Clem, là ! commentent-ils.

Eh oui, je suis comme ça ! Toujours à surjouer alors qu'en réalité, je ne me sens bonne à rien depuis l'annonce qui a anéanti mes rêves.

— Bon, je file voir si le dieu du sexe veut bien passer un peu de temps avec la déesse. Suzie, je te pique ta voiture. Je t'envoie un texto si je ne rentre pas ce soir.

— Eh, n'oublie pas, rendez-vous à sept heures avec Mateo. Ne lui fais pas faux bond. Ce serait grossier et il n'apprécierait pas.

— Ah, oui ! Tu grillerais toutes tes chances de le séduire, confirme Nick.

— Je serai à l'heure, quoiqu'il advienne.

— Elle a réussi à obtenir un nouveau rencart avec Lucas, entends-je Nick dire tandis que je m'éloigne. Je suis stupéfait ! Je ne l'ai jamais vu deux fois avec la même fille.

« Aucune n'était Clem » est la dernière phrase qui me parvient, prononcée par Suzie.

J'avoue que je suis du genre à changer d'avis comme de chemise. Et ses textos répétés ont raison de mon envie de le revoir. De plus, maintenant, je suis flattée d'avoir retenu l'attention de mon volage de magistrat et me promets de lui offrir quelques souvenirs inoubliables de mon passage dans son lit ou sur son bureau. Et demain est un autre jour à passer dans d'autres bras.

Chapitre 4 :
Comment résister à la tentation
Mateo

Je fais le pied de grue, accoudé contre le mur de la cave, point de départ de notre visite, consultant ma montre pour la énième fois, agacé bien que l'heure ne soit pas dépassée. Sept heures moins le quart : la rousse n'est pas encore en retard. J'aimerais bien qu'elle le soit ou qu'elle ne vienne pas du tout, ce qui m'offrirait l'occasion d'extérioriser cette colère contenue depuis hier soir contre Enzo revenu ivre de sa petite sauterie. Je lui en veux de s'être laissé entraîner par sa bande d'amis. Pour l'instant, il vit chez moi en garde alternée avec les Fournier, en attendant le verdict. En ma faveur, j'espère ! Le juge des affaires familiales doit statuer, sous peu, sur tout ce qui m'oppose aux grands-parents d'Enzo, sans tenir compte de l'avis de sa mère, vu la situation. Mon statut de célibataire et mes moyens financiers me désavantagent face à celui de sa famille aux revenus conséquents et à l'honorabilité de leur nom. Trouver un avocat réputé, aux émoluments astronomiques : une simple formalité pour eux, à laquelle je ne trouvais rien à opposer. Jusqu'à ce que ma patronne, émue par notre histoire, intervienne auprès de son mari, l'incitant à jouer de ses relations. De par la redoutable efficacité de Robert, Sarah se retrouve dotée d'un défenseur autre que celui commis d'office, Maitre Lebon, un confrère de Monsieur Chambard. Ce dernier, quant à lui, gère le volet affaires familiales. Une aide des plus précieuses. Sans lui, je partais battu d'avance. Aujourd'hui, Enzo vit avec moi à mi-temps dans l'attente du jugement. Je le dois également à Matthias, même si, dans un premier temps, je l'ai détesté pour avoir exposé ma vie sur la place publique. Mais devant mon désarroi, il a pris l'initiative de présenter la situation à Suzie. Ce que je n'aurai jamais osé faire malgré les bonnes relations que nous entretenons.

Mais mon énervement actuel n'est pas dû qu'à ce petit con que je vais devoir punir. Ce qui malheureusement lui pend au nez, même si je déteste sévir. Il sait ce qu'il encourt s'il transgresse les règles établies. Cependant, comme tous les ados de quinze ans, il ne peut s'en empêcher et s'emporte rapidement. Je songe aux premières fois où il n'en a fait qu'à sa tête et à ses paroles blessantes, aussitôt regrettées. Les mots dépassent souvent la pensée de ce gentil garçon. Notre relation s'avère peu évidente, avec cette garde conjointe qui complique la situation, d'autant que nous ne tissons des liens que depuis peu.

— Me voilà ! Pile-poil à l'heure, et je dirais même en avance.

La pimbêche me sort de mes divagations, me nargue d'entrée de jeu en me collant sous le nez son téléphone qui affiche six heures cinquante-huit. Je ricane en constatant que deux minutes, pour elle, justifient son « avance ».

— Pas vraiment un exploit, mais si cela vous met en joie !

— Je le maintiens. Il n'est pas sept heures, donc…

— On ne va pas polémiquer sur le sujet. Mon temps est précieux, alors on bouge.

Elle marmonne entre ces dents, râlant probablement sur mon manque d'amabilité, opinion qui m'indiffère.

Mais agacé, je souffle, irrité d'être contraint d'obéir à ma patronne avec son idée débile. Nul besoin d'entraînement, parce que je saurai partager mon amour du vin avec d'autres passionnés et opérationnel le moment venu. Avec cette avocate de passage, j'envisageais plutôt quelques savoureux points de vue à l'horizontale. Jusqu'à ce que son comportement m'en fasse passer l'envie, étant du genre exclusif — tout au moins le temps d'une relation, qu'elle dure deux, trois jours, peu importe la durée —. Mais j'ai bien compris, hier matin, que la rouquine ne l'est pas, et plus du style à passer d'un mec à l'autre dans la même journée. Qu'elle puisse alterner entre moi et le juge qui, de plus, instruit l'affaire de ma sœur, ne peut être envisageable. Je la soupçonne, même, de dresser un classement et comparer les prouesses sexuelles de ses amants — ce qui ne me botte pas du tout —. Je vais donc devoir museler ma libido.

OK, mais pas gagné avec la tenue qu'elle porte !

Short au ras des fesses qui dévoile des jambes interminables, chemise entrouverte sur un soutien-gorge pigeonnant prêt à laisser échapper sa poitrine généreuse. Son haut noué augure un ventre plat et un bijou scintillant orne son nombril. Impossible de le rater ! Ce devrait être interdit de profiter de ses avantages pour tourmenter les pauvres hommes que nous sommes.

— Alors, ma tenue vous semble adaptée à cette visite guidée ? me demande-t-elle tant mon effeuillage du regard ne lui échappe pas. J'ai même acheté une paire de tennis pour la circonstance, lors d'une sortie à Bordeaux.

Comme si elle s'y était rendue pour ça !

La voir bécoter sans aucune pudeur le célébrissime Lucas, dans ce bar où je passais également ma soirée en compagnie d'amis, a eu raison de mes états d'âme, mais pas de mes pulsions sexuelles. Savoir qu'elle s'encanaille avec ce type, après avoir sous-entendu, dimanche soir, que je lui plaisais et être revenue à la charge le lendemain, ne me fait pas sentir unique, mais me donne plutôt le sentiment d'être un jouet que l'on prend puis que l'on pose de côté pour un autre. Je l'imagine bien les jetant à tour de bras après usage.

Je m'étonne d'ailleurs de la trouver fraîche et pimpante après sa soirée bien arrosée. Je me tâte à lui demander si aucune migraine intempestive ne risque de lui gâcher la matinée. Mais je ne souhaite pas qu'elle sache que je l'ai croisée. Je me contente de maugréer un « super », sans ajouter qu'en fin de parcours, ses groles[4] seront bonnes pour un tour en machine à laver. À moins qu'elle soit du genre à s'en débarrasser et s'en acheter une autre paire, ce qui ne me surprendrait pas. Mademoiselle a les moyens. Découverte fortuite, ayant involontairement assisté à une conversation entre Suzie et Robert à la recherche d'un associé. Ma patronne estime l'idée d'un partenariat avec Clémence excellente. Cette dernière, très compétente, possède quelques avoirs qu'elle pourrait investir dans leur affaire. Si le projet se concrétise, je devrai me tenir à distance de cette ogresse dont je suis tombé sous le charme au premier regard, ce qui m'exaspère au plus haut point et accentue ma mauvaise humeur.

Je lui tourne le dos et m'engage d'un pas rapide sur le chemin des vignes, bien décidé à la faire transpirer un peu, futile vengeance pour l'effet qu'elle me fait. Une petite heure de marche devrait calmer mon érection et son effronterie.

— Eh, on ne va faire cette balade au pas de course ?

---

4. Expression bordelaise pour grosses chaussures et plus communément chaussures.

— J'ai du boulot, je n'envisage pas d'y passer la journée. La propriété couvre quinze hectares.

— Quoi ? Je croyais que nous allions faire quelques pas puis revenir au chai.

Je jubile intérieurement de sa méprise.

— Eh bien, Suzie m'a demandé de simuler une visite. C'est ce que je fais. Mais rassurez-vous, nous n'arpenterons pas l'entière superficie du vignoble.

— Ah, vous m'en voyez rassurée. De toute façon, je ne crois pas que couvrir la totalité du domaine séduirait vos clients.

— Moi, je pense, au contraire, que c'est une bonne tactique. De retour à la cave, ils auront soif ! me marré-je.

— Surtout, envie de boire de l'eau. Et trop épuisés pour apprécier la dégustation, si je peux donner mon avis.

Une évidence que je m'abstiens de reconnaître. Mais mon programme du jour s'éloigne radicalement du projet élaboré avec Suzie. En l'occurrence, la promenade dans le vignoble ne dépasserait pas dix minutes durant lesquelles je projette d'expliquer les grandes lignes de l'aspect viticole. Après quoi, il serait prévu de revenir à notre point de départ et de terminer l'exposé par le volet vinicole qui se conclura, j'espère, par l'achat de quelques bouteilles de nos dernières cuvées.

— J'en prends note. Il est toujours bon d'avoir plusieurs points de vue. Donc, comme je le disais, devant nous s'étendent quinze hectares de vignes et un petit bosquet sur votre gauche. Le Bordelais est le plus vaste vignoble de France, soit 27 % à lui seul, et le plus visité. Comme vous pouvez voir, le sol est composé de couches de sables et de graviers, mêlés d'un peu d'argile, appelés "graves". D'où le nom du domaine. Le Médoc produit exclusivement du vin rouge, des crus prestigieux comme des vins plus accessibles aux consommateurs, sous le label AOC[5] ou AOP[6]. Vous voulez plus de précisions sur ces termes ?

— Merci, ça ira.

Je sais que je l'ai noyée de détails. Pour autant, je poursuis sur ma lancée, balançant d'autres chiffres et des informations qui ne peuvent l'intéresser. Tout en pérorant en un long monologue qu'elle n'interrompt pas, nous avançons d'un pas alerte et rapide. J'ai l'habitude des longues randonnées ; pas certain que ma citadine résiste. Plusieurs mois furent nécessaires à Suzie avant d'acquérir la condition physique requise pour nous suivre sur le terrain, Mathias et moi. Même si je ne gère pas la partie viticole, il m'arrive de participer aux travaux extérieurs, d'arpenter le domaine et d'accompagner dans son apprentissage Enzo, embauché comme saisonnier à chaque période de vacances scolaires. Il y a toujours à faire durant l'année, pas uniquement pendant les vendanges.

Je ralentis, me tourne vers Clémence, persuadé qu'elle peine à me suivre, et nous entrons en collision tant elle est sur mes talons. Nos regards s'accrochent, nos corps s'effleurent et je résiste difficilement à la tentation. Bien qu'il soit tôt, la chaleur matinale et la marche forcée colorent ses joues. Ses cheveux humides, échappés de sa queue de cheval, collent à sa joue et sa bouche. Je ne peux m'empêcher de les repousser et mes doigts s'égarent en une douce caresse sur ses lèvres un instant de trop. Elle halète un peu sous l'effort imposé, ou mon geste plus ou

---

5. Appellation d'Origine Contrôlée, label permettant d'identifier un produit dont les étapes de fabrication sont réalisées dans une même zone géographique et selon un savoir-faire reconnu
6. Appellation d'Origine Protégée dénomination, en langue Française d'un signe d'identification de la Communauté européenne visant à préserver les appellations d'origine et de produits agricoles.

moins anodin. Je me reprends aussitôt, malgré ma queue palpitante et pas vraiment d'accord.

— Bon petit soldat ! lancé-je en reprenant la marche. Vous me surprenez, Clémence. Je ne vous aurais pas cru aussi endurante.

— Vous me testez, là ? s'énerve-t-elle en m'attrapant le bras pour m'obliger à me retourner.

La colère lui sied à ravir. Ses yeux verts flamboient. Le soleil, derrière elle, accentue les reflets auburn de sa chevelure. Un sourire étire mes lèvres.

— À votre avis ?

— Mufle !

— Quel langage fleuri, me moqué-je. Mais très adapté à celui d'une avocate.

Les mains sur les hanches, elle me lance un regard assassin.

— Oh, mais très cher Mateo, vous voulez du trivial ? Parce que j'en connais un rayon.

— Oh, mais je n'en doute pas un seul instant !

Sauf que la pimbêche sait bien se tenir.

— Connard arrogant, espèce d'empaffé…

— Quelle vulgarité dans une si jolie bouche.

Sous l'impulsion, j'y dépose mes lèvres et force le passage des siennes. Nos langues se lancent dans un ballet endiablé tandis que nos mains fébriles glissent sur nos corps. Ce baiser nous laisse pantois quand elle y met un terme pour reprendre son souffle. Un sourire satisfait fleurit sur ses lèvres, et je réalise m'être fait avoir comme un bleu.

— Bien, il est facile de te clouer le bec. On continue ?

La visite, bien sûr. Pour le reste, je ne suis pas intéressé, assuré-je avec aplomb, tentant de m'en convaincre moi-même.

— Prends-moi pour une idiote. Tu crois que je ne vois pas que tu bandes ?

— Réaction indépendante de ma volonté. C'est ce qui arrive quand on stimule un peu trop la bestiole.

— Cela n'empêche que…

— Je n'ai pas envie de coucher avec toi, miss pimbêche, même si tout porte à croire le contraire. Alors, arrête de m'asticoter.

— Je te signale que c'est toi qui m'as embrassée.

— Pour que tu la fermes.

— Mais bien sûr !

— Tu es une nana super chiante, tu le sais ?

— Oui, mes amis me le répètent sans arrêt et j'assume.

— Je n'aime pas les femmes chiantes.

— Bah, tu n'as pas besoin de m'aimer.

— Qu'est-ce que tu veux, Clémence ?

— Cela semble évident.

— Toujours pas intéressé et je n'apprécie pas non plus les femmes entreprenantes. Encore moins celles qui passent d'un mec à l'autre.

— Oh, mais monsieur est macho, on dirait ! Tu estimes que seuls les hommes ont ce privilège ?

— Absolument pas ! Je n'approuve pas davantage le comportement d'individus qui prennent les femmes pour des objets sexuels.

— Oh, Seigneur ! Quel rétrograde tu fais ! Si les uns et les autres sont consentants ?

— Ils peuvent l'être. Il n'empêche que, personnellement, je ne conçois pas ce genre de relations.

— Tu as quelqu'un dans ta vie ?

— En quoi ça te regarde ? Je te demande avec combien d'hommes tu couches en même temps ?

— OK, j'ai compris ! J'ai presque trente-deux ans, à vue de nez, toi, je dirais entre trente et trente-cinq. Et toujours à la recherche la femme idéale, avec des exigences de dingue, je parie. Pathétique ! Et si, tu considères qu'il faut entretenir une relation suivie pour coucher avec une nana, tu ne dois pas baiser souvent. Ce qui explique ta mauvaise humeur, ton agressivité et ton acrimonie envers les femmes. Tu ne serais pas misogyne, en plus ?

— Je ne te permets pas de m'insulter. Tu ne me connais pas et c'est toi qui me rends agressif. Je ne pense pas que Suzie ait à se plaindre de mon humeur. Que je sache, je ne suis pas venu te chercher. Et j'ai bien vu ton manège. Tu ne penses qu'à remplir ton tableau de chasse, et je n'ai pas du tout envie d'y figurer à côté de ce connard de juge.

En guise de réplique cinglante en retour, elle éclate de rire. Voilà qu'elle se fiche de ma gueule, maintenant !

Je vais lui en donner, moi, du misogyne, de l'agressivité et du machisme !

Nous sommes à deux pas du petit bois, un lieu relativement plus confortable que cette allée de sable pour mes projets. Je la jette sur mon épaule. Elle se débat, hurle, m'adjoint de la laisser descendre. Je n'en fais rien jusqu'à ce que je la colle à un arbre et la contraigne au silence d'un baiser sauvage tandis que je dégrafe l'attache de son short qu'elle porte sans culotte. Mon sexe comprimé dans mes jeans me supplie de le libérer et de l'enfouir dans son fourreau humide. Ce que je ne ferai pas faute de préservatif. À la place, j'ondule des hanches tout en glissant mes doigts dans son antre velouté, titille son clitoris. Ses soupirs extatiques me rendent dingue. J'accélère la cadence : tant pis si je jouis dans mon pantalon comme un adolescent. La tension monte, ses mains sont partout : sur mes mamelons, mes fesses qu'elle attire vers elle, vers ma braguette qu'elle ouvre, sur mon gland qu'elle effleure. Une onde dévastatrice flamboie dans mon ventre tandis qu'elle mordille le lobe de mon oreille.

— Prends-moi, me chuchote-t-elle.

— Je n'ai pas prévu ce qu'il faut pour ça, marmonné-je dans son cou.

— Moi, si.

De la poche arrière de son short, elle extirpe un carré d'aluminium qu'elle ouvre d'un coup de dents.

Le cerveau en capilotade, je peine à réagir. La rouquine profite de ma perte de contrôle, m'habille et s'empale sur mon sexe ravi de l'aubaine.

Choqué par tant d'audace, l'envie de la laisser sur sa faim me taraude. Mais toujours aussi frondeuse, elle ne m'offre pas l'occasion de l'abandonner, s'enroule autour de ma taille, s'accroche à mon cou. Vexé d'être utilisé, j'impose le tempo de coups de reins saccadés et brusques, puis l'incite à se tourner, prendre appui sur l'arbre, et me repais du spectacle de ses fesses, du plaisir d'à nouveau m'engloutir en elle. Elle hurle rapidement sa jouissance sans retenue tandis que je m'écroule sur son épaule après la mienne, le temps de reprendre mes esprits. Un sourire de satisfaction ourle ses lèvres quand nos regards se croisent quelques secondes plus tard. Moi, je suis furieux après elle, après moi pour mon comportement bestial, loin de mes manières habituelles. Sans parler du sentiment d'avoir été manipulé.

— Après un second round, déclare-t-elle tout en flattant mes bourses, nous pourrons décréter si tu peux concurrencer le juge. Et si ta queue mérite de remplacer la sienne sur mon téléphone.

Je n'ai nulle intention de recommencer, encore moins de concourir, je regrette déjà ma faiblesse devant son air suffisant. Ses paroles ne m'inspirent que du dégoût.

— Garde celle de Berthelier, tu n'auras plus jamais l'occasion de goûter à la mienne. Elle regrette déjà de t'avoir tringlée.

Habituellement, je ne suis pas vulgaire, mais cette garce mérite ce langage trivial.

Non, mais quel con ! C'était tellement prévisible qu'elle te comparerait à ce connard ! Ou à un autre !

Sur ce, je tourne les talons et l'abandonne dans le bosquet. Elle ne risque pas de se perdre, on aperçoit au loin la résidence à une demi-heure de marche d'ici. En courant dans les travées, moi, je serai aux entrepôts en un quart d'heure. Un petit footing me fera du bien, m'aidera à de me défouler, à mettre rapidement de la distance entre elle et moi, avant que l'envie me reprenne de la baiser à nouveau, bien plus sauvagement, et de m'imposer dans sa bouche pour effacer ce sourire et cet air impertinent affiché sur son joli visage.

Chapitre 5 :
Déception
Clémence

Non, mais j'y crois pas !
Après m'avoir baisée comme un dieu, le malappris disparaît en quelques foulées rapides. Ces propos insultants me laissent sans voix.

Jusqu'alors, personne n'est jamais parvenu à faire taire Clémence Dubreuil !

Sauf si on sollicite ma langue pour d'autres usages. Il ignore ce qu'il perd en ne me donnant pas l'occasion de lui faire découvrir comme je sais en jouer. Particulièrement sur un sexe. Le sien, soyeux au toucher, m'a mise en appétit.

À l'évidence, il n'apprécie pas d'être comparé au juge, ou à qui que soit d'autre, ni mon penchant pour une sexualité assumée. Encore moins ce genre de nana dévergondée n'acceptant pas de céder son corps à la demande, mais décide avec qui combler son appétence pour le sexe. Un style de vie dérangeant, indigne d'une femme, mais peu m'importe l'avis d'autrui.

Depuis toujours, je m'insurge contre l'opinion générale, contre les codes sociaux qui cloisonnent la femme dans un rôle prédéfini par l'éducation, l'influence religieuse qui régit depuis des siècles la morale bien-pensante. Hommes et femmes sont soumis à des droits et des devoirs différents. L'égalité n'existe pas. Que ce soit dans le monde du travail ou dans celui de la sexualité. Le permis, l'accepté, se trouve valorisé pour l'un, mais pas pour l'autre. Certaines connotations sont tantôt flatteuses, tantôt péjoratives, telles que « Don Juan » ou « pute ». La femme n'est pas censée exprimer ses envies au même titre qu'un homme, ne pas faire étalage de la liste de ses conquêtes. Personnellement, je ne m'en cache pas et aime provoquer en les affichant sans complexe.

Mes nombreuses et courtes relations me permettent de me sentir femme, de maîtriser ce traître de corps. Je l'emmène vers des satisfactions temporaires qui comblent le vide de mon ventre stérile et de ma vie sans avenir.

Je m'effondre au sol en pleurs. Une fois de plus, je me sens démunie. En perte de contrôle. Ces réflexions, seule en pleine cambrousse, m'atteignent et m'effraient. Elles laissent entrevoir des lendemains qui déchantent. Quand la vieillesse aura raison de mon physique, qu'adviendra-t-il de moi ? Une existence solitaire se profile à l'horizon. Je ne peux envisager une relation de couple. Qui voudrait d'une femme incomplète ? D'une union sans enfants, sans descendance, sans fruits d'un amour partagé ? Plus que jamais, l'évidence me frappe tant la présence de gosses que des amis chérissent m'est douloureuse. Voir Éléonore et Meg, enceintes, me broie les entrailles. Je déteste ces moments où des mains se tendent pour caresser leurs ventres.

Je revois Eve qui, ignorant ma souffrance, déposait mes doigts sur le sien, palpitant sous les coups de pieds de Gabrielle, me prenant au dépourvu.

Mon masque s'était alors fissuré, les barrières cédant sous un torrent de larmes longtemps jugulé, me contraignant à avouer mon secret à la seule personne capable, à mes yeux, de compatir sans s'apitoyer, de me soutenir et comprendre les vraies raisons de ma séparation avec Robert, sans les juger. Suite à ce laisser-aller inacceptable, j'ai peaufiné mon personnage, renforcé mes défenses.

Aux yeux de tous, je déteste les mioches et ne veux surtout pas en avoir. De ce fait, certains me regardent avec condescendance, offusqués, intolérants. Ils ne peuvent concevoir que certaines femmes n'en éprouvent pas le désir. D'autres font mine de trouver des justifications dans ma profession très prenante, auquel s'ajoute mon esprit carriériste. Et de chacun et de chacune de donner son point de vue sur la question. Personnellement, j'estime que les femmes devraient être libres de leurs choix sans aucun jugement et j'enrage d'en avoir reçu. Cacher sa stérilité — maladie loin d'être honteuse — peut sembler ridicule. Mais je suis incapable de faire face à la commisération étouffante, sans parler des regards navrés, lors d'impairs. Ce que vivent souvent de nombreuses femmes. Pour preuve, cette confidence de Justine, ma cousine, à ma mère

« Si je devais changer quelque chose dans ma vie, ce serait de taire mon incapacité à avoir des enfants. Je ne supporte plus ces regards compatissants, ces conseils et ce : "cette FIV, c'est bon ?", alors qu'une énième fois de plus, c'est un échec cuisant et douloureux. ».

À l'annonce du diagnostic, envolés mes rêves de bambins aux traits de Robert ! Une fois le coup accusé, la décision de conserver mon infertilité secrète s'est aussitôt imposée, comme une évidence. Hors de question de vivre la souffrance de ma cousine et d'un millier d'autres Justine ! Ce qui n'empêche pas une douleur omniprésente. Douleur que je détourne dans de brèves étreintes ou des sessions de sexe orchestrées dans lesquelles je me soumets à la morsure de divers instruments.

Une fois mes larmes taries, je décide de chasser toutes ces pensées chagrines. Mon esprit combatif refait surface. Pas de quoi en faire un fromage pour si peu ! Mateo n'a qu'à aller se faire foutre ! M'être privée d'une sortie en bord de mer en perdant mon temps avec ce connard me contrarie davantage. Je consulte mon téléphone : huit heures ! En me hâtant, je pourrais rejoindre Nick sans perdre toute la matinée. Une fois ma décision prise, je l'appelle :

— Hello, Nick ! Toujours d'actualité ton invitation ?

— Ta visite est terminée ? Tu as tiré ton coup ?

— Oh, arrête ! Je peux venir, oui ou non ?

— Hum, j'ai comme idée que tu n'as pas séduit l'ermite.

— Peut-on parler d'autre chose ?

— Merde ! Tu t'es pris un râteau ?

— Nick, tu m'emmerdes !

— Ne te fâche pas. Ramène plutôt ta fraise. Il fait un temps splendide, la température de l'eau idéale pour la baignade. Et quelques mecs super gaulés, avec lesquels tu pourrais te consoler, taquinent la vague.

— J'arrive.

Je raccroche, satisfaite de pouvoir chasser Mateo de mes pensées par une occupation physique intense. Ce que ne peut m'offrir Lucas, ce dernier n'étant pas disponible. Néanmoins, je ne doute pas de le revoir prochainement. Lui ne se plaint pas de mes audacieuses entreprises ni de mes inclinaisons immodérées pour le sexe. Pour l'heure, l'idée de croquer un surfeur rouvre mon appétit.

Après une demi-heure de marche soutenue, je rejoins mon point de départ. Suzie s'y présente alors que Mateo et moi arrivons de deux lieux différents, l'un des vignes, l'autre sortant du chai.

— Mateo marche plus vite que moi, annoncé-je avant qu'elle ne nous interroge.

Inutile que quiconque découvre mon humiliation. Je me garderai donc de faire des confidences à Suzie en m'efforçant à ce qu'elle ne se doute de rien. Le caviste et moi nous affrontons du regard dans une tension palpable que mon amie, j'espère, ne percevra pas, malgré son regard inquisiteur. Craignant que la trace de mes pleurs soit visible, je m'empresse de tourner les talons.

— Je te pique ta voiture pour la journée pour aller à Soulac.

— Clem ! Tu ne veux pas attendre demain ? Nous avons prévu de nous y rendre pour quelques jours !

— OK. Je prépare ma valise en conséquence, mais je pars maintenant rejoindre Nick. Il a repéré quelques surfeurs qu'il estime à mon goût et qui ne devraient pas se plaindre de mes avances, répliqué-je tout en me dirigeant vers la maison, évitant de croiser le regard de Mateo à qui s'adresse cette sortie.

Suzie, elle, ne s'étonnera pas de ma répartie.

— Clem ! insiste-t-elle, cependant.

Me trouvant à distance raisonnable de son œil de lynx, je consens à me retourner.

— Quoi ?

— La visite t'a plu ?

— Nickel ! Ton maitre chai est… parfait !

Puis, craignant de ne pas paraître crédible, je tempère mon enthousiasme :

— Bon, certaines de ses explications et l'avalanche de chiffres, c'était plutôt rasoir. Mais ces infos devraient plaire à tes clients. Par contre, les faire marcher au pas de course au risque de les épuiser et les assoiffer, beaucoup moins, je pense. Mateo, prévoyez de leur offrir des bouteilles d'eau pour la durée du parcours, ajouté-je à son intention. À demain, Suze.

Satisfaite de ma réplique incisive, je tente d'ignorer la sensation d'être mitraillée du regard et hâte le pas pour rejoindre ma chambre. Je m'arrête dans la cuisine. Robert y déjeune.

— Alors, instructive, ta virée ?

— Plus que je ne l'aurais imaginé, commenté-je tout en attrapant une canette de jus de fruits.

Ne souhaitant pas qu'il m'interroge davantage, je me précipite vers l'étage. Le miroir de salle de bains me renvoie un visage marqué par les pleurs : yeux rougis, coulées de mascara, bouche légèrement gonflée — conséquence du baiser fougueux échangé — et chemisier plus ouvert qu'il ne devrait. Merde ! Je doute que ma mine défaite ait échappée à Suzie.

Je déteste Mateo pour avoir rouvert mes blessures et considérée comme une moins que rien. Quelques larmes m'échappent à nouveau. Je les efface d'un geste colérique au moment où Suzie frappe à ma porte.

Re-merde !

Je me précipite sous la douche tout habillée avant qu'elle ne s'impose sans invitation. Tout à fait son style ! J'espère que le bruit de l'eau la dissuadera d'envahir mon espace personnel. Mais, comme pressenti, elle n'attend pas ma réponse, entre et se poste devant la salle de bains. Celle que tout le monde considérait comme une égocentrique s'inquiète. Son comportement le prouve. Je la soupçonne d'avoir renoncé à ses projets initiaux pour remonter à la maison au pas de course afin de découvrir ce qui me trouble.

— Clem !

Je fais mine de ne pas l'entendre, retire mes vêtements trempés que je piétine rageusement. Ils partiront direct à la poubelle ; je refuse de les porter à nouveau. Leur vue risque de me rappeler constamment cette cuisante mortification.

— Clémence ! insiste Suzie.

Putain ! Elle va pas me lâcher !

— Quoi ?

— Je peux savoir ce qui s'est passé ?

— Suze, je suis sous la douche. On ne va quand même pas discuter à travers une porte fermée !

— J'entre, alors !

— Non !

— Clem, mais qu'est-ce qui t'arrive ?

— Rien. Il ne m'arrive rien. Que vas-tu imaginer ?

— Ne me prends pas pour une imbécile. Tu as pleuré et je veux savoir pourquoi.

— N'importe quoi ! J'ai juste pris un peu de la poussière dans les yeux. J'avais oublié mes lunettes de soleil et voilà ! Qu'est-ce que c'est sableux comme terrain !

— OK. J'ai mal interprété.

— Tout à fait !

— Je suppose que j'ai aussi imaginé les lunettes sur ta tête et l'air bizarre de Mateo.

Je m'exaspère intérieurement de mon argument débile si facilement contestable. Au bout de quelques secondes de silence, mon amie reprend.

— Tout bien réfléchi, nous partons à Soulac avec toi. J'appelle Nick pour l'informer de notre arrivée, pendant que tu te prépares.

Sur ce, je l'entends tourner les talons et claquer vertement la porte.

Suzie n'a pas son pareil pour prendre des décisions au pied levé. Cette fois-ci, je ne connais que trop bien les raisons qui la poussent à anticiper son départ. Me voir prendre la route dans mon état émotionnel actuel l'inquiète, évidemment. Je préfère ignorer les justifications présentées à Robert car, connaissant ce dernier, ce brusque changement de projet va le contrarier. Monsieur déteste les modifications de dernière minute. Je n'ose imaginer sa mauvaise humeur. Dans ce contexte, entreprendre du covoiturage avec eux ne me semble pas une bonne idée, mais il n'existe pas d'autres alternatives. Lorsque Suzie décide, ne reste qu'à se plier à ses quatre volontés !

Mes larmes séchées, lavée de mon humiliation, je m'enroule dans un drap de bain et regagne ma chambre. Suzie toque à ma porte pour m'informer de l'heure du départ, tandis que j'apporte une dernière touche à mon maquillage après avoir enfilé une robe légère. L'image dans la glace, cette fois-ci, me satisfait. Disparue la trace de mes pleurs. Néanmoins, je sais que je n'échapperai pas à l'interrogatoire. Suzie souhaitera connaître le fin mot de l'histoire, mais acceptera toutefois mon choix de ne pas en parler. Mais avant tout, je dois trouver Mateo et lui faire comprendre que notre stupide débordement doit rester dans la sphère privée.

À peine contourné-je le chai qu'une main s'abat sur mon bras, me faisant sursauter.

— Mais ça ne va pas ! hurlé-je, le cœur battant la chamade.

— Qu'est-ce que tu fiches ici ?

— Nous devons discuter.

— Nous avons encore quelque chose à nous dire ? rétorque-t-il tandis que je me dégage de sa main toujours posée sur moi. Parce que moi, je ne vois pas de quoi tu voudrais bien discuter.

— De ce dérapage qui doit rester entre nous.

— Un dérapage particulièrement bien orchestré. Tu avais même prévu les préservatifs ! Tu es pire qu'un mec !

— Je suis désolée si je ne ressemble pas aux nanas que tu fréquentes. Et pour ta gouverne, sache que j'ai pour habitude de me protéger.

— Pour faire ça n'importe où avec n'importe qui ?

— Si j'en éprouve le désir, oui. Et ne viens pas me dire que ce comportement n'est réservé qu'aux hommes.

— Tu connais mon point de vue sur la question. Je ne vais pas y revenir. De la baise sans sentiments, ça t'excite ?

— Oui, et alors ? Tu as apprécié, il me semble ! Moi aussi, en l'occurrence. Ton problème réside dans ton incapacité à jouir de l'instant présent et d'accepter la compétition.

— Et le tien ? Ne viens pas me raconter des salades, parce que si tu n'en avais pas, tu ne serais pas revenue en pleurant. Mes paroles auraient-elles touché une corde sensible ?

— Si tu t'imagines responsable de quelques larmes, tu te trompes. En réalité, je me suis tordu la cheville sur le chemin du retour. C'était douloureux. J'ai pleuré. Il n'y a rien de plus à ajouter.

Son regard abandonne mes yeux pour mes chevilles.

— Menteuse en plus d'être nympho. Nous ne sommes pas près de nous entendre.

— Je ne cherche pas ton amitié. Et sache, même si cela ne te regarde pas, que j'ai deux pieds gauches. Pas besoin d'obstacles pour me casser la figure.

— Si tu le dis ! Pour ta gouverne, je pourrais également te dire que cela ne te regarde pas non plus, je n'ai pas pour habitude de m'épancher sur ma vie intime. En revanche, il semble bien que toi, oui. Je te plains si seul le sexe comble ta vie. Peut-être que si tu rencontrais de vraies problématiques autres que de se casser un ongle, très certainement un drame pour toi, tu accorderais plus de temps à d'autres centres d'intérêt autre que coucher à droite et à gauche ; tu relativiserais et ne t'inquiéterais pas du risque que je puisse partager mon opinion sur ta petite personne.

J'enrage de l'entendre me juger sur les apparences. Il ne sait rien de moi.

La gifle fuse. Mon geste le prend au dépourvu et, dans ses yeux, je lis une fureur bien supérieure à la mienne.

— J'espère que nous n'aurons plus jamais l'occasion de nous croiser, siffle-t-il entre ses dents avant de tourner les talons.

— Idem.

En suis-je vraiment sûre ?

Pour être honnête, la réponse est non.

Chapitre 6 :
Une nana agaçante
Mateo

Lorsque sa main claque ma joue, l'envie de la lui renvoyer m'effleure. Réaction instinctive d'autodéfense que je ne connais que trop bien. Cependant, la violence en retour ne résout pas tout, bien que je la trouve nécessaire dans certaines circonstances. Quoi que l'on dise, quoi que l'on pense, se défendre contribue parfois à sa survie, le dialogue ne suffisant pas toujours à désamorcer certaines situations. Non, de belles paroles et des supplices ne stoppent pas un homme battant sa femme ou ses enfants.

Je tremble des pieds à la tête aux souvenirs d'un passé pas si lointain ; la colère gronde en moi. Émotion difficilement contrôlable. Elle m'effraie tant je crains qu'elle ne me pousse vers un côté sombre. Je la combats autant que possible, serre les poings et m'efforce de maîtriser mes tremblements. J'abhorre cette femme pour les images que ce geste ramène à la surface, sans parler de l'effet dévastateur de son contact, suscitant un désir incontrôlable, un besoin irrépressible de l'attirer à moi, la faire geindre de plaisir sans retenue. Peut-être devrais-je laisser mon instinct primaire prendre le pas sur mon cerveau, assouvir cette envie de la posséder, lui faire ravaler ses grands airs et clore cette bouche insolente par des baisers ou la partie de mon anatomie qui pulse en cet instant à l'idée de se glisser dans sa bouche.

Arrivé au chai, Matthias chasse mes fantasmes en m'interpellant. Notre employeur n'étant jamais en retard, même pas d'une seconde, il s'inquiète, l'heure de son rendez-vous passé de cinq minutes.

— Tu as croisé la patronne ?

Oh, oui, vue et même entendue !

Cela ne date que de dix minutes.

*

Aussitôt son amie hors de portée de voix, elle me réclame des explications et devant mon haussement d'épaules, explose.

— C'est pas possible ! Je ne te demandais pas grand-chose. Un quart d'heure de ton temps pour lui donner les grandes lignes de ton travail. Un exercice que tu vas être amené à répéter dans quelques mois.

— Je t'ai déjà conseillé de confier ce travail à Matthias.

— Hors de question ! Ma décision est prise, nous n'y reviendrons pas. Et j'ai le sentiment que le problème va bien au-delà d'une visite au pas de course. Parce que vois-tu, Clémence, je la connais par cœur. OK ! Elle peut être chiante. Très chiante. Provocante. Très provocante. Entêtée, très joueuse. Toujours de bonne humeur, quand bien même elle n'obtient pas ce qu'elle veut. Ce n'est pas grave, elle passe à autre chose. Donc, j'aimerais trouver une explication à son air bouleversé. Tu as couché avec elle ?

— Je ne vois pas de quoi tu parles !

— Mateo ! gronde-t-elle, passablement énervée.

Je découvre pour la première fois cette facette de la personnalité de ma supérieure. J'avais bien entendu, ici et là, des : « attention, qui s'y frotte, s'y pique », dans la bouche de son mari et Nick, mais jamais nous n'avons subi sa colère. Notre patronne, respectueuse des autres, gère son affaire dans un management participatif plutôt que directif. Une des raisons qui me font apprécier ma place dans la société. Mais au ton de sa voix, je la devine très contrariée — et troublée — par la mine défaite de la Parisienne. Cette frondeuse, au caractère assuré flagrant, je ne l'imaginais pas pleurnicheuse. OK ! J'admets avoir été grossier, insultant. Aucun homme n'a jamais dû la traiter de la sorte ; trop heureux d'espérer une marque d'attention de cette femme irrésistible. Ensorcelante, probablement indomptable et dangereuse. Particulièrement pour moi qui aspire à une vie sans complications. J'en ai déjà ma part sans qu'elle ne vienne en rajouter. Nul besoin qu'une tornade, qu'un tsunami ravage tout sur son passage, perturbe mon équilibre déjà fragile. Donc quelques barrières s'imposent.

Cependant, sa réaction me déroute. De ses comportements et confidences, j'en déduis qu'elle s'efforce de toujours obtenir ce qu'elle souhaite, pas du genre à se laisser abattre par un échec ni en être affectée. Suzie vient de le confirmer. Tout comme elle n'ignore pas mes manières cavalières, très rustres parfois — on ne me surnomme pas l'ermite pour rien — et quelques fois malvenues. Je vais devoir m'améliorer pour mener à bien ma mission auprès de la clientèle, et pour le cas où nous nous croiserions la nymphomane et moi.

— Je me comporterai comme il se doit. Promis. Tu n'auras pas à te plaindre de moi.

— OK et donc... toi et Clem...

— Écoute, je suis désolé, mais elle me hérisse le poil, la coupé-je. C'est tout simplement épidermique. Pour le reste, je ne suis pas dans sa tête. OK ?

Totalement épidermique ! Mais plutôt dans le sens contraire de ce que je tente de vendre à Suzie. Bien entendu, inutile qu'elle l'apprenne.

Comprenant qu'elle ne tirera rien de plus de moi, elle abdique. Néanmoins, son air de dire « j'en ai pas terminé avec toi » affiché sur le visage, laisse entendre également un : « tu ne m'as pas convaincue ».

*

— Alors, la patronne, tu l'as vue ? me répète mon collègue et ami.

— La voilà ! J'ai les relevés d'analyses à effectuer. On se voit plus tard.

Vu son pas décidé, je préfère m'éclipser, ne tenant pas à croiser de nouveau le fer avec elle.

Une demi-heure plus tard, Matthias m'annonce que la famille Chambard s'absente pour quelques jours.

— Nous devions nous pencher sur les plannings à venir, contacter les saisonniers pour s'assurer de leurs disponibilités, et je voulais lui parler du problème que me pose Laurent. J'ai besoin de son avis, et il ne faudrait pas trop traîner. Soit elle lui donne l'opportunité de se reprendre, soit elle le licencie. J'espérais régler la situation avant qu'elle ne parte en villégiature, mais je n'en ai pas eu l'opportunité. Toi, tu en penses quoi ?

— Excuse-moi, j'étais distrait. Tu disais ?

— Que peut-on faire pour Laurent en attendant que Suzie tranche ?

— La connaissant, elle va lui laisser une deuxième chance, qu'il ne mérite pas. À ta place, je le mettrais en congés sans solde jusqu'au retour de Suzie, pour lui donner une leçon et pour éviter qu'il ne fasse de nouvelles conneries. Et je l'inciterais à s'en débarrasser. On ne peut rien pour les causes perdues ; les alcooliques sont des menteurs invétérés, il fera des promesses qu'il ne tiendra jamais. Nous sommes bien placés pour le savoir.

— En effet. Laurent file du mauvais coton. La situation se dégrade de jour en jour, il est ivre avant même de prendre son poste. La semaine derrière, j'ai dû le renvoyer chez lui ; ce con s'est entaillé avec le sécateur et massacré quelques ceps de son secteur pendant l'éclaircissage. Carnage stoppé par Fred. Je n'ose imaginer les dégâts si ce dernier ne passait pas son temps à surveiller Laurent.

— Faut le virer. Fred a d'autres choses à faire que de jouer la nounou.

— Oui, mais bonjour les conséquences pour sa famille qui va se retrouver dans la mouise.

— Pour sûr, cela n'arrangera pas la situation. Il va s'enfoncer, boire davantage. Heureusement, il semble avoir le vin plus triste que violent. En tout cas, je n'ai pas eu d'échos sur le sujet. Enzo et son aîné sont potes et vient souvent à la maison. Il ne me paraît pas maltraité. Pour ce que j'en vois.

— Enzo va bien ? J'ai ouï dire qu'il s'est trouvé impliqué dans une échauffourée.

À ma tête, Matthias devine que je l'ignore.

— Bah, probablement deux fois rien. Sûrement une histoire pour une nana pendant la fête organisée par les Bertrand.

Peu importe le motif, je n'admets pas qu'il se bagarre. Ce petit con a dû avoir raison de son adversaire, car hormis le fait de revenir totalement saoul, il ne présentait aucune blessure. Si, ce matin, j'éprouvais quelques scrupules à sévir, ils viennent de s'envoler. La punition se justifie, plus que de raison.

— Allez, fais pas cette gueule. Les petits gars s'échauffent vite pour des gonzesses. On n'a pas fait mieux dans notre jeunesse.

Je suis conscient que Matthias tente de me tranquilliser et regrette sa révélation. Il connaît bien — lui plus que tout autre — notre histoire, comme de nombreux habitants de la commune où nous résidons ; les drames familiaux, comme partout ailleurs, y sont sujets à cancans ou pire, à curiosité morbide et déplacée. Le nôtre n'a pas échappé à la règle, d'autant que les médias en ont fait leurs choux gras.

— C'est vrai. Mais Enzo cherche souvent le conflit, répliqué-je. Il lui en faut guère pour s'emballer.

— Non, pas tant que ça. Et quand bien même, il reste un brave petit dont tu t'occupes bien. Il ne peut avoir meilleur exemple que toi. Mais peut-être que tu devrais l'inscrire à la boxe ou un truc du genre pour qu'il canalise... Enfin, tu vois ce que je veux dire. Bon, je dois y aller, le boulot m'attend et j'ai l'autre zouave à surveiller, conclut-il en m'assenant une tape sur l'épaule avant de s'éloigner.

Sa suggestion me titille l'esprit. Je vais y réfléchir posément ; ce genre d'exutoire me paraît une bonne alternative pour évacuer ce trop-plein d'énergie. Nos footings ne suffisent pas à mon ado révolté. Mon portable vibre dans la poche arrière de mon jeans, je l'extirpe et le numéro du collège s'affiche.

Et merde !

Je décroche avec quelques appréhensions. Que la vie scolaire me contacte à cette heure n'est pas vraiment très bon signe. La sentence tombe et, intérieurement, je bous. Notre tête-à-tête aura finalement lieu plus tôt que prévu et la sanction bien plus sévère qu'envisagée.

Par pure courtoisie et respect pour mon employeur, car elle ne peut s'en apercevoir, j'adresse un SMS à Suzie pour l'informer que je suis contraint de m'absenter un moment pour urgence familiale, sans autres détails. Elle en devinera la raison. Elle n'ignore rien de ma vie compliquée et sa bonté d'âme me la facilite dans certaines circonstances.

« *Prends le temps qu'il te faut* », me répond-elle aussitôt.

Je soupire, dépité et désespéré de ne pas savoir comment gérer correctement ce gosse. J'étais loin de soupçonner toutes les difficultés à surmonter lorsque je me suis engagé à le prendre sous mon aile. Mais avais-je vraiment le choix ?

Chapitre 7 :
Dingue de l'avocate

Lucas

Putain, cette nana m'a retourné le cerveau ! Je ne parviens pas à chasser son image de mes pensées. Les fantasmes les plus fous et les plus pervers me submergent. Spécialement en cet instant, alors que je bosse sur un dossier particulièrement pointu. Je l'imagine venant perturber ma séance de travail, moi balayant la table d'un revers de main pour l'y allonger et prendre possession de ce corps sublime si réactif sous mes doigts audacieux.

C'est bien la première fois que j'ai envie de coucher avec la même femme pour une durée indéterminée. Non en fait, je me lierai plutôt à elle sur un CDD, puisque la belle avocate repart à Paris dans cinq jours.

Et merde !

Cinq jours, durée bien trop courte pour que j'explore toutes les possibilités de l'entraîner dans mon univers. Celui du libertinage et des jeux qui m'excitent. Quoiqu'avec son tempérament volcanique, je n'en ai pas vraiment besoin. Cependant, je l'imagine bien dans des situations particulières, totalement sous ma coupe.

Ah, bravo, te voilà bien, maintenant ! Et d'un autre côté, bien fait pour ta gueule. Sombre abruti !

J'admets. J'aurais pu passer ces deux dernières soirées avec elle, au lieu de quoi je me suis tapé deux nanas décevantes. Décevantes parce que je ne cessais de les comparer à Clémence, ma belle magistrate que j'imaginais en robe de prétoire. Nue en dessous, bien évidemment.

Ah, mais quel con d'avoir voulu la tenir à distance avec pour seul justificatif : « jamais de relation suivie ». Même pour du sexe. J'y suis déjà accro, et j'enrage, ne voulant pas l'être à une seule et unique femme. Celle-ci m'a pourtant bel et bien ferré. En seulement deux nuits.

Lucas, mon gars, faut que tu te reprennes, regarde un peu dans quel l'état tu es !

En effet, il suffit que je pense à cette sublime rousse et me voilà bien mal à l'aise dans mon pantalon. Je vais devoir dans l'urgence remédier à ce problème, puis appeler cette sorcière envoûtante. Et pour cette raison, une petite punition s'impose.

C'est peut-être pas son genre.

Mon instinct me souffle le contraire. Mais chaque chose en son temps.

— Mathilde, pourriez-vous venir, s'il vous plaît, j'ai besoin de vos services.

— Je conclus le dossier en cours et j'arrive.

— Maintenant ! exigé-je en haussant le ton et coupant l'interphone, ne lui laissant ainsi aucune échappatoire.

Mathilde est l'exception qui confirme la règle. Mes secrétaires successives possèdent un statut à part, en quelque sorte, celui de bénéficier de mes faveurs — et de mes appétits — parce qu'elles sont à portée de main.

Au ton de ma voix, elle sait que je ne réclame pas sa présence pour enfiler des perles ni pour une question juridique. Quant à moi, je n'ignore pas que si mon envie d'elle flattait son égo les premiers temps, aujourd'hui elle ne goûte guère à mes requêtes. Elle se présente dans mon bureau à reculons, je le lis sur son visage. Cependant, elle se soumet à mes exigences, craignant probablement de perdre son poste bien que je ne l'en aie jamais ouvertement menacée. Pourtant, c'est ce qui l'empêche de se refuser à moi, tout comme mes précédentes assistantes. Une fois elle aussi lassée de mes turpitudes, elle demandera à son tour son changement de poste. Mais pour l'instant, toujours sous mon emprise, après m'avoir aguiché et obtenu ce qu'elle voulait, dont quelques cadeaux en récompense, elle en assume les conséquences. On baise où, comment et quand je le décide, en respectant mes directives, comme celle de ne jamais me faire attendre. Règle numéro 1, immédiatement retenue après avoir testé ma brutalité.

La voilà dans mon bureau, quelques secondes à peine après mon injonction. Un seul regard suffit pour qu'elle saisisse ce que je désire. Affalé sur le canapé, mon pantalon ouvert laissant libre mon phallus turgescent et impatient que je stimule de quelques va-et-vient, je l'attends. Elle retire sa chemise, son soutien-gorge, s'avance vers moi, se glisse entre mes jambes et m'offre ses seins tandis que je me masturbe toujours. Je saisis à pleine bouche un de ses mamelons qui se tend sous la succion et le mord violemment avant de le lécher à nouveau. Elle se cabre, mais ne s'éloigne pas, retient un petit couinement qui me fait bander davantage. D'un geste sur l'épaule, je la pousse vers le bas et elle s'exécute spontanément. Sa bouche remplace ma main sur mon énorme queue. Je m'y engouffre et m'impose jusqu'au fond de sa gorge, provoquant un hoquet nauséeux. Elle tente de se retirer, mais je ne lui en laisse pas le loisir, maintenant sa tête, ses cheveux enroulés dans mon poing.

Un gémissement de plaisir m'échappe tandis qu'elle s'applique à me satisfaire. J'imagine les lèvres de Clémence à la place des siennes. Mon obsession pour cette fille me contrarie et je me venge sur celle à mes pieds, ondulant en un rythme soutenu. C'est moi le maitre, ici. Lorsque je sens mon orgasme monter en puissance, je bascule Mathilde sur le divan, retrousse sa jupe jusqu'à sa taille, l'incite à se pencher sur le dossier du canapé, déchire sa petite culotte — que je lui ai déjà conseillé de ne pas porter — et m'introduis après m'être couvert, sans m'assurer qu'elle soit prête. Quelques préliminaires auraient été bienvenus, mais mon pénis, douloureux, refusait de patienter. Mathilde laisse échapper un cri. Surprise et douleur, je suppose, mais je m'en fiche. Au contraire, il attise mon désir. Je la pilonne rageusement, la mâchoire contractée, furieux de subir les images de mon avocate qui polluent mon cerveau. C'est elle que je punis à travers Mathilde, sans lui infliger ce que je réserverais à Clémence. Tout à mon fantasme de voir ma belle rousse jouir sous mes assauts, je stimule le clitoris de ma secrétaire. Je veux qu'elle atteigne l'orgasme, l'entendre hurler de plaisir comme le ferait ma rouquine, mais Mathilde se contente d'un gémissement étouffé. Ce manque de lâcher-prise attise ma colère. Je retiens mon plaisir, flatte son anus avant de m'y présenter. Je n'ignore pas que ma partenaire apprécie moyennement la sodomie, pratique néanmoins jamais refusée.

— Lucas, s'il te plaît, prépare-moi, me supplie-t-elle en se raidissant alors que je présente mon pouce humidifié dans son œillet.

— Ce que je suis en train de faire, il me semble.

— Oui, mais… tu sais que… Aïe !

— Trop tard, j'y suis. Caresse-toi. Et rassure-toi, je ne vais pas m'éterniser dans ton beau petit cul.

En effet, m'imageant dans celui de Clémence, l'orgasme me foudroie en trois aller-retour et j'étouffe mon plaisir en lui mordant l'épaule. Puis m'affale sur elle, cherche mon souffle, laisse mon érection décroître avant de me retirer, m'imposant encore à Mathilde qui se débat. Encore un truc qui m'énerve. Je lui claque violemment les fesses et accentue ma poigne sur sa hanche, conscient de marquer sa peau pour quelques jours. Quand elle se retourne, une fois libérée, j'aperçois quelques larmes aux coins des yeux.

Tu y es allé un peu fort quand même !

Peut-être. Qu'elle n'ait pas apprécié m'importe peu. Pas mon problème, pas plus aujourd'hui que les autres jours. Je la toise tandis que nous réajustons nos vêtements et l'agresse verbalement avant qu'elle n'ouvre la bouche.

— Je ne suis pas venu te chercher, que je sache, lui rappelé-je. Je t'ai informée très vite de mes goûts particuliers. Alors, si cela ne te convient plus, tu n'as qu'à le dire.

— Et mon poste ?

— Quoi, ton poste ?

— Vous me renvoyez si je refuse désormais de me plier à vos quatre volontés ? s'enquiert-elle reprenant le vouvoiement de rigueur dans nos relations de travail.

Revenu à mon bureau, je lève les yeux de mon ordinateur, la fixe un instant et lui adresse un sourire carnassier.

— Pourquoi le ferais-je ? Tu me satisfais aussi dans ce domaine, tu es une assistante remarquable.

— Je ne sais pas. Vous ne les gardez pas longtemps.

— Je n'y suis pour rien si elles préfèrent changer de service et gérer des patrons moins exigeants. C'est leur choix et ce sera le tien. Mais jusqu'à ce que tu trouves un poste qui te convienne, tu devras m'obéir.

En réalité, dès l'instant où mes secrétaires me font part de leur réticence à répondre à mes envies, je patiente jusqu'à la nouvelle arrivée. Mais comme je suis toujours sous tension malgré cet interlude sauvage, je ne peux m'empêcher de la provoquer, de l'effrayer un peu. Tellement jouissif !

— Et si je m'y refuse ?

— Relis ton contrat.

— Aucune clause ne mentionne que je doive coucher avec vous.

— Parfois, il faut lire entre les lignes. Tu connais le droit, il me semble ?

— C'est du harcèlement déguisé. Je pourrais porter plainte contre vous.

— Mais tu ne le feras pas. Et tu ne crains rien, de toute façon. Je n'ai plus envie de te baiser. Je m'ennuie avec toi. Aujourd'hui plus que les autres jours. Donc, que tu veuilles y mettre fin me convient parfaitement. Tu ne m'emmerderas pas comme celles qui s'obstinent à me relancer alors que je ne les désire plus. Allez, retournez bosser, vous n'êtes pas payée pour discuter, ordonné-je la ramenant à une discussion patron/employée.

Elle tourne les talons, probablement mi-furieuse, mi-soulagée.

— Pour info, la secrétaire de maitre Lintus part à la retraite, vous devriez postuler, lâché-je avant qu'elle ne franchisse la porte.

Ce revirement de situation me satisfait, car tant que mon obsession pour la Parisienne n'aura pas disparu, je ne serai pas tendre avec mes partenaires sexuelles. Un petit tour au club *La différence* s'impose. Je pourrai y assouvir toutes mes envies. Je vais y inviter Clémence avant son départ pour la capitale. J'attrape mon portable et lui adresse un SMS.

— *Dispo, ce soir pour RDV en club ?*

Réponse immédiate.

— *De quel genre ?*

— *Suis le lien joint.*

Dix bonnes minutes passent avant que n'arrive un nouveau texto. Je crains de l'avoir rebutée, mais non.

— *Demain soir ? Suis à Soulac. Pas de voiture. Rentre demain matin.*

Frustré, je suis prêt à lui proposer de venir la chercher, mais je présume qu'elle passe du temps avec ses amis qui y possèdent une maison de vacances.

— *OK.*

— *Dress code ?*

Hum, elle semble maîtriser le sujet.

— *Aucun.*

— *RDV là-bas ?*

— *Passe à mon bureau dans l'aprem.*

— *V te déranger.*

— *J'en rêve.*

Pour toute réponse, elle m'adresse plusieurs *:)*

Oui, elle se marre et moi, je bande à nouveau à l'idée de la prendre sur mon bureau. Donc ce soir, la visite de certaines pièces de mon club libertin favori s'impose.

Chapitre 8 :
Enzo fait des siennes
Mateo

Enzo s'installe dans la voiture et nous n'échangeons pas un seul mot durant tout le trajet qui nous ramène au domaine. Moi, je rumine ma colère et la contiens pour ne pas laisser échapper des paroles que je risque de regretter, et lui... se contente d'observer le paysage qui défile, comme si la situation se trouvait être des plus normales. Ce qui ne fait qu'augmenter ma fureur. Arrivés à Castelgraves, je coupe le contact, respire un bon coup, tourne sept fois ma langue dans ma bouche afin de peser mes mots. Enzo ne bronche toujours pas, ne tente pas de fuir la discussion qui se profile, le regard perdu au-delà du pare-brise. Devant son apathie, les mains vissées sur le volant, je suis sur le point d'exploser.

— Je regrette et je te demande pardon. Je ne mérite pas tout ce que tu fais pour moi, lâche-t-il tout de go.

Une larme glisse sur sa joue, puis une autre, pour se transformer en torrent qu'il ne cherche ni à retenir ni à cacher. Ma colère s'envole instantanément, le cœur une nouvelle fois brisé face à la démonstration de sa souffrance. Merde, ce gosse aura ma peau !

— Viens là.

Il se niche au creux de mon épaule et se laisse dorloter. Un gamin. Ce n'est qu'un gamin qui a grandi trop vite, qui n'a connu que la violence et le manque d'amour.

— Tu peux m'expliquer ce qui t'arrive ? Je pensais que nous avions dépassé le stade des bagarres, demandé-je une fois ses pleurs taris.

— Moi aussi, mais c'est pas ma faute.

Je lève les yeux au ciel, insupporté qu'il cherche à se dédouaner, sa grande spécialité. Mais cette fois-ci, je veux croire qu'il n'a pas été l'initiateur de cette dispute.

— Peut-être, mais tu es bien placé pour savoir que la violence n'est pas acceptable.

— Je sais, je fais des efforts, je t'assure. Mais quand on insulte ta mère et que les mots suffisent pas à fermer leur sale gueule, ben… y a que les poings.

Je soupire. Bon sang, quels sales mômes ! Quand vont-ils lui foutre la paix ? Sa mère et lui sont des victimes ! Leurs parents ne peuvent pas le leur faire rentrer dans la caboche ? Pourtant, nul n'ignore ce qu'ils ont subi, mais tous ne retiennent que l'issue finale. Et même si la directrice comprend la situation, elle sanctionne systématiquement l'agressivité d'Enzo envers ses camarades. Les épreuves du Brevet approchant, il échappe, cette fois-ci, à la mise à pied, en échange de la promesse d'un comportement irréprochable jusqu'à la fin de l'année, faute de quoi le moindre écart de conduite sera notifié dans son dossier scolaire.

Grâce à l'aide de Robert, Enzo est inscrit pour la rentrée prochaine au Lycée Agro viticole de Bordeaux. Nous aurions dû opter pour Pauillac, plus proche géographiquement, mais je souhaite l'éloigner de ce milieu toxique qui l'affecte bien trop, ravivant de mauvais souvenirs. Ses grands-parents adhèrent à ce projet — même si eux résident à Pauillac —, l'établissement ayant bonne presse et un pourcentage de réussite au baccalauréat au-dessus de la moyenne. Ils prospectent déjà pour l'achat d'un appartement à Bordeaux. Leurs moyens financiers sont très facilitants et ils sont convaincus que leur petit-fils leur sera confié. Je n'ignore pas les complications logistiques qu'engendrera mon choix, mais les Chambard me soutiennent. Eux, et leurs amis les Dumont, personnes fantastiques, d'une générosité et d'une humanité peu commune. Sur une suggestion de Suzie, à laquelle tous ont répondu positivement et travaillant tous à Bordeaux, ils assureront le transport d'Enzo si nécessaire. De plus, ma patronne s'est entichée de mon bonhomme, au point de lui apporter un soutien scolaire régulier — aide bienvenue, vu ses difficultés dans certaines matières — ; sans parler des gestes de tendresse dispensés, un peu difficile à accepter les premiers temps.

Reconnaissant, Enzo s'efforce de lui rendre l'affection qu'elle lui porte, tissant un lien entre nous. Et moi et le gosse — surtout lui — nous épanchons souvent auprès d'elle, à la recherche de conseils et de réconfort. Suzie, fine psychologue, perçoit le moindre signe de contrariété et nous incite à partager nos soucis. Je n'aurais jamais imaginé que cette femme, aux airs de pimbêche prétentieuse de prime abord, puisse être capable d'autant de compassion envers autrui. Comme quoi, il ne faut jamais se fier aux apparences.

Ah, ben tu te trompes peut-être sur l'avocate ? Après tout, en tant qu'amie de Suzie, elle n'est peut-être pas ce qu'elle semble ?

Et voilà la rouquine de retour dans mes pensées ! Pas vraiment le moment !

Enzo me sort de mes divagations.

— Mateo, je veux plus retourner au collège.

— Il va bien falloir, mon grand, les épreuves du Brevet, c'est pour bientôt. Tu ne peux pas te permettre de les rater. De plus, je ne suis malheureusement pas seul décisionnaire.

— Je sais. Mais durant cette semaine où je suis avec toi, tu crois que Suzie pourrait me faire réviser ? Et les vieux, ben on n'a pas besoin de leur dire.

— Aucune idée. Son amie étant là, pas sûr qu'ils aient prévu de rester à Castelgraves, ils vont peut-être rentrer à Bordeaux.

Pour l'instant, les Chambard ne demeurent pas à temps complet sur le domaine vinicole, leur résidence secondaire. Mais Suzie, avide de connaissances, passionnée par la vinification, passe énormément de temps avec nous.

Dès nos premiers entretiens, madame Chambard nous avait fait part de son intention de s'impliquer et de maîtriser le sujet sur le bout des doigts. À nous de voir si nous accepterions une directrice qui se mêlerait de tout. Nous nous sommes très vite accommodés de ses visites biquotidiennes, de l'avalanche de questions, et ma relation patron/employé s'est rapidement muée en une forme d'amitié. Si Matthias l'appelle par son prénom, je suis le seul à la tutoyer.

Enzo se renfrogne, déçu de ma réponse.

— Je vais lui demander. On verra bien.

Au même instant, mon téléphone sonne et le numéro de ma patronne préférée s'affiche.

— Je viens aux nouvelles. Tu n'as pas été explicite, qu'est-ce qu'il se passe ?

— Tu peux patienter deux minutes ?

Ne souhaitant pas qu'Enzo écoute la conversation, je l'envoie rejoindre Matthias qui ne l'interrogera pas sur sa présence imprévue et trouvera à l'occuper d'une quelconque activité.

— Enzo s'est encore battu suite à des réflexions sur sa mère. Il ne supporte pas. Comme ils ne la fermaient pas, il les a fait taire à sa manière.

— Les gamins ne sont pas tendres entre eux. Il risque des ennuis ?

— Non. La directrice considère cet incident comme une dispute d'ados, avec quelques torgnoles sans conséquence. Bien que ce soit récurrent, il échappe de justesse à une mise à pied parce que le brevet approche, cependant elle menace de laisser une trace dans son dossier s'il ne se calme pas.

— Tu crois qu'il va parvenir à se contrôler ?

— Je n'en sais rien. Lui non plus, apparemment. Il ne veut plus retourner en cours et demande si tu pourrais l'aider pour ses révisions.

— Évidemment ! Je serai de retour après-demain.

— Tu ne prévoyais pas de rentrer à Bordeaux ?

— Je suis partie précipitamment et Matthias se retrouve devant un problème qui le dépasse. Je ne lui ai pas laissé le loisir de m'expliquer lequel et depuis, ça me turlupine. Robert a rencontré des amis. Il va en profiter pour rester quelques jours à surfer avec eux.

— Ah oui ! Je l'imagine pas particulièrement ravi que tu reviennes gérer des problématiques que ton régisseur devrait pouvoir régler seul !

— Il est habitué à mes caprices.

— Faut-il qu'il t'aime, le gonze[7].

— J'ai beaucoup de chance.

— Lui aussi.

— Il faudra lui demander, réplique-t-elle.

7.Expression bordelaise pour « mec ».

— Sérieux, Suzie, tu es nana formidable, du genre que l'on voudrait pour compagne.

— Oh, pas certaine que tu m'aurais vue en épouse potentielle si tu m'avais rencontrée quelques années plus tôt.

— Oui, c'est vrai qu'avec tes grands airs...

— J'étais surtout une peste qui imposait ses quatre volontés, mettant dans son lit qui elle voulait. Et j'avoue, Rob m'a un peu résisté ! lâche-t-elle dans un éclat de rire.

Bizarrement, cette confidence me rappelle le comportement de Clémence.

Tiens, qui se ressemble s'assemble, on dirait ! Cela prouve peut-être que les gens peuvent changer ?

Pas certain ! Bien que j'admette que certaines rencontres puissent bouleverser votre vie. Négativement ou positivement. Tout comme celle-ci. Et pourtant, j'ai accepté ce poste à reculons, l'idée que Suzie fourre son nez partout me rebutant. Sans Matthias pour convaincre de le suivre dans cette aventure, je ne serais pas là. Je ne le remercierai jamais assez, ayant rencontré, grâce à son insistance, le couple Suzie/Robert. Chacun à sa manière m'aide dans ma vie compliquée, l'un avec ses compétences d'avocat et l'autre avec son côté protecteur, attentionné et humain.

En contrepartie, je m'efforce de donner le meilleur de moi-même et d'œuvrer pour que son *Lion de Castelgraves* soit un jour primé. Elle mérite ce cadeau en retour de tout ce qu'elle m'offre quotidiennement.

Chapitre 9 :
Juste ce qu'il me faut
Clémence

Un petit tour sur la page web du club *La différence* me laisse entrevoir une soirée prometteuse dans un cadre libertin qui ne peut que me satisfaire. Je suis prête à tester ces différents équipements, du sauna à la Croix de Saint-André, peut-être même quelques accessoires proposés par la maison, si Lucas goûte à ce genre de jeux. Je suis une adepte de ces pratiques dans un cadre bien défini. Et après le rejet de Mateo, une petite séance musclée sera la bienvenue.

La domination transcende mon plaisir, détourne la douleur qui me taraude, parfois, et me donne le sentiment d'exister en cédant à l'autre la part de contrôle que je veux bien lui octroyer. Dans ces jeux érotiques, le dominant n'est rien sans l'accord de son partenaire, seul maitre des frontières imposées. Et c'est ce que j'aime : décider, gérer les limites, les dépasser, tenter des expériences selon mon bon vouloir. Car moi seule en ai le pouvoir, même si, aux yeux de certains, c'est le perdre en l'offrant à un autre. Or, c'est tout le contraire, car le Dom[8] ne peut rien initier en dehors de ce que le soumis autorise.

En attendant l'heure de nous y rendre, je me présente, comme convenu, sur le lieu de travail de mon juge. Une jolie brune m'accueille.

---

8. Diminutif de Dominant dans une relation BDSM (Bondage, Discipline, Sadomasochiste).

— Bonjour, j'ai rendez-vous avec monsieur Berthelier.

— Je ne crois pas, non.

— Mademoiselle Dubreuil. Vérifiez, s'il vous plaît.

— Désolée, mais rien n'apparaît dans son agenda. De plus, monsieur Berthelier vient de s'absenter.

— Ce n'est pas grave. Je vais patienter dans son bureau.

— Vous ne pouvez pas ! s'exclame-t-elle tandis que je me dirige vers la porte derrière elle.

— Écoutez, je n'ai pas vraiment pour habitude de m'imposer, mais plutôt de répondre aux convocations. Peut-être que Lucas ne vous a pas notifié ma venue, vu que c'est pour une affaire privée. Alors vous allez gentiment me laisser entrer, m'énervé-je.

La brunette hésite encore quand l'arrivée de Lucas met un terme à ses tergiversations.

— Qu'est-ce qui se passe ? s'enquiert-il.

La secrétaire pâlit, bafouille.

— Mademoiselle prétend que…

— Tu as oublié de m'inscrire dans ton emploi du temps, la coupé-je. Je voulais t'attendre dans ton bureau, mais elle m'en a empêché.

La jeune femme se recroqueville sous le regard furibond de son patron.

Oups ! Pas commode, monsieur le juge, alors que la secrétaire ne fait que scrupuleusement son boulot.

— Installe-toi, j'arrive dans deux minutes.

J'ai l'impression qu'elle va en prendre pour son grade ! Je regrette un peu d'en être la cause. Mais d'un autre côté, cela m'arrange qu'il me laisse quelques secondes pour l'accueillir comme il se doit.

Un poste de travail moderne, flanqué de plusieurs fauteuils, trône au milieu de la pièce. Un paravent et un canapé douillet, sur la droite, attirent mon regard. *Hum, il semble que monsieur le magistrat aime se détendre entre deux rendez-vous.*

Je m'y installe après avoir au préalable remonté ma robe bien haut sur mes cuisses — je ne porte pas de culotte ni de soutien-gorge d'ailleurs — et descends l'une des bretelles jusqu'à mon coude, prends une pose lascive, laissant entrevoir ce qu'il faut pour l'aguicher.

Un sourire gourmand s'affiche dès qu'il m'aperçoit. Ses yeux glissent de mon sein quelque peu dévoilé à l'intérieur de ma cuisse.

Le but est atteint ; il saisit parfaitement mes intentions puisqu'il donne un tour de clé à la porte et exige, par l'interphone à Mathilde, de n'être dérangé sous aucun prétexte.

— J'avais plutôt envisagé de te prendre sur mon bureau, mais ce sera pour une autre fois.

— Monsieur le juge, laisseriez-vous entendre que je vais revenir ?

— Sans aucun doute.

— Mais comme je repars dans quelques jours, il faudra peut-être m'accuser d'un délit quelconque et m'obliger à comparaître devant vous, menottes aux poignets.

— Une idée des plus tentantes. N'ayez crainte, je trouverai des arguments recevables pour vous ramener à moi, pieds et poings liés.

Je m'embrase tout entière à l'idée de me savoir entravée.

— Aimerais-tu que je t'attache ?

— Et toi ?

Ses yeux s'assombrissent et un air satisfait s'affiche sur son visage.

— Bien plus que tu ne l'imagines. Et je pense que tu apprécieras autant que moi, et sûrement davantage.

Oh que oui ! Il saura bientôt à quel point !

Il dénoue sa cravate, ouvre sa braguette. Son général tendu à l'extrême s'en échappe — il ne porte pas non plus de sous-vêtements —, il s'avance vers moi avec la démarche féline d'un prédateur fondant sur sa proie.

À la vue de sa queue bandée, la gourmande que je suis se pourlèche les lèvres avec avidité. Arrivé près de moi, il plonge son regard de ce bleu unique dans le mien et je m'y noie. D'un geste empreint de douceur, il dénude ma poitrine, puis me hisse sur le dossier du divan. Son pénis vient effleurer ma bouche. Je tends la main pour m'en saisir, mais Lucas m'en dissuade.

— Tss, tss, on ne touche pas.

De sa cravate il entrave mes poignets et vient caresser mes lèvres de la pointe de son gland humide. À chacune de mes tentatives pour l'engloutir, il se recule et s'amuse de ma frustration.

— La gourmandise est un vilain défaut, tu le sais ? Et il faut toujours prendre son temps pour apprécier un mets délicat. Mais je suis trop près de l'implosion devant cette bouche divine, ourlée de rouge, pour te taquiner davantage.

Je souris, ravie de le savoir à ma merci, même s'il semble que ce moi qui le sois, ligotée et presque nue, tandis que lui me domine de toute sa hauteur, me narguant de son membre viril. L'accompagnant d'une main tandis que, de l'autre, il se saisit d'un de mes mamelons douloureusement tendus, il me l'impose sans douceur. J'éprouve un haut-le-cœur lorsqu'il bute au fond de ma gorge. Il en rit.

— Sorcière ! Tu m'as envoûté. Je ne pense qu'à toi depuis notre rencontre. Pas moyen de passer à une autre nana. Ton image s'impose à moi sans arrêt. C'est la première fois qu'une femme hante mes pensées, perturbe mon travail et mes nuits. Je vais te posséder d'une telle façon que, toi aussi, tu n'auras qu'une envie, celle d'en redemander. Mais je vais aussi te punir pour la torture psychique que tu m'infliges. Mais ceci n'est qu'une mise en bouche avant le grand jeu. Et je te promets une soirée inoubliable dans l'antre du plaisir de *La différence*.

— J'ai le sentiment que l'on va bien s'amuser, tous les deux, déclaré-je une fois ma bouche libérée.

Sans un mot, il s'habille d'une protection, glisse ses doigts dans mon intimité, sourit de me sentir prête à l'accueillir. Tandis qu'il taquine mon clitoris, je passe mes mains, toujours attachées, autour de son cou, me cabre sous les siennes de plus en plus intrusives, gémis de plaisir. Brusquement, il m'agrippe sous les fesses et me soulève de ses bras puissants. J'enroule mes jambes autour de ses hanches tandis qu'il s'introduit en moi, niche son nez dans le creux de ma gorge et me mordille. Une fois sa prise assurée, il se dirige vers la porte, m'y adosse, ondule, alterne avec des coups de butoir qui font vibrer le battant derrière moi. Sa secrétaire ne peut ignorer nos activités. Au sourire sur ses lèvres, je le soupçonne d'en être conscient et d'agir délibérément.

— Je veux que tout le monde t'entende jouir. Alors, ne te retiens pas, m'ordonne-t-il.

Il me pilonne sans retenue, pince mes fesses, me mord les seins et l'orgasme enfle en moi. Mais monsieur se retire alors que le feu s'étend dans mon ventre. Je gronde de rage et de dépit, lui se réjouit.

— Je n'en ai pas terminé avec ma punition. Tu vas jouir à en écorcher les oreilles de Mathilde, mais me supplier d'abord.

Quand, enfin, une bonne demi-heure plus tard, après avoir joué de mon corps avec virtuosité, il m'accorde mon plaisir — lui a pris le sien dans ma bouche depuis longtemps —, l'onde dévastatrice me foudroie, me laisse liquéfiée et épuisée. Si affaiblie que les forces me manquent pour hurler ma jouissance, ce qui lui déplaît.

— Tu es censée crier mon nom ! gronde-t-il.

— C'est ta faute. Je suis anéantie par cette tension dans laquelle tu m'as maintenue. Sans voix à force de t'avoir supplié.

Un sourire sardonique s'étire sur sa bouche.

— Oh, bien peu de choses au vu de ce que j'ai prévu pour la suite.

— Nous devons tout d'abord établir la liste de mes restrictions, ainsi que mon safeword[9].

— Ne t'inquiète pas, j'ai un document prérempli dans mon ordi. Tu n'as qu'à le compléter pendant que je mets à jour mes dossiers. Tu trouveras une salle d'eau derrière le paravent. Prends une douche, rajuste ton maquillage. J'en ai pour une bonne heure de travail. Ensuite, nous irons dîner. Une bonne table nous attend dans un endroit qui devrait te plaire.

— Donne-moi cinq minutes, mes jambes tremblent encore.

— Pas de soucis. Allonge-toi un instant.

---

9. Signal verbal ou corporel défini par les participants avant le début d'une séance BDSM qui a pour effet, une fois prononcé ou signalé par le soumis d'y mettre un terme. Les plus utilisés sont des codes couleur.

Un souffle chaud dans mon oreille me sort de ma léthargie.

— Réveille-toi, ma belle endormie.

— Quelle heure est-il ? demandé-je alanguie sous les mains caressantes et fureteuses de mon amant.

— Dix-huit heures trente.

— Oh ! m'étonné-je, alors que je pensais n'avoir sommeillé que quelques minutes.

Je me redresse pour faire face à Lucas accroupi à mes pieds, cheveux humides, rasé de près, d'une beauté à couper le souffle dans un costume autre que celui qu'il portait plus tôt.

Je m'enroule dans la couverture dont j'apprécie la chaleur et pénètre dans la pièce minuscule qui tient lieu de salle de bains. Lucas me tend ma robe, toute chiffonnée. Heureusement que, bien que le dress code ne soit pas de rigueur, j'ai prévu une tenue de rechange dans un baise-en-ville, préparé pour la circonstance qui m'attend sagement dans ma voiture.

— Pourrait-on passer chez toi, que je puisse me changer ?

— J'ai réservé une chambre d'hôtel à proximité du club. Nous y dînerons. Le cadre devrait t'enchanter.

OK ! monsieur ne veut pas m'emmener chez lui !

— Pas de problème, affirmé-je.

Et c'est vrai ! Je me moque de découvrir son intimité. Dans trois jours, je serai de retour chez moi. Et loin des yeux, loin du cœur — si on peut dire —, et ce malgré ses promesses de s'assurer que je ne l'oublie jamais.

Pour l'instant, je ne souhaite que me contenter de ces intenses moments au club en sa compagnie.

Lucas ne masque pas son étonnement devant le bureau déserté de sa secrétaire et laisse transparaître des signes évidents de colère. Je lui fais remarquer l'heure tardive, expliquant le départ de la jeune femme.

— Mes secrétaires et assistantes ont pour ordre de ne quitter leur poste qu'après que je les y autorise. Elle va avoir affaire à moi, je te le garantis.

— Tu les obliges à rester sur place même au-delà des horaires standards de bureau ? Tout cela me semble excessif.

— Je bosse bien douze à quatorze heures par jour !

— Certes, mais…

— Il n'y a pas de « mais ». Elles ont postulé pour me servir, elles assument mes lubies et les contraintes du poste, m'interrompt-il de plus en plus énervé.

— Des lubies sexuelles ? m'enquiers-je en riant, tout en glissant mon bras sous le sien tandis que nous quittons le tribunal.

— Exactement, réplique-t-il, le plus sérieusement du monde.

— Vraiment ! Tu ne les harcèles pas sexuellement, j'espère ? demandé-je, choquée.

— Crois-tu que j'aie besoin de les menacer pour quelques faveurs ? Tu m'as bien regardé ? Les femmes se battent pour travailler avec moi, nulle n'ignore que je peux les combler et pimenter leur triste vie sexuelle. Mais elles m'ennuient vite, elles ne sont pas assez endurantes.

Ces propos me dérangent quelque peu.

— Pas ton cas à ce qu'il semble et…

— Lucas, maltraites-tu ces femmes ?

— Bien sûr que non ! Je les baise un peu sauvagement, peut-être. Mais rien à voir avec nos futures expériences.

Et j'ai hâte de te faire goûter de la cravache, conclut-il en m'embrassant avec fougue.

Quelques heures plus tard, nous sommes installés dans un des restaurants des plus prestigieux de la ville, *La grande maison de Bernard Magrez*, situé dans l'hôtel particulier où il a réservé notre chambre. Décor grandiose niché au cœur de Bordeaux, d'un raffinement remarquable et à la cuisine gastronomique digne d'un épicurien tel que Lucas. Un moment magique néanmoins gâché par un nouvel accès de colère de mon compagnon se plaignant du vin, pas à la bonne température selon ses critères fort rigoureux.

— Je te trouve bien agressif.

— Je suis toujours un peu à cran avant une session, et ce grand cru méritait un peu plus d'attention.

— Pas au point que tu malmènes ce pauvre sommelier en lui parlant de la sorte. Ton coup d'éclat attire les regards sur nous.

— Sur toi, ma beauté. Et ce n'est qu'un début. Attends de voir la foule de curieux alléchée par la vision de toi, nue, enchaînée, gémissante sous l'alternance du fouet et de mes caresses. Je bande rien que d'y penser, et toi ?

Moi ? Je me trémousse sur ma chaise en imaginant la scène et je ne doute pas une seconde que la soirée répondra à mon désir impérieux de jouir sous sa domination. J'en oublie l'aspect colérique de sa personnalité. Je ne crains pas qu'il me brutalise. Au contraire, je le crois capable de transcender mes besoins. Ce dont j'ai besoin, ce soir.

Chapitre 10 :
Attirance inexpliquée
Mateo

Voir Enzo épanoui me réjouit. Son Brevet des collèges en poche, il peut se détendre, passer à autre chose. Pour l'instant, il s'affaire dans une allée, avec pour mission l'effeuillage des ceps sous l'œil attentif de Fred. Bien que de nombreux propriétaires utilisent des machines, ce n'est pas notre cas, en partie par faute de moyens, mais aussi par choix. Le suit à la trace Nina, la nièce de Robert, au caractère bien trempé, arrivée hier avec sa grand-mère, madame Chambard, pour tout le mois de juillet. Si je m'avance un peu, je pourrais la voir sur la terrasse de la grande maison, sa main en visière, surveillant à distance sa petite fille, sachant pertinemment qu'elle ne court aucun danger — à part se faire refouler par Enzo —. Cependant, elle veille sans faillir sur son intrépide petite fille. Je n'entends pas la discussion entre Enzo et Nina, mais à leur gestuelle, je devine qu'il tente de la renvoyer à ses poupées. Mademoiselle ne se démonte pas, elle croise les bras, et j'imagine qu'elle le défie de l'y contraindre. À mes côtés, Matthias, assis sur une barrique, se marre.

— Bon, je vais aller libérer le môme de la petite.

— Non, laisse-le se dépatouiller, il faut apprendre assez tôt à se débarrasser des nanas trop hardies.

— Elle est mignonne comme tout, la Nina ! Et elle a juste six ans !

C'est vrai qu'elle l'est, et je l'aime beaucoup, mais ce n'est pas à elle que je pense.

— En effet, tellement adorable que personne ne lui résiste et que tout le monde cède à ses caprices. Ça promet pour la suite !

— Ah ben, c'est ça, les filles, elles te mènent par le bout du nez. J'en sais quelque chose, j'en ai trois.

Et plus tard, pas seulement par le nez. Ça aussi, tu dois en savoir quelque chose.

Suzie vient inconsciemment au secours d'Enzo, ce qui ne semble pas du goût de la demoiselle qui affiche une moue boudeuse, comme nous le constatons une fois que tante et nièce arrivent à portée de voix

— Moi aussi, je veux travailler la vigne. Et je sais me servir d'un sécateur. Maman m'a appris, je coupe les roses dans le jardin.

Faute d'une éventuelle descendance côté Chambard, l'avenir de la maison Castelgraves sera néanmoins assuré. Mademoiselle Nina, surnommée « et pourquoi » — tant elle pose de questions — ne cesse de nous rebattre les oreilles avec ce qu'elle deviendra plus tard. À savoir : « comme tata ».

— La semaine prochaine, nous ferons les vendanges vertes[10] toutes les deux, c'est promis.

— Avec Enzo ?

— Oui, sûrement.

— Yes ! Je vais le dire à mamie, déclare la gamine en partant en courant vers la maison.

---

10. Ou vendanges en vert, ont lieu généralement mi-juillet. Elles consistent à passer dans les rangs de vignes pour dégarnir un pied de vigne trop fourni en grappe, lorsque celles-ci sont encore vertes.

— Je ne comprends pas cette gosse. Toujours à traîner dehors dès qu'elle vient passer quelques jours ici.

— Tu préférerais qu'elle reste le nez scotché sur un écran ? lui demandé-je.

— Bien sûr que non, mais il existe bien d'autres activités pour une petite fille de son âge.

— Ah ben, moi, comme mon père était viticulteur, je savais à peine marcher qu'il m'emmenait déjà avec lui. Il me mettait dans la hotte, au début. Il n'avait pas le choix vu que ma mère est décédée à ma naissance, et c'était pas facile de trouver une nounou. Donc j'ai baigné là-dedans très tôt. Alors il ne faut pas vous inquiéter, Suzie, intervient Matthias.

— Oui, mais Nina n'est pas ma fille. Et ma belle-mère redoute toujours qu'elle se blesse.

— Bah, à part attraper un coup de soleil, elle ne craint pas grand-chose. Le drôle[11] veille sur elle, même s'il n'arrête pas de râler parce qu'elle lui colle au train. Et nous aussi, on la surveille, la drôlesse.

Il n'a pas tort. Ici tout le monde prend soin des autres ; nous sommes une grande famille.

— Enzo, tu as terminé ? s'enquiert Suzie alors qu'il nous rejoint. Ma belle-mère a préparé des canelés[12], tu viens goûter ? Et j'ai un petit cadeau pour toi.

— Suzie, grondé-je.

— Quoi ? Il est de coutume, chez les Chambard, de récompenser la réussite aux examens.

— Pour un Chambard.

---

11. Expression bordelaise pour enfant, gamin.
12. Spécialité bordelaise, petit gâteau cuit dans un moule originellement en cuivre, qui lui donne une fine croûte caramélisée.

— Ai-je dit que la tradition n'incluait que les membres de la famille ? Une bricole pour marquer le coup, rien de plus. Il le mérite, il a beaucoup travaillé. Et j'estime que tout travail bien fait s'accompagne d'une récompense en conséquence. Allez, viens, ton oncle n'a pas le droit au chapitre.

Je lève les yeux au ciel et Suzie me nargue en me tirant la langue. Une vraie gamine, parfois.

On ne peut occulter l'investissement de mon neveu dans ses révisions, visant les plus hautes notes avec des résultats dépassant ses espérances. Il les a affichés sur le réfrigérateur de notre appartement pour que ce soit la première chose que je vois en allant déjeuner. J'en ai pleuré de joie et de fierté. Malgré des hauts et des bas, il s'accroche pour mener une vie normale. Pas toujours facile ; des cauchemars le réveillent la nuit et la colère le dévore parfois. Il lui arrive encore de l'être après moi, me reprochant de ne pas les avoir sortis de leur enfer quotidien. Je sais qu'il ne pense pas toujours ce qu'il me dit, mais ma culpabilité est telle que, dans ces moments-là, elle me consume plus que d'habitude.

Tout à ce bonheur simple, j'en ai oublié la rouquine qui a passé le reste de son séjour en ville dans les bras de Lucas Berthelier. Les commérages vont bon train. Le libertin notoire semble s'être entiché de la parigote. Jusqu'alors, on ne le rencontrait pas deux fois avec la même femme.

Grand bien lui fasse ! Je suis ravi de n'avoir pas cédé à sa provocation. Être un jouet sexuel ne me convient pas. Je penche pour des relations basées sur des sentiments, des émotions, mais n'ai pas encore rencontré celle avec qui je pourrais passer le reste de ma vie. Pas surprenant avec ma vie sociale en stand-by, depuis qu'Enzo partage mon quotidien.

Mais depuis que j'ai couché avec elle — le terme adapté serait plus vulgaire —, son souvenir ne me quitte pas. Et l'image de son visage ravagé de larmes, ancré en ma mémoire, me trouble toujours autant. Je m'interroge constamment sur ce qui a pu la perturber. Certes, je n'oublie pas mes propos grossiers, mais sa réaction me semble excessive. J'aurais pu me contenter de tourner les talons après avoir pris mon pied, tourner la page. Après tout, qu'en ai-je à cirer qu'elle se tape cet homme, si elle y trouve son compte ? Mais non, je n'arrête pas de les imaginer ensemble et cela m'insupporte. Il faut dire que je déteste le juge pour des raisons très personnelles et sans rapport avec Clémence.

Après son interlude auprès de Lucas, mademoiselle a réintégré ses pénates parisiens. Elle ne devrait donc pas revenir de sitôt. Une bonne nouvelle pour ma libido que sa présence perturbe. Sauf que ma joie s'éteint en surprenant, incidemment, la teneur d'une conversation téléphonique.

— Clem ! Tu as réfléchi à ma proposition ?

— …

— Tu pourras habiter ici en attendant que Meg te dégote un truc à ton goût et dans ton budget. Ce n'est pas un problème, la place ne manque pas dans cette grande maison. Je t'aurais bien laissé l'appart en ville, mais je l'ai promis à Marie.

— …

— OK. Clem, penses-y. Tu reviens dans quinze jours comme prévu ? On descendra surfer à Soulac.

— …

— Alors, elle accepte ? demande Suzie qui arrive de la cuisine au moment où son mari raccroche.

— Non. Elle n'est pas prête à abandonner Paris et son poste. Et elle préfère le droit criminel.

— Dommage.

— Mais je n'ai pas dit mon dernier mot !

Je comprends aussitôt qu'ils font allusion au projet d'association pour le cabinet.

— Je suis venu chercher Enzo, annoncé-je.

— Tu veux boire quelque chose avant de rentrer ?

— Non, merci.

Dans la cuisine, Madame Chambard mère, devant les fourneaux, s'active à préparer le dîner, à ce que je devine des effluves qui s'échappent des marmites. Enzo rince son verre tandis que Nina le harcèle de « pourquoi » auxquels il répond par des « parce que », suivis immanquablement de « pourquoi parce que ». Je souris à cette avalanche de questions, mais lui, à l'évidence, sature.

— Enzo, on y va.

Une fois dans le couloir, il lâche un « elle est gavé[13] soûlante ».

J'en connais une autre du même genre, ou qui risque de le devenir si Robert parvient à la convaincre.

---

13. Expression bordelaise pour : très, trop, beaucoup, super, méga grave.

Chapitre 11 :
Ma sorcière bien aimée

Lucas

Décembre

Six mois que je fréquente épisodiquement la flamboyante rouquine, au rythme d'environ un week-end par mois, parfois quelques jours de plus. Je suis K.-O, sur le tapis. Depuis la première nuit. Celle que je n'ai pu m'empêcher de reconduire une deuxième fois, convaincu que ce serait la dernière. Mais non, il m'en a fallu une troisième, et là je suis tombé dans ses filets.

Bien que je sois son maitre lors de nos sessions érotiques, c'est elle qui mène la partie depuis le premier soir, celui que la mademoiselle a consenti à m'offrir. Après avoir goûté aux mises en scène avec la tornade rousse, aucune autre femme ne m'attire. Toutes aussi fades les unes que les autres. Bien malgré moi, je suis contraint d'assouvir mes pulsions avec des femelles qui s'efforcent de me satisfaire. Sans succès. Chaque pièce testée vibre de ses gémissements et de ses cris à elle. C'est son corps cambré, son magnifique fessier rosi par le fouet que j'y vois, sa peau luisante dans la chaleur du hammam, offerte aux regards envieux des hommes et des femmes qui nous matent pendant que je la prends sauvagement. Je la revois encore, acceptant le phallus d'un autre dans sa jolie bouche tandis que je me réserve l'intimité de son sexe brûlant. Je rêvais d'une vraie séance de triolisme. Elle m'a avoué avoir déjà testé, et à cette confidence, mon envie s'est très vite dissipée, n'étant pas prêt à l'offrir à un ou une autre. Je la désire intensément et la veux pour moi seul durant ces heures qu'elle me consacre et qui passent bien trop vite.

Les journées défilent et je ne cesse de songer à elle. Mon corps la réclame, s'enflamme dans des rêves torrides durant lesquels je la soumets à mon désir. Jusqu'alors, seuls quelques jeux de rôle me captivaient. Mais cette sorcière m'obsède et exacerbe mes désirs décadents. Je me défoule en visionnant du hard porno, recherche des clubs moins soft que *La différence*. Mais je n'y trouve pas mon plaisir, elle ne m'y accompagnant pas pour le partager.

Putain de merde ! Je suis accro à cette nana qui a mis ma vie sens dessus dessous. Mais qu'est-ce qui m'a pris de ne pas suivre ma ligne de conduite !

Mon téléphone vibre sur mon bureau, menaçant de tomber. Je décroche sans regarder, aboie sur mon interlocuteur tant je suis à cran. Mathilde en fait quotidiennement les frais, sans toutefois que je la baise. Ce n'est pourtant pas l'envie qui me manque de la martyriser, mais je ne reviens jamais sur une parole donnée.

— Houlà ! Tu n'as pas l'air de bonne humeur ! s'exclame Robert au bout du fil. Un dossier difficile à gérer ?

En quelque sorte !

— Je suis légèrement sur les nerfs en ce moment.

Un peu plus même, et à cause de son amie, mais je m'abstiens de lui dire. Je module mon timbre de voix.

— Désolé pour l'accueil. Que me vaut ton appel ?

— J'envisage de fêter le 31 décembre à Castelgraves, ainsi que notre installation définitive au domaine. Si tu n'as rien de prévu, tu es le bienvenu. Nous ne serons pas très nombreux. Une cinquantaine peut-être. Des collègues, quelques membres de l'équipe de ma femme et Clémence qui nous honore de sa présence pour l'évènement. Je crois que vous vous entendez bien tous les deux.

Ma queue tressaute au nom de ma sorcière bien-aimée sans que je n'aie aucun contrôle sur elle.

— OK ! Tu peux compter sur ma présence.

— Parfait ! Dix-neuf heures.

Je raccroche, quelque peu étonné par cette invitation surprise à quelques jours de la soirée du réveillon. Je me demande quelles sont ses motivations. Mais peu importe, puisqu'elles me permettent de revoir Clémence. Et mille fantasmes m'assaillent à la pensée de lui faire découvrir ce nouveau club auquel va ma préférence du moment : *L'Éveil des sens.* Un donjon d'Hôtes, espace dédié aux plaisirs BDSM et libertins, à quelques kilomètres de Bordeaux, dans lequel on peut y passer la nuit. Cet endroit raffiné devrait séduire ma belle soumise et nous permettre de nous ouvrir à de nouvelles expériences, un cran au-dessus de celles pratiquées lors de nos dernières rencontres.

En attendant, il me faut faire retomber la tension qui m'habite. Suivant mes mauvaises habitudes, j'appelle Mathilde. Elle se présente à mon bureau et me trouve vautré sur le canapé, mon engin hors du pantalon.

— Vous, tu, tu… m'avais… bafouille-t-elle.

Merde ! C'est vrai, j'ai promis que je ne lui imposerais rien. Mais j'ai un réel besoin d'évacuer et je n'aime pas le faire par moi-même.

Ben, t'es dans la mouise !

— Je te le demande comme une faveur.

Ah, te voilà à quémander, maintenant ! La rouquine te durcit la queue, mais te ramollit le cerveau.

— Juste cette fois ! En échange, je ferai en sorte que Lintus t'attribue le poste.

De mieux en mieux ! Tu sais comment on appelle ça ?

Je ne veux pas m'y appesantir. La seule chose à laquelle je pense, c'est que ma petite sorcière va en prendre pour son grade en retour.

Mathilde se mord la lèvre, hésitante.

— Pas de sodomie, exige-t-elle. Et tu ne me mords pas.

Dommage, j'en avais très envie, mais mes options sont limitées. J'y consens, tout plutôt qu'une branlette solitaire sous la douche.

— D'accord. Allez, bouge, donne-moi ta bouche.

*

L'objet de mon obsession ne semble pas ravi de me voir. Aux regards qu'elle m'adresse, j'ai le sentiment qu'elle discute de ma présence avec Robert et qu'ils se disputent.

Comment diable est-ce possible ? Clémence devrait être heureuse de me voir ; il me semble l'avoir contentée, assouvi toutes ses envies. De plus, nous ne nous sommes pas revus depuis un mois. Notre relation informelle, sans lien affectif, lui convenait jusqu'alors. Je ne comprends pas sa réaction.

Je m'en enquiers dès que je peux la coincer dans un couloir.

— Quelque chose ne va pas ? Tu n'es pas contente de me revoir ? demandé-je en plongeant mes yeux dans les siens et usant de tout mon charme.

— Écoute, on a passé de super soirées, mais…

Comment peut-il y avoir un «mais» !

— … je ne veux pas de relations suivies.

— Je ne t'en propose pas. Pas d'exclusivité non plus. Les termes de notre contrat sont clairs. Alors, pourquoi se priver du plaisir d'être ensemble ? Nous nous ressemblons, ma petite sorcière envoûtante. En tant qu'hédonistes, nous pouvons, je crois, profiter de ce que la vie nous offre et les joies de divertissements partagés. Et c'est toi, toujours toi, qui décides. J'ai dégoté un nouveau club très érotique. J'aimerais te le faire découvrir. Rien que le nom devrait t'émoustiller : *L'Éveil des sens*. Je t'envoie le lien vers la page web. Tu vas voir, tout y déborde de sensualité, même le donjon.

Mes mains s'égarent sur ses flancs, ses jambes, jusqu'à la lisière de sa robe, et malgré la tentation de me glisser dans son intimité, j'évite de m'en approcher. Je pourrais, tant nous sommes, dans ce couloir, à l'abri des regards. Je me contente de l'acculer contre le mur, ondoie du bassin pour l'aguicher, dégage la chevelure auburn de son cou et y dépose de légers baisers avant de venir goûter sa délicieuse bouche carmin. Instantanément ma bite swingue dans mon boxer, réclame ses lèvres tentatrices que je mordille, les incitant à s'ouvrir, et je m'y introduis dès que Clémence m'y autorise. De tendre, le baiser devient vorace. Ma divine sorcière s'accroche à mon cou, m'attire à elle tandis que je m'agrippe à ses hanches et me frotte, comme un mec en manque d'elle — ce que je suis —, contre son pubis. Mes doigts s'y aventurent, rencontrent un obstacle — ce qui me surprend un peu — que j'écarte pour m'immiscer dans son intimité chaude et humide. Dès lors, je sais qu'elle est sous ma coupe. J'excite son bouton ; elle geint de plaisir dans ma bouche. Je me retire, mets fin à notre baiser ; elle râle. Je souris, satisfait. Dans quelques heures, elle est à moi.

— Enlève ce putain de string avant de me rejoindre.

— Si je veux.

— Ah, oui ? répliqué-je en déchirant le bout de dentelle qui lui fait office de culotte.

Elle hoquette de surprise.

Ah ben, sur ce coup-là, ma cocotte, c'est moi qui décide.

Hors de question que je sois entravé par un morceau de chiffon pendant le repas. Je le fourre dans la poche de mon pantalon et entraîne ma délicieuse compagne dans le salon où les invités commencent à affluer et s'agitent autour du bar. Clémence est incontestablement la plus belle femme de la soirée. Si on occulte la maîtresse de maison d'une élégance folle dans sa robe longue lamée qui moule son corps comme une seconde peau, au port de tête aristocratique, à la nuque régalienne qui appelle aux baisers. Elle seule pourrait faire de l'ombre à Clémence. Si elle n'était pas la femme de Robert — unique raison de mes réticences —, je n'aurais pas hésité à la séduire. Quoique, rien ne dit qu'au fil du temps, je n'aurai pas tenté ma chance, toute « femme de » qu'elle puisse être.

Marie, la petite secrétaire de Robert, accroche mon regard. Je lui souris en retour. Elle est mignonne, ce soir, je dirais même belle dans sa petite robe noire et chaussée d'escarpins qui soulignent le galbe de ses jambes. Son maquillage prononcé, sans être excessif, et ses cheveux blonds relevés artistiquement lui donnent un peu plus d'assurance et un air moins angélique.

Personne n'ignore que la petite Marie, de vingt ans ma cadette, a un faible pour moi. Parfois, l'envie de la dévergonder m'effleure. Mais en homme raisonnable, je me contente de flirter avec elle, à l'occasion. Jamais, elle ne pourra concurrencer physiquement ma rousse ni la blonde

Suzie à la prestance innée. Marie avance d'un pas vers moi ; aussitôt j'attrape par la taille celle que je considère comme ma propriété, l'attire à moi. La poupée de porcelaine saisit le message : « je ne souhaite pas être importuné ». À mes côtés, ma cavalière se raidit, tente de retirer mes doigts de ses hanches, mais je ne cède pas ; au contraire, je resserre ma prise. Elle se penche à mon oreille et murmure :

— Tu n'es mon Dom que dans nos sessions. N'oublie pas.

Notre hôte lève sa coupe de champagne et attire l'attention des invités et me stoppe dans ma réplique.

— J'ai une annonce à vous faire. Je voudrais que nous trinquions pour fêter dignement ce dernier jour de l'année et un heureux évènement.

Les chuchotements de l'assemblée évoquent aussitôt une grossesse à venir. Mais Robert dément.

— Notre amie Clémence, avocate de renom, accepte de devenir mon associée et vient s'installer à Bordeaux définitivement.

Des cris de joie fusent. Meg se précipite sur ma voisine pour l'embrasser, Nick la broie dans une accolade virile et lui marmonne je ne sais quoi à l'oreille. Clémence lui assène une tape sur le bras en retour. Suzie lui adresse un baiser à distance. Tout son groupe d'amis se réjouit et moi, je bande rien qu'à l'idée de l'avoir à portée de main pour toujours. Ou tout au moins le temps qu'elle comblera mes caprices.

— Que de soirées prometteuses en perceptive.

— Si je veux et si j'en ai envie, me rappelle-t-elle.

— Oh, mais tu vas l'avoir, murmuré-je en lui mordillant l'oreille. Je vais me débrouiller pour te rendre accro à mon corps autant que je le suis au tien. Et nul doute que j'y parvienne.

Je m'y attelle à peine installé à table, tout en restant aussi discret que possible. Je m'amuse à lui donner la becquée, laissant parfois traîner mon doigt dans sa bouche. Mes mains s'égarent sur son entrejambe. Je trouve même le moyen de passer sous la table pour, en principe, y récupérer ma fourchette, et ma langue s'égare quelques secondes entre ses cuisses.

La couleur coquelicot de son visage m'exalte. Je n'aurais pas cru réussir à faire rougir cette libertine, mais je suppose que la présence de ses amis l'embarrasse, bien que ceux-ci ne doivent pas méconnaître la personnalité débridée de ma diablesse, vu le sourire en coin que lui adresse Nick. L'attention de Robert, elle, est ailleurs que sur nous, contrairement à celle de Suzie qui ne me quitte pas des yeux.

Satisfait de l'effet produit sur Clémence, j'en avais oublié de quoi est capable ma petite démone. Il semble donc que les jolis coloris de son visage ne soient pas dus à la gêne, mais à l'excitation, car la belle me torture en retour.

Après avoir rapproché sa chaise au plus près, elle s'aventure dans mon pantalon, les yeux empreints d'une feinte innocence. Un sourire tout aussi hypocrite s'affiche sur sa bouche tandis que sa main experte joue avec mon pénis, alternant effleurements et gestes plus rapides. À mon tour de composer, difficilement tant je suis au bord de l'implosion et prêt à éjaculer dans sa main. Je manque m'étrangler avec mon vin, étouffant un cri quand ma voisine me pince violemment le prépuce. Aussitôt l'orgasme reflue. Tous les regards convergent vers moi tandis que Clémence réajuste mon pantalon, se penche vers moi, me tapote le dos et me demande si tout va bien.

— Tu ne perds rien pour attendre, chuchoté-je en retour.

— J'adore l'attente, elle stimule le plaisir tandis que l'on s'imagine ce qu'il va bien pouvoir se passer.

— Oh, mais le savoir l'est tout autant, crois-moi !

Elle glousse.

— Dommage. Je repars lundi dans la matinée. Je crains fort que tu ne puisses honorer toutes tes promesses et qu'il nous soit impossible de nous rendre dans ton nouveau club.

— À défaut d'accessoires, ma main devrait suffire pour te fesser comme tu le mérites.

Je la sens tout émoustillée tant elle gigote sur sa chaise.

— Hum, hâte de la tester, réplique-t-elle, un sourire sans équivoque aux lèvres.

Lèvres que je m'apprête à embrasser, mais qu'elle me refuse.

— Pas en public.

— La libertine n'assume pas devant ses amis ? Ils n'ignorent pas notre relation que je sache.

Son regard dérive de l'autre côté de la table ; je n'ai pas le temps de voir vers qui, que son attention revient déjà sur moi.

— Oh, ne t'inquiète pas, ils connaissent mes façons de penser.

— Alors, où est le problème ?

— Lucas, je crois que tu n'as pas tout saisi. Ce qui se passe entre nous, dans ma chambre ou les clubs, reste de l'ordre du privé. Nous ne sommes pas un couple, OK ? Tu ne m'embrasses pas devant un public d'intimes comme maintenant.

J'ai l'impression de recevoir une gifle. Je n'apprécie pas qu'elle me remette à ma place. Vexé, une colère sourde gronde en moi. Mais je reprends le contrôle de mes émotions, affiche un sourire de façade.

— Je te prie de m'excuser pour mon impatience. Mais ta bouche est délicieusement attirante.

Chapitre 12 :
Dans les bras de Lucas
Clémence

31 Décembre

Que Robert ait invité Lucas me contrarie. Ne lui ayant toujours pas apporté ma réponse quant à mon installation sur Bordeaux, je le soupçonne de vouloir m'appâter via mes appétits sexuels, ce qu'il me confirme, en aparté avant le dîner.

— Tu ne vas quand même pas te plaindre de sa présence ? Tu as bien couché avec lui à plusieurs reprises ; tout Bordeaux en fait état. La réputation du juge n'étant plus à faire, quand on s'affiche avec lui… forcément !

Mon « C'est petit, très petit », que je lui jette à la figure pour contrer cet argument indigne de lui ne l'émeut pas pour deux sous.

Suzie s'en mêle.

— Bon sang, Rob ! Tu pensais vraiment la manipuler ? La connaissant plus intimement que nous tous, tu devrais être plus à même de prévoir ses réactions ! Ne sois pas surpris qu'elle rue dans les brancards et te laisse en plan. Même moi, j'aurais pu te dire que c'était une mauvaise idée.

— Tu ne vas pas me faire ce coup-là ? s'inquiète soudain Robert.

Pour tout dire, ma décision est prise, posée et réfléchie depuis une semaine, mais tellement irritée qu'il me jette Lucas dans les pattes, je suis à deux doigts d'y revenir.

Cependant, enthousiasmée par ce nouveau projet, je m'en abstiens.

— Tu as de la chance que j'ai déjà rencontré mon notaire, mon banquier et abordé le sujet avec mes associés.

— Bordel de merde ! s'exclame Suzie qui exprime, quelques fois avec excès, sa joie ou sa colère dans des termes fleuris.

— Ah, non, ne va pas nous sortir ton répertoire de vulgarités en toutes les langues, intervient Robert.

Suzie l'ignore.

— Si tu savais comme je t'aime. Tu n'imagines pas combien ta présence va changer nos vies, déclare mon amie en se jetant dans mes bras.

— Oh, n'exagère pas, répliqué-je, gênée par cette marque spontanée d'affection.

Mais il est vrai que ce partenariat permettra à Robert de souffler, de réorganiser son emploi du temps, de gérer ses affaires depuis le domaine dans lequel le couple veut désormais vivre quotidiennement. Je suis heureuse de leur faire plaisir, bien que ce soit moi qui devrais les remercier de cette opportunité de les rejoindre, eux que je côtoie depuis les bancs de la fac. Je me languissais d'eux depuis leur départ de la capitale malgré une vie professionnelle comblant mes vides affectifs. Et pour tout dire, des questions me turlupinent depuis les insultes de ce satané Mateo, remettant en question mon mode de vie superficiel. Mais les habitudes ayant la vie dure, je ne vais pas en changer de sitôt, cependant l'idée chemine lentement, très lentement. Difficile de résister à ses penchants !

La preuve, il suffit que mon petit juge glisse sa main sous ma jupe, que les invités évoquent une possible grossesse de Suzie et que la douleur s'en vienne irradier mon ventre pour que je ne rêve plus que d'une fessée cuisante. Seul le regard de Mateo, rivé sur moi tout le long du repas, me contraint à refuser le baiser de mon amant. En dehors de sa présence, j'y aurais consenti, émoustillée par les promesses d'une exaltante soirée. Histoire de rester sur la même longueur d'onde, je rappelle froidement les règles à Lucas, sous les yeux de Mateo qui ne me quittent pas. J'en ris sous cape. S'il savait ce que j'impose à mes amants !

Comme si son avis avait une quelconque importance !

*

Allongée sur mon lit, je soupire en songeant que quelques heures plus tôt, je m'apprêtais à évincer Lucas, malgré les expériences passées en club, des plus agréables. Malgré tout, je ne souhaite pas d'une liaison officielle, et une intuition tenace et désagréable m'étreint lorsque je songe au juge Berthelier, ce partenaire envahissant. Très envahissant. Possessif. Trop possessif. Et n'ayant de cesse de marquer son territoire, et je refuse d'avoir, dans ma vie, ce genre de mec.

Mon corps, lui, ne le voit pas sous le même angle. Ce traître répond aux caresses insistantes de mon tourmenteur, à ses lèvres sur mon ventre, ses mains douces et chaudes entre mes cuisses, à l'orée de mon intimité.

— Comment vont tes petites fesses ? me murmure mon beau ténébreux, abandonnant mon nombril pour venir lécher mon cou.

— Échauffées.

Le saligaud n'y est pas allé de main morte.

— Voyons ça !

D'un mouvement souple, il me retourne sur le ventre.

— Jolie couleur. Le rose va bien à ton teint de rousse, commente-t-il, câlinant délicatement mon fessier de ses mains, puis de sa langue qui se rapproche subrepticement de mes lèvres gonflées de désir.

Un cri, de surprise et de douleur, m'échappe sous la claque retentissante qui s'abat sur mon postérieur.

— Mais pas encore assez rose à mon goût, se justifie-t-il.

Sa main tantôt gifle mes fesses, tantôt stimule mon clitoris. Je halète tant il pulse, me cambre, cherche ses doigts qu'il me refuse. Lucas s'esclaffe, fier de lui, revient me taquiner, les glisse en moi, les retire. La tension monte ; je n'en peux plus de cette attente. J'essaie de me retourner pour l'attirer à moi. Sans succès. Une de ses mains me bloque contre le matelas, tandis que de l'autre, il poursuit son incursion qui devient déplaisante, puis douloureuse. Rapidement, je n'apprécie plus la manière brutale dont il me doigte.

— Arrête, tu me fais mal.

Il ne réagit pas à ma demande, au contraire ; il accentue de plus en plus sauvagement son petit manège, affermit sa prise, me clouant au lit d'un geste impatient, d'une poigne puissante plaquée entre les deux omoplates. Je tente à nouveau de me dégager, mais sous sa pression, je ne peux que subir cette agression physique tandis qu'il accélère sans état d'âme la cadence. Lorsqu'il entame une intrusion supplémentaire, encore plus mordante, je suffoque, le nez dans mon oreiller, panique, me débats pour échapper à cette attaque, cette possession de mon corps à laquelle je ne consens plus, et hurle finalement mon safeword, dans l'espoir de le faire réagir. Et en effet, il stoppe immédiatement. Enfin libre, je me dégage et me recroqueville le plus loin possible de lui et de sa verge érigée battant son ventre, son regard soudain hagard.

— Mais t'es malade ! Qu'est-ce qui t'a pris ? hurlé-je.

— Je suis désolé. Cela semblait te plaire.

— Au début, oui, mais c'est rapidement devenu insupportable. Je te l'ai dit d'ailleurs en te demandant d'arrêter. On n'est pas en session, bon sang ! Pourquoi ai-je dû avoir recours à mon mot de sécurité pour te stopper ?

— Je regrette, je me suis laissé emporter. J'étais un peu déconnecté. Pardonne-moi. Je ne voulais pas de blesser, juste te faire jouir.

— Eh bien, on peut dire que c'est raté.

— J'en suis navré. Tu m'en veux ?

Je me laisse attendrir par son air contrit et ses excuses.

— Non, ça va, je peux comprendre.

Un soupir de soulagement lui échappe et il s'approche pour me voler un baiser. Ses yeux hypnotiques se rivent aux miens et je suis fichue. Lui dans les parages, impossible de lui refuser grand-chose.

— Je peux jouir dans ta bouche ?

Devant son regard implorant et navré, je cède. Pour tout dire, j'aime la texture de sa verge soyeuse sous ma langue.

— À quelle heure, ton train, lundi ? me demande Lucas tandis que nous nous glissons sous la couette, une bonne demi-heure plus tard.

— Neuf heures trente.

— Et tu reviens quand ?

— Fin du mois, pour quinze jours. Puis je pars skier une semaine à Megève avec des amis. Je retourne à Paris clôturer les affaires en cours ou les confier à un autre membre de l'équipe. J'ignore le temps que cela prendra. Officiellement, je prends mon poste début avril. Entre temps, je pense venir tous les week-ends.

— Tu projettes de loger où ?

— Meg prospecte pour moi. Mais comme je ne sais pas encore si je veux résider dans les parages ou à Bordeaux, je pense m'installer ici dans un premier temps. Ce qui nous permettra de bosser en dehors des heures de boulot. Robert envisage de travailler une semaine sur deux à la maison et moi, je gérerai le cabinet en ville. Une organisation sympa qui nous convient.

— Vous vous entendez bien. Je constate que vous êtes très proches les uns des autres. Vous vous fréquentez depuis longtemps, je suppose ?

— Nous sommes amis depuis les bancs de la Sorbonne et nous avons partagé quelques galères qui nous ont rapprochés.

Comme la mort d'Eve, ce que je tais, bien évidemment. Je ne souhaite pas partager de détails personnels.

— Les épreuves rapprochent, à ce qu'il paraît.

— Je confirme.

— On se fait l'*Éveil des sens*, à l'occasion ?

— Peut-être.

Il s'approche, me relève le menton et accroche mon regard.

— Tu es fâchée ? Je te promets que cet incident ne se renouvellera pas. Mais dis-moi ce que je peux faire pour t'en convaincre et obtenir ton pardon, mon envoûtante rouquine ?

C'est vrai, je suis contrariée qu'il ait usé de sa force en dehors d'une session, me maintenant ainsi sous sa coupe sans mon accord. Me vient l'idée de le contraindre à subir ma prise de pouvoir et lui montrer ce que l'on ressent, à la merci de l'autre.

— Que tu me laisses te fouetter lors d'une scène.

Il se raidit ; la requête ne le séduit pas. Il se mord la lèvre, hésite, gamberge, craignant probablement que son refus impacte sur notre relation épisodique. Projet tentant, s'il se rétracte. Son cerveau carbure à cent à l'heure, et je jubile devant son indécision. Il ne maîtrise plus rien. Mon emprise sur lui résonne comme une évidence. Il peut être mon dominant dans nos jeux érotiques, mais je suis sa maîtresse. Je le tiens fermement entre mes mains. Il ne dispose pas d'autre alternative que de consentir à ma demande s'il veut me revoir. Malgré ses tergiversations, il s'apprête à céder malgré ses réticences. Tout son corps l'exprime.

— D'accord ! Mais je choisis l'instrument.

— OK.

— Pas en public. Juste toi et moi.

— Pas de problème.

J'en comprends les raisons. Malgré l'accord tacite de confidentialité de rigueur dans les clubs libertins, le grand juge Berthelier ne peut se permettre d'être surpris dans une posture de soumis.

*

Une voix, que je ne connais que trop bien désormais, m'interpelle, tandis que j'attends patiemment mon train en gare Saint Jean. Je lève les yeux de mon téléphone et découvre Lucas à demi masqué par un bouquet de roses de couleurs différentes.

— Quinze. Pour me faire pardonner, selon le langage des fleurs.

J'éclate de rire.

— Parce que tu le connais ?

— Non, je me suis contenté de faire confiance à la fleuriste. Après quelques hésitations entre une orchidée et des roses, ces dernières semblaient mieux de te correspondre. Et ignorant ta couleur préférée, j'ai opté pour un mélange.

— Elles sont superbes et, pour ta gouverne, ma préférence va aux blanches.

— Ah, j'aurais penché pour rouge. Une teinte à la hauteur de ton tempérament flamboyant.

— Flatteur ! N'essaierais-tu pas de me soudoyer pour me faire changer d'avis ?

— Absolument pas. Quand je m'engage, je ne reviens pas sur ma parole. Cependant, nous notifierons mes réserves par écrit.

— Ne me ferais-tu pas confiance ?

— Si, mais nous avons bien retranscrit les tiennes sur le contrat !

— Oui, bien sûr.

— Ce sera l'unique fois, Clémence. Pas question de rejouer cette scène !

— Cela pourrait te plaire.

— Je ne pense pas.

— Si tu transgresses à nouveau mes limites…

— Pas de risque.

— Mais dans l'éventualité du contraire, tu t'y soumettras. C'est ainsi que nous le réglerons. Une nouvelle clause à retranscrire dans le contrat.

Sa mâchoire se contracte sous la contrariété provoquée par mon exigence.

— Si je m'y refuse ?

Je me lève sans lui répondre, attrape le bouquet de roses, ajuste mon sac sur l'épaule, dépose un baiser sur ses lèvres et me dirige vers le quai.

— Merci pour les fleurs ! lancé-je sans me retourner.

— Ça n'arrivera plus !

Mon instinct me souffle hélas le contraire, m'incite à mettre un terme à nos fréquentations, tout comme il me dit que vivre à proximité de Mateo ne va pas être de tout repos. Un seul de ses regards réprobateurs et je perds mes moyens, accablée, déstabilisée pas ses jugements négatifs sur mon mode de vie. Moi, Clémence, indifférente à l'opinion d'autrui, me chagrine de la sienne. Ses yeux noisette inquisiteurs me transpercent, ravagent mon âme m'atteignent et me meurtrissent psychologiquement. Et je ne m'explique pas pourquoi son avis revêt autant d'importance.

Peut-être parce qu'il est différent ? Qu'il s'attache à des valeurs qui vont bien au-delà des miennes ? Qu'il élève un gosse sans qu'il soit le sien ? Que curieuse comme je suis, je souhaite en connaître les raisons ?

Oui, Mateo et Enzo, cet adolescent attendrissant, sont un mystère. Cependant malgré mes questions les concernant, Suzie s'est cantonnée à évoquer une histoire compliquée et douloureuse, sans plus de détails. On ne peut faire plus évasif… et de ce fait, plus intrigant.

Toujours est-il que je pressens que, d'ici peu, ma vie va, elle aussi, devenir plus complexe avec Lucas et Mateo dans mon environnement. Et je déteste les complications !

Chapitre 13 :
Une présence dérangeante
Mateo

J'ignorais que Clémence serait présente lors de l'invitation de Suzie. Pour autant, le sachant, j'aurais eu du mal à la refuser, notre patronne souhaitant que nous fêtions dignement la fin d'une année difficile. Malgré un été bien trop sec et d'autres tracasseries tout aussi désagréables, la cuvée de l'année s'annonce prometteuse. Les pluies, début septembre, suivies d'un été indien durant les vendanges, ont épargné le millésime bordelais de la catastrophe qui se profilait à l'horizon et Suzie s'en réjouit. À juste titre ! Les petites exploitations comme la sienne peinent plus que les autres à affronter de mauvaises récoltes.

Je tente d'appréhender cette soirée sereinement sans vraiment y parvenir en m'apprêtant pour la circonstance, jeans et boots remplacés par un pantalon noir et une chemise blanche. Me voilà endimanché tel un pingouin. Il ne manque que le nœud papillon.

Je déplore l'absence d'Enzo, qui après avoir célébré Noël en ma compagnie, fête le dernier jour de l'année chez ses grands-parents. Ce qui ne le ravit pas. Je le comprends. Le juge n'ayant tranché en faveur ni de l'un ni de l'autre, mais en une garde conjointe, Enzo ne peut que s'adapter au planning. Robert estime que nous devons nous satisfaire de cette décision judiciaire tant la balance oscillait dangereusement en ma défaveur et je m'estime chanceux que la plaidoirie de mon avocat se soit avérée déterminante dans ce résultat final. Dans trois ans, mon neveu sera majeur, mais jusque-là, nous devons nous accommoder de ce mode de vie.

Le plus difficile reste à venir, tant j'ai l'impression de voir le procès de Sarah reporté aux calendes grecques. La faute à ce connard qui instruit l'affaire, ce Berthelier qui s'affiche aux côtés de la rouquine qui me fait tourner en bourrique depuis des mois. Celle que j'évite, tant chaque rencontre m'électrise à entendre son rire perlé résonner dans la maison, voir son corps penché sur les cahiers d'Enzo, quand elle et Suzie l'assistent dans ses devoirs. Eh oui, l'avocate dispense des cours d'anglais à mon neveu ! Et face aux progrès flagrants, je ne peux m'y opposer. De ce fait, nous nous croisons fréquemment, mais n'échangeons rien, hormis quelques regards assassins en dehors d'une froideur manifeste. Pour couronner le tout, Enzo ne cesse de l'évoquer. Clémence par-ci, Clem par-là, vantant son intelligence et son érudition. Néanmoins, j'ai dû tempérer ses ardeurs jusqu'à le rabrouer, lui rappelant que les commentaires du genre « elle a l'air trop bonne, la Clémence » sont un manque total de respect envers les femmes. Bien évidemment, le petit saligaud n'a pas manqué de se défausser, arguant ne pas être le seul à le penser, les saisonniers le clamant haut et fort. Découvrir ces commentaires triviaux et déplacés, à peine excusables dans la bouche d'un adolescent aux hormones en ébullition dont le père considérait les femmes comme « toutes bonnes à se faire baiser », m'a remis en mémoire mon comportement passé, mes paroles malavisées. Tout bien considéré, je m'estime aussi gougnafier que tous ces mâles bavassant sur Clémence.

Et comme la plupart des hommes de la soirée, je ne peux détacher les yeux de l'avocate, particulièrement en beauté dans sa robe noire scintillante épousant sa poitrine, sa taille fine, s'évasant pour s'arrêter à mi-cuisses et laissant deviner, au gré de ses mouvements, le haut de ses bas noirs. Je me demande si elle porte une culotte, jusqu'à ce qu'un bout de dentelle dépassant de la poche du juge attire mon regard. Dégoûté, je me détourne aussitôt.

L'annonce de Robert, enthousiasmé par leur association, m'achève. Arrive ce que je redoutais : Clémence constamment dans ma ligne d'horizon dans un avenir proche. Pas vraiment une déclaration qui me réjouisse, tant il sera difficile de l'éviter, cette baraque se trouvant être un centre névralgique et stratégique dans lequel tout le monde se réunit à longueur de temps. Gérer ses visites ponctuelles s'avère déjà compliqué, qu'en sera-t-il d'une présence quasi quotidienne !

Je vis un calvaire durant tout le repas. Assis face au couple, rien ne m'échappe de leur manège, des mains qui s'égarent sous la table au juge qui s'y glisse pour récupérer sa serviette ou son couvert. Un comportement des plus indécents de mon point de vue ! Je me tourne vers les amis de la rousse, cherchant dans leur regard leur propre sentiment sur une telle attitude. Suzie dévisage Lucas, mais son visage impassible ne laisse rien transparaître, Nick affiche un sourire goguenard, preuve qu'il s'en amuse. Robert discute avec son voisin et semble ne pas voir ce qui se trame, ou fait « mine de ». Quant à Meg, sa place est vide.

Quand le juge se penche pour embrasser Clémence, je fulmine ; mes doigts se contractent sur ma fourchette en à faire pâlir les articulations. Son regard effleure le mien quelques secondes et je ne saurais dire ce qu'elle lit dans mes yeux. Un effet dissuasif peut-être ? Car elle le repousse aussitôt. Ses propos se perdent dans le brouhaha environnant, je ne perçois pas l'échange, mais constate qu'en réaction les yeux du magistrat s'égarent à la recherche de celui ou celle responsable de la décision de sa compagne. Je détourne les miens pour répondre à Matthias, à ma gauche, qui m'interpelle.

— Ça va, Mateo ?

— Oui, pourquoi ?

— Je ne sais pas, tu as l'air en colère. Tes mains sont crispées sur tes couverts.

Je relâche la pression et ne sais que répondre.

— C'est une très belle femme, mais un danger ambulant. Ne t'y frotte pas. Tu te brûlerais les ailes.

Je me penche vers cet homme qui m'honore de son amitié — et bien plus encore — depuis de nombreuses années, étonné par sa réflexion. Comment peut-il savoir ce qui bouillonne dans ma tête ?

— Je ne m'intéresse pas à elle, affirmé-je.

— Oui, c'est ça !

— Vraiment, je t'assure.

— Regarde-moi bien en face et redis-le-moi. Je finirais peut-être par te croire.

Matthias rive ses prunelles mordorées dans les miennes et attend ma réponse.

— Oui, j'avoue qu'elle me plaît. Mais il n'y a qu'à voir vers qui tendent ses préférences pour comprendre qu'une relation avec elle, c'est carrément impossible.

Matthias observe furtivement le sujet de notre conversation et revient vers moi, un sourire aux lèvres.

— Elle ne te quitte pas des yeux.

Je constate qu'il dit vrai. Et je n'en connais que trop bien les raisons. Je pourrais m'épancher auprès de celui qui joue le rôle d'un père de substitution depuis plus de vingt ans, celui qui m'a pris sous aile, accueilli chez lui chaque fois que je fuyais le paternel, particulièrement le déchaînement de sa fureur.

À la mort de ma mère des suites d'un cancer, mon père perdit la tête et son travail, plongeant dans la boisson. De buveur occasionnel, il se transforma en ivrogne colérique et violent, lui autrefois si doux et attentionné envers maman, ma sœur et moi. Sarah ressemblant comme deux gouttes d'eau à notre génitrice, elle devint l'objet de sa rancœur, la victime innocente de ses humiliations constantes et de quelques gifles ou bourrades prononcées lorsqu'elle intervenait pour me protéger. Furieux, les coups pleuvaient plus drus, m'obligeant à la supplier ne pas s'en mêler tant j'en sortais plus meurtri que de coutume. D'un an mon aînée, elle souffrait de la situation et de son incapacité à contrôler mon père. Bien que nous évitions toute source de conflit, il trouvait toujours une excuse pour me punir sur des motifs des plus foireux.

Un jour, après qu'il m'eut battu à plate couture, je me réfugiai chez Matthias. Devant l'étendue de mes blessures, il s'affola et m'enjoignit à déposer plainte. Ma sœur paniqua, me supplia de ne rien faire, avançant des arguments imparables : pas de famille, tout juste quatorze et quinze ans, ce qui impliquerait forcément un placement en foyer et inévitablement une séparation. Je renonçai, d'autant que mon père, une fois sobre, s'excusait et Sarah lui trouvait des justifications dans le chagrin qui le consumait depuis la perte insurmontable de son grand amour. La situation perdura encore un an, jusqu'à ce que suite à une poussée de croissance soudaine, je le dépasse en taille et me forge une carrure suffisante pour le repousser. Ce qui mit fin aux raclées. À quinze ans, je passais dorénavant beaucoup de temps en apprentissage auprès des Laborde, ma seconde famille.

Je dois à Matthias d'être l'homme que je suis. À cette époque, il me sauva de moi-même lors d'un moment de faiblesse suivi de choix peu judicieux, testant les effets de certaines drogues, dont l'alcool, moi qui l'abhorrais.

Je ne peux donc que reconnaître son bon sens, ses remarques pertinentes et ses conseils toujours appropriés, bien que n'en ayant nul besoin en cet instant, conscient que je ne me satisferai pas de ce que Clémence pourrait m'offrir.

— Je sais ce qu'elle veut. Et j'ai déjà donné, avoué-je.

— Houlà, tu vas faire des envieux parmi les membres de l'équipe, si cela s'ébruite.

— Je ne risque pas m'en vanter, ne t'inquiète pas.

Matthias arque un sourcil interrogateur, attendant la suite. Je soupire.

— Ce que les autres imaginent n'est pas surfait, ajouté-je.

— Il faut croire qu'elle aimerait remettre le couvert.

— Probablement pour comparer mes prouesses avec celle de son compagnon et se jouer de moi.

— Donc, je ne me trompe pas en disant qu'elle est dangereuse. Du genre de nana qui obtient ce qu'elle désire. Un caractère de feu allant de pair avec sa chevelure. Une vraie rouquine ?

Je le foudroie du regard en guise de réponse. Il s'esclaffe. Mais je ne confirmerai ni n'infirmerai, parce que je suis presque certain qu'il s'en moque, qu'il cherche simplement à me taquiner.

La soirée se poursuit dans la bonne humeur pour la majorité des invités. Sauf pour la jeune secrétaire de Robert, à l'écart dans un renfoncement de la pièce, qui visiblement s'ennuie et jette des regards énamourés sur l'objet de ses désirs. Quant à lui, il se déhanche lascivement avec Clémence dans un slow langoureux. J'éprouve de la pitié pour Marie qui n'intéressera jamais ce genre d'individu. À vrai dire, un mal pour un bien. Tout comme la voluptueuse avocate qui occupe mes pensées n'est pas pour moi, il en est de même pour elle et le juge. Berthelier la dévorerait toute crue et la recracherait en tout petits morceaux.

Je me demande ce qui peut attirer cette jolie fille au teint de porcelaine. Elle n'ignore pourtant rien des frasques de cet homme de vingt ans son aîné depuis le stage effectué à ses côtés. De plus, Robert n'a pas manqué de la mettre en garde contre le personnage. Sans grand succès, il semble. Le danger agirait-il comme un puissant aphrodisiaque ?

Matthias me suggère de l'inviter à danser, vantant son joli minois, son style posé, proche de mon idéal féminin. De mon point de vue, trop jeune et trop sage. Mais lorsque mes yeux croisent ceux de Clémence, l'envie de la narguer à mon tour prend le pas sur le raisonnable.

Marie accepte ma demande et j'enlace sa silhouette menue. Malgré ses escarpins, sa tête m'arrive sous le menton. Le doux parfum de ses cheveux blonds effleure mes narines. Tout est empreint de douceur chez elle. De sa voix à sa main minuscule qu'elle pose sur mon épaule, son air de poupée que l'on craint de briser, ses grands yeux bleus dans lesquels l'on peut se perdre. Le genre de femme qui éveille votre instinct protecteur, de celle que l'on rêve d'épouser. Instinctivement, je resserre mon étreinte. Elle ne me repousse pas et émet un petit soupir de contentement.

— Tu es très en beauté, ce soir.

— Mais pas aussi belle qu'elle.

Elle, qu'il est inutile de nommer. Avant que je ne puisse répliquer, elle me demande :

— Tu le penses aussi, n'est-ce pas ?

J'élude d'une réponse plus tempérée.

— Je dirais que vous êtes deux opposées. Toi, toute délicate et elle, tout feu tout flamme.

— Tout le cœur du problème ! Un tempérament qui ne vous laisse pas insensible. Vous, les hommes, aimez ce feu qu'elle dégage.

— Mais c'est dangereux le feu. Ça brûle.

— Certes, mais c'est si excitant de s'approcher de la flamme qui risque de vous anéantir si on ne la contrôle pas.

Elle n'a pas tort.

— Il n'empêche que tu es superbe tout en étant moins flamboyante.

Elle m'adresse une moue sceptique, puis son regard s'illumine.

— Embrasse-moi, si tu me trouves aussi belle que tu le prétends.

Déconcerté, je marque un temps d'arrêt dans notre danse. En la complimentant, je n'avais pas envisagé en venir là. Devant mon hésitation, elle se rembrunit.

— Tu vois ! Encore des mots, toujours des mots, les mêmes mots, chantonne-t-elle[14].

— Absolument pas ! Je suis toujours très sincère et si je dois t'embrasser pour te le prouver…

---

14. Interprétée par Dalida et Alain Delon en 1973.

Je joins le geste à la parole et effleure ses lèvres d'un baiser délicat qu'elle approfondit en se pendant à mon cou.

Merde ! La situation prend un tour inattendu et… plaisant, tout bien considéré.

Les douze coups de minuit résonnent et nous surprennent, nos bouches toujours soudées l'une à l'autre. Je me demande dans quelle galère je me suis fourré, mais une nouvelle année s'annonce sans que je sache de quoi elle sera faite, alors je décide de ne pas me prendre la tête.

Chapitre 14 :
Un homme troublant
Clémence

Mi-janvier

— Ils forment un joli couple, je trouve, commente Suzie tandis que Robert me présente des dossiers pour lesquels il souhaite mon avis.

Nous sommes installés dans son bureau dont la vue porte sur la terrasse. Suzie ne cesse de s'agiter autour de nous. Robert parvient à occulter sa présence et, imperturbable, répond par monosyllabes à ses diverses observations.

— Tu penses que ça peut aboutir sur une relation sérieuse ?

Je lève les yeux vers elle, campée devant la baie vitrée. J'ai quelques réticences à ce propos, et elle aussi puisqu'elle ajoute :

— Un peu trop jeune pour Mateo, en fait, tu ne trouves pas ? Et je n'aime pas le fait qu'elle se soit jetée sur lui, l'autre soir. Par dépit, ajoute-t-elle au bout de quelques secondes.

— Mais fous-leur la paix ! À nous aussi d'ailleurs, rouspète Robert. Tu nous empêches de travailler.

Travailler ! Un exercice qui me pose problème tant je suis distraite par les commentaires de Suzie et par le fait d'avoir croisé Mateo, ce matin.

— Pas vraiment une bonne base pour une relation, «le dépit», insiste-t-elle.

— Suzie! Mais tu n'as rien d'autre à faire, aujourd'hui? s'agace son mari. Tu nous déconcentres avec tes remarques ridicules. Laisse donc Marie et Mateo gérer leur histoire. Ils sont assez grands pour savoir dans quoi ils s'engagent.

Sauf que ce qui me perturbe, ce ne sont pas les propos de notre amie, mais le souvenir qui persiste à me polluer l'esprit depuis que le brun ténébreux et moi nous sommes télescopés au détour d'un couloir, que ses mains sur mes hanches m'ont renvoyée à ce jour-là, à ses voluptueuses caresses, à sa bouche sur la mienne...

Reprends-toi! Ça n'arrivera plus.

Comment ignorer cette évidence? Cependant, chaque nouvelle rencontre suscite l'envie irrésistible de me glisser dans ses bras, à espérer le voir me sourire, m'adresser un regard empreint de tendresse, le même qu'il pose sur Marie. Cette attitude va de pair avec le portrait brossé par Suzie et Enzo et ne correspond pas au personnage blessant et cruel m'ayant traitée comme une traînée de la pire espèce.

J'admets l'avoir provoqué, nargué et m'être imposée à lui.

Pris un peu pour un sex-toy, aussi?

Mea culpa! Mais pour excuse, je ne sais plus me comporter normalement avec les hommes. Je les excite, je baise, je disparais, ne souhaitant pas susciter des sentiments qui aboutiraient sur des projets, une vie de couple stable et... des enfants.

J'aimais bien Léo, mon dernier petit ami. Notre relation fonctionnait et il n'ignorait pas qu'elle n'aboutirait sur rien — je mets toujours cartes sur table dès le départ. Malgré tout, il s'est pris à rêver d'un avenir commun. De ce jour-là, je ne couche jamais plus d'une fois avec le même homme. Lucas est une exception : il répond à mes besoins viscéraux et comble mes désirs les plus lubriques. Point.

— Clem !

Robert, énervé, claque le rabat de son ordinateur, ce qui me ramène sur terre.

— Désolée, m'excusé-je.

— Nous allons en rester là pour aujourd'hui. Entre celle-ci qui n'arrête pas de jacasser et toi, l'esprit en goguette, je n'avance pas. Ah, te voilà enfin, Marie. Tu en as mis du temps ! Je vais enfin, peut-être, pouvoir bosser.

— Je viens d'arriver, réplique-t-elle, rougissante.

— Vraiment ? Tu ne te serais pas perdue en chemin dans les bras d'un certain œnologue de notre connaissance ? s'enquiert Robert, taquin, ce qui provoque aussitôt l'apparition de quelques couleurs supplémentaires sur le cou de la jeune femme.

— Elle est excusable, Rob. Les bras de ce monsieur sont très agréables, déclaré-je avant de quitter la pièce. J'en sais quelque chose, ajouté-je pour enfoncer le clou, les abandonnant volontairement à leurs suppositions.

Quelle garce je fais !

Ma tirade catapulte Suzie à ma suite. À peine la porte franchie, elle me bombarde de questions.

— Quand ? Où ? Combien de fois ?

— Une seule fois.

— Et ?

— Et quoi ? soupiré-je.

Mais qu'est-ce qui m'a pris de lâcher cette bombe ?

Suzie me retient par le bras et m'oblige à lui faire face.

— C'est la fois où tu es revenue chamboulée des vignes ?

— Oublie.

— Clem !

— Écoute, c'était une erreur, OK ? Je ne souhaite plus aborder le sujet. Jamais.

— Clem, cela ne te ressemble pas.

— Je sais et je ne veux plus jamais y penser.

— Mais…

— Oublie et dis à Rob, s'il t'interroge, que j'ai lancé cette connerie pour déconner. Je vais en ville, ne m'attendez pas.

Une fois dans ma chambre, je fixe un rendez-vous à Lucas que je n'ai toujours pas informé de ma présence. Je ne souhaitais pas franchement le faire, mais j'ai urgemment besoin de lui en cet instant. Afin de détourner mes pensées du « trop choupinet » petit duo Marie/Mateo, un tour à *L'esprit des sens* s'impose. Mon corps réclame une session pour chasser la douleur par une autre. Cerise sur le gâteau, je n'oublie pas que mon juge me doit une séance dans laquelle je serai du côté de fouet.

Une heure plus tard, au volant de la voiture de Suzie, j'aborde la départementale qui mène de Listrac à Bordeaux. Toute à mes pensées, je brûle le stop, évite la voiture à laquelle je coupe la route et termine dans le bas-côté, tremblotante à la rétrospective de ce qui aurait pu arriver. Le moteur cale et je m'affale sur le volant, honnissant celui qui trouble mon esprit. La portière s'ouvre violemment et la voix de celui qui hante mes pensées me sort de mon hébétude.

Je suis maudite, c'est pas possible ! Il fallait vraiment que je tombe sur lui ?

— Vous n'avez rien… Merde, Clémence ! Qu'est-ce que tu fiches ? Tu n'as pas vu le stop ?

Qu'il m'enguirlande, en plus ?

Voir passer Mateo de l'inquiétude pour une inconnue à l'agacement quand il me reconnaît me démolit davantage. Je sens les larmes poindre et m'efforce de reprendre le contrôle de mes émotions.

— Merci, tout va bien, je dois y aller, on m'attend.

Au premier tour de clé, le moteur vrombit tandis que j'accélère pour me sortir du fossé dans lequel je me suis fichue.

Mateo me dévisage, maintient fermement ouverte la portière tandis que je la tire vers moi pour m'enfermer dans l'habitacle à l'abri de son regard scrutateur.

— Tu ne vas pas y arriver.

— Lâche cette putain de portière ! exigé-je.

— Qu'est-ce qui se passe ? s'enquiert Enzo qui nous rejoint. Oh, Clem, ça va ? ajoute-t-il en me voyant.

— Va chercher la corde dans le 4X4 et relie les deux voitures ensemble, puis démarre et recule doucement.

— Il n'a pas l'âge d'avoir le permis ! m'exclamé-je.

— Il conduit sûrement mieux que toi. Allez, laisse-moi la place, ordonne-t-il.

Comme je tarde à réagir, il me pousse sans ménagement sur le siège passager.

En quelques secondes, les roues accrochent le goudron, mais une alarme s'affiche sur le tableau de bord. Mateo maugrée dans sa barbe, sort du véhicule et s'accroupit à l'avant tandis que je réintègre mon siège.

— Détache la corde que je m'en aille.

— Tu n'iras nulle part. Il faut appeler une dépanneuse. La roue a pris un coup.

Et merde !

Dépitée, je cache mon visage dans mes mains. Mateo s'éloigne pour rejoindre sa voiture et Enzo vient s'accouder à la vitre ouverte.

— T'inquiète pas. Mat connaît un garagiste, il sera là dans dix minutes, au plus tard.

— Suzie va me tuer.

Le gamin s'esclaffe.

— Mais non, elle sera plutôt contente que tu n'aies rien. Tu allais où comme ça?

— À Bordeaux.

— Nous aussi, Mat me ramène chez les viocs. C'est ma semaine chez eux. Ils vont me gaver. Si tu savais comme ça me saoule, cette garde alternée.

Je suis sur le point de le questionner quand son oncle revient et annonce que son collègue sera là dans cinq minutes.

— Si vous n'avez pas la patience d'attendre, vous êtes à dix minutes de la maison. Mais avec vos chaussures, il vaut mieux que vous attendiez que je vous ramène.

Je constate que monsieur est revenu au vouvoiement.

— Elle allait à Bordeaux, intervient Enzo.

— Et?

Je subodore, à son air, de feindre de pas comprendre l'allusion d'Enzo que l'idée de passer une heure en ma compagnie ne l'emballe pas. Moi non plus, d'ailleurs.

— Ben, on y va aussi, précise l'adolescent.

Les mains sur les hanches, Mateo lève les yeux au ciel, puis sur moi, toujours assise dans ma voiture.

— Quelle plaie, marmonne-t-il, toutefois assez fort pour que je l'entende.

— Je ne vous ai rien demandé.

— Allez m'attendre dans le 4X4.

— Je vais appeler un taxi.

— Ça va te coûter une blinde ! s'écrie Enzo.

— Laisse tomber. Mademoiselle a les moyens. Et si elle préfère patienter dans le froid jusqu'à ce qu'il s'amène, c'est son problème.

— Allez, viens. Tu vas te geler, Mat a raison. En plus, tu sais pas combien de temps tu vas devoir attendre au bord de la route.

Les arguments du gamin viennent à bout de mes réticences et de mon envie de contrer Mateo. Et ne nous leurrons pas, je suis déjà frigorifiée et franchement pas équipée pour faire le santon sur une départementale en ce mois de janvier glacial. Résignée, je m'engouffre à l'arrière du véhicule, remercie Enzo et décline sa proposition de m'installer à l'avant auprès de son oncle. Passer le temps du trajet avec lui est déjà stressant, alors l'effectuer à son côté ? Inenvisageable !

Quelques minutes plus tard, Mateo s'installe au volant et nos yeux se croisent par le truchement du rétroviseur. Je les baisse aussitôt sur mon téléphone et adresse un SMS à Lucas, l'informant de mon retard et lui suggérant un nouveau lieu de rendez-vous. Pas question que Mateo me dépose devant *L'esprit des sens* !

— Où est-ce que je vous lâche ?

— Je ne sais pas vraiment. Quelque part à proximité de l'endroit où vous allez. Je ne voudrais pas vous détourner de votre destination.

— Aucune importance. J'accompagne Enzo chez ses grands-parents, puis je vous emmène où vous voulez.

Ce qui implique de me trouver seule avec lui.

— Je ne connais pas suffisamment cette ville pour me situer. Je vous fais confiance pour trouver un lieu public sur le chemin. Il suffit que j'envoie un texto et on viendra m'y chercher.

À nouveau, Mateo cherche à accrocher mon regard.

— Vous êtes vraiment spéciale, du genre : pourquoi faire simple quand on peut faire compliqué.

Il m'emmerde vraiment à insister. Bon, après tout, j'assume ce que je suis, non?

Sauf que, pas vraiment avec lui.

— Je ne connais pas l'adresse exacte.

Une fois de plus, Mateo lève les yeux sur son rétroviseur. Il m'agace!

— Je vais à Cauderan, ça vous parle?

— Je vous l'ai dit, je ne suis pas encore familiarisée à cette ville. Laissez-moi dans un café. Ça ira très bien.

L'envie de me questionner le titille, je le lis dans ses prunelles rivées sur moi.

— Je ne connais pas très bien les établissements du coin. Une fois Enzo déposé, nous chercherons un endroit convenable.

— Éventuellement, un arrêt de bus fera l'affaire.

— Elle peut attendre chez les vieux, suggère Enzo.

Seigneur! Mais ils ne vont pas me laisser en paix, ces deux-là! Je peux bien patienter un quart d'heure dans un abribus ou dans un bar!

— Sûrement pas! Tu as perdu la tête?

— Ça va, c'était une idée comme ça. Il fait nuit, elle va pas rester dehors toute seule dans un endroit qu'elle connaît pas!

Mateo soupire, s'agite et pianote sur le volant, visiblement agacé. Mais certainement pas autant que moi!

— Ça suffit maintenant! Je ne suis pas une gamine. Jusqu'ici, j'habitais une ville de plus de deux millions d'habitants, alors ne venez pas me prendre la tête, OK ? m'énervé-je. Je vais en trouver un, moi, de café, dans votre fichu quartier ! Il n'y a qu'à ouvrir internet ! Alors, ne me gonflez plus.

Un courant d'air glacial envahit l'habitacle. Plus personne ne dit mot. Quelques secondes plus tard, je porte mon choix sur *Le Réservoir*, un bar restaurant. Nous pourrons nous y sustenter avant de terminer la soirée au club. J'envoie le lien à Lucas qui m'appelle aussitôt.

— Qu'est-ce que tu fiches à Caudaran, à l'opposé de notre lieu de rendez-vous ? s'étonne-t-il.

— Je sais. Je t'expliquerai.

— Tu y seras dans combien de temps ?

— Aucune idée.

— Comment ça, aucune idée ?!

— Attends deux secondes, je regarde sur le GPS. Apparemment, dans une demi-heure environ.

— Vous avez trouvé votre destination ? m'interroge Mateo.

— Qui est avec toi ?

Eh merde ! Je n'aurais pas dû répondre. Je ne souhaitais pas que Lucas sache que je suis avec Mateo et que ce dernier découvre que j'ai rendez-vous avec mon juge.

— Je te rappelle une fois arrivée, réponds-je tout en raccrochant aussi sec et basculant mes communications sur mon répondeur.

— Alors ?

— Au *Réservoir*.

— C'est un bar à tapas à deux pas de chez les vieux ! s'exclame Enzo.

— Tu ne devrais pas parler d'eux comme ça. Ce n'est pas très sympa, interviens-je. C'est une chance d'avoir encore ses grands-parents. Je les ai perdus depuis un moment et ils me manquent.

— Ouais, peut-être que pour toi, c'est cool, mais moi…

— Enzo! le coupe son oncle d'un ton frôlant la mise en garde.

Ce qui a pour effet immédiat de rabattre le clapet à l'adolescent et plonge à nouveau l'intérieur de la voiture dans un silence pesant.

— Serait-il possible d'avoir un peu de musique? demandé-je au bout d'un quart d'heure, tant je n'en peux plus de cette ambiance sinistre.

Étonnamment, mon chauffeur répond favorablement à ma demande, ce qui rend aussitôt l'atmosphère plus respirable et donne l'illusion d'un trajet plus rapide. Tant et si bien que Mateo me surprend en stoppant soudainement.

— Votre rendez-vous est déjà là… et impatient, à ce qu'il semble.

Je fronce les sourcils en découvrant Lucas arpentant le trottoir devant le *Réservoir*.

Quel début de soirée de merde! Vivement que nous rejoignions *L'esprit des sens*! De plus en plus à cran, mon besoin de me défouler s'accentue. Je remercie Mateo avant de descendre de voiture. Il ne me répond pas et disparaît dans un crissement de pneus. Je suis du regard le 4X4 qui s'éloigne tout en m'interrogeant sur ce départ en trombe.

— C'était qui?

— Un employé de Suzie, son œnologue.

— Et qu'est-ce que tu fichais avec Mateo?

Je suis surprise qu'il connaisse son prénom. Je n'imaginais pas Lucas montrer de l'intérêt à des personnes en dehors de son milieu et ses questions m'agacent. Je ne lui dois aucune explication, mais ne souhaite pas me disputer avec lui pour autant. La symbiose s'impose pour les sessions qui vont suivre.

— C'est un interrogatoire, monsieur le juge? Je ne répondrai qu'en présence de mon avocat et uniquement si je suis en garde à vue. Le suis-je?

— Oh, mais vous allez l'être, pour les quarante-huit heures à venir. Peut-être plus.

Chapitre 15 :
Comment ne pas perdre la tête
Mateo

En fin de semaine, j'apprends par un texto d'Enzo le retour de ma rouquine. Je lui réponds par un «et alors?». Parce que je n'en ai à cirer que mademoiselle l'avocate ait passé la semaine dans les bras de Berthelier! Mais la réalité est toute autre et mon humeur s'en ressent. Suzie et Matthias ne manquent pas de me le faire remarquer. J'ai également rabroué Marie qui souhaitait connaître nos projets du week-end. Cependant, contrairement à Suzie et Matthias qui n'hésitent pas à se plaindre de mon odieux comportement, elle ne s'en offusque pas.

Dans quoi tu t'es fourré?

En effet, je m'interroge sur cette relation débutante qui ne me satisfait pas vraiment et qu'il serait malhonnête de laisser perdurer alors que mes pensées sont centrées sur une autre femme. Une autre pour laquelle j'ai tremblé, une fois découverte, le jour de l'accident, affalée sur son volant, au bord des larmes. Bien évidemment, au lieu de laisser entrevoir mon inquiétude, je l'ai agressée en tentant de camoufler mes émotions. Sa bouche tremblante m'hypnotisait bien trop.

Clémence me déconcerte. Tantôt elle affiche effronterie et assurance, tantôt une certaine fragilité transparaît. Aussitôt dissipée, comme si ses personnalités opposées s'affrontaient en elle : la tapageuse en adéquation avec son tempérament volcanique et l'émotive qui se dissimule sous de faux semblants.

Une fois de plus, notre rencontre au détour d'un couloir produit des étincelles.

Si elle pouvait arrêter de débouler à l'improviste et de me tomber dans les bras, la tête toujours dans les nuages, chaque fois que je viens récupérer Enzo, ça m'arrangerait!

Aujourd'hui ne faillit pas à la règle. Le nez dans son smartphone à envoyer des textos, elle me bouscule de plein fouet, laisse sa main libre s'égarer sur mon torse, ses yeux sur mes lèvres. Son regard émeraude me transperce, son corps contre le mien réveille mes sens. Un désir inassouvi qui ne fait que croître depuis que j'ai goûté à la douceur de sa bouche et à la chaleur de son fourreau humide. Je convoite ce corps qu'elle offre à d'autres alors que je le désire pour moi seul. Je ne suis pas comme le juge, et je ne comprends pas cette sexualité débridée. Je n'ose imaginer ce que cela peut impliquer. Je méconnais ce milieu libertin et ses limites, et je ne souhaite pas le découvrir. Elle m'attire depuis le jour de son arrivée, enchanté par les notes musicales de son rire alors qu'elle discutait avec Suzie tout en l'étreignant affectueusement.

Dès lors, j'ai cherché le moyen de me mettre sur sa route et de capter son attention, malheureusement devancé par monsieur Berthelier aux mœurs dissolues plus proches des siennes.

— Désolée, je ne vous avais pas vu.

La tentation est grande de lui faire oublier cet imbu de lui-même. Mais je n'aspire pas à me rabaisser pour une pulsion qui, malgré tout, me dévore.

— Évidemment, quand on a que le juge en tête!

— Seriez-vous jaloux?

— De qui? D'un mec qui couche avec n'importe qui?

Ses yeux flamboient. J'ignore l'éclat de fureur qui y scintille et poursuis :

— Et qui, d'un simple claquement de doigts, fait tomber les petites culottes.

— Sauf que je n'en porte pas et que je suis décisionnaire de mes choix, du quand et avec qui.

— Vraiment?

Je perds tout bon sens face à sa provocation, la pousse dans la salle de bains derrière elle, la plaque contre la porte et donne un tour de clé. Mon impétuosité la surprend. Avant qu'elle ne riposte, je fonds sur sa bouche, glisse ma main entre ses jambes. En quelques secondes, ses seins sont dénudés, mes lèvres s'égarent sur ses mamelons et mes mains jouent avec son clitoris. Elle réagit aussitôt à mes sollicitations. Son plaisir croissant devient de plus en plus difficile à juguler, ses mains s'égarent sur ma verge enfermée qui se rebiffe, mais que je refuse de laisser sortir tant je crains de ne plus me contrôler et de la prendre sans précautions réglementaires. Je ne pense pas qu'elle ait, cette fois-ci, un préservatif caché dans sa manche. Mais c'est sans compter sur le caractère ardent de la rousse qui, en un temps record, libère mon sexe, empaume mes testicules et stimule mon érection. Dès lors, un combat s'engage entre nous. Le vainqueur sera celui qui fera jouir l'autre en premier, donnant ainsi le ton à cette frénétique baise. Il n'y en aura hélas pas, car nos râles de plaisir se rejoignent dans un orgasme simultané. J'enfouis mon nez au creux de sa clavicule et m'enivre de son parfum aux flagrances épicées auxquelles s'ajoute une note de pamplemousse.

Clémence, les jambes flageolantes, se laisse glisser au sol. Je me laisse choir à genoux à ses pieds, récupérant mon souffle et mon cerveau, et prends soudain conscience d'avoir perdu les pédales.

Est-ce qu'on peut dire que j'ai trompé Marie ?

Ma partenaire se relève, me contourne et se rafraîchit au lavabo tandis que, dégoûté de moi-même, je n'ose affronter son regard. Une fois ces ablutions terminées, Clémence revient vers moi, m'oblige à lever les yeux, s'abstient de tout commentaire. Seul un léger sourire ombre ses lèvres devant mon air abattu. Elle se penche. Instinctivement, ma main se pose sur sa cheville que je caresse. Elle m'embrasse d'un baiser de papillon et m'abandonne dans la pièce, en proie à mille tourments.

Et il n'y a pas à dire, je gamberge sévère! En premier lieu, je me dois de rompre avec Marie. Notre relation n'aboutira sur rien. Cet incident met en lumière mes attentes, mes désirs et mes penchants pour la volcanique rouquine, pas pour la trop sage jeune femme avec qui je n'ai pas encore couché. Ce qui me fait relativiser sur ma tromperie. Cela ne résout pas tout : reste le problème «Clémence» à gérer.

Oui, j'en fais quoi de ce qui vient de se passer ? J'oublie ? Je lui propose de coucher avec moi à notre prochaine rencontre accidentelle ?

Qui a dit «À tout problème existe sa solution»?[15] Parce que pour l'instant, je n'en vois aucune.

Je soupire, désemparé, me réajuste, passe un peu d'eau sur mon visage avant d'aller faire ce pourquoi je suis venu : chercher Enzo. Je le retrouve dans le salon, assis à même le sol devant un échiquier, en pleine partie avec Clémence qui lui enseigne les bases du jeu. À la voir aussi sereine, je pourrais croire que j'ai rêvé notre torride aparté. Suzie,

---

15. Daniel Desbiens. La citation se termine par *À toute solution peut surgir un nouveau problème.*

installée dans un fauteuil près de la cheminée, bouquine et lève les yeux à mon arrivée.

— Enzo, on y va, mon grand.

— Attends, on vient tout juste de commencer.

— Tu reprendras demain. C'est l'avantage de ce jeu.

— Tu sais jouer?

— Non, mais j'ai cru comprendre que certaines parties peuvent durer des heures et qu'on peut y revenir à tout moment.

— Ah, bah moi, si je tiens cinq minutes face à Clem! se marre-t-il.

— Allez, viens. Je dois m'arrêter faire quelques courses pour le dîner. Le frigo est vide.

— Et si vous partagiez le nôtre? suggère Suzie en levant brusquement le nez de son livre.

Enzo m'implore du regard et Robert, qui vient de nous rejoindre, insiste à son tour. Seule mon impétueuse rousse s'abstient de tout commentaire et j'évite de l'observer. Peu motivé, mais résigné, j'accepte.

Contrairement à ce que je craignais, le repas se déroule dans la bonne humeur. Clémence, à ma droite, raconte au fil de la conversation quelques hilarantes anecdotes de prétoire dans lesquelles sa maladresse notoire lui a valu quelques situations cocasses. Suite à une remarque de Robert, j'apprends incidemment qu'elle et lui se sont fréquentés très intimement. Devant mon air étonné, Suzie ajoute «à deux doigts de se fiancer», ce qui me laisse stupéfait. Je ne peux m'empêcher de me tourner vers ma voisine. Enzo, curieux et tout aussi surpris, s'interroge tout autant que moi et ose l'exprimer ouvertement.

— Ah oui? Et vous êtes restés amis?

— C'est vieux tout ça ! Nous avions tout juste vingt ans et une amie formidable qui estimait que, ne sachant pas de quoi l'avenir serait fait, il fallait vivre l'instant présent...

— ... comme si ce devait être le dernier, complètent Suzie et Robert d'une seule voix, les yeux brillants vrillés l'un à l'autre.

— Donc, reprend Clémence, l'amitié a pris le pas sur notre relation amoureuse achevée. Il aurait été dommage de perdre notre temps en chamailleries alors que nous nous entendions tous si bien, conclut-elle, la voix chargée d'émotion.

Une larme s'échappe soudainement et roule sur sa joue. Elle l'essuie d'un revers de main agacé, se lève, s'excuse et disparaît précipitamment, me laissant éberlué.

— Ah, ben, t'es sûr qu'elle t'aime pas encore ? demande en toute innocence Enzo à Robert. Elle a l'air vachement secouée.

Je me pose la même question, tout en estimant que c'est impossible. Je n'imagine pas Clémence en femme masochiste s'imposant le bonheur d'un ex.

— Non, répond Suzie à la place de son mari tout en glissant sa main dans la sienne. Cela n'a rien avoir avec Robert, mais avec cette femme exceptionnelle dont nous ne parvenons pas à faire le deuil. L'évoquer réveille la douleur que suscite son absence parmi nous.

Ses yeux s'égarent vers une photo dans un cadre doré visible sur le bord de la cheminée.

— En sa mémoire, nous tentons d'appliquer sa devise du mieux que nous pouvons, d'apprécier les petits bonheurs simples, si précieux, et nous nous efforçons de profiter de chaque instant, ajoute Robert, lui aussi particulièrement affecté.

— Clem, elle, dévore la vie sans retenue d'aucune sorte, comme si elle craignait que ce ne soit la vie qui la dévore. Ou comme si elle redoutait de tomber dans l'oubli après sa disparition.

— Ce qui ne risque pas d'arriver. Quand un homme l'a croisée une fois…

— Chéri, cette Clem-là, celle qui surjoue et qui se perd dans des relations éphémères, ne ressemble pas celle que toi, Nick, Eve et moi connaissons. Celle aux commentaires triviaux… et au classement qui t'agace…

Robert s'éclaircit la gorge tandis que Suzie s'interrompt. Sans un mot de plus, ils se comprennent et se sourient, complices.

— … n'est pas celle qui m'a séduit il y a une éternité de cela et pour qui j'ai beaucoup d'affection aujourd'hui, complète Robert.

Le portrait succinctement brossé d'une autre Clémence confirme ce que je soupçonne. Derrière l'image d'une femme uniquement intéressée par l'assouvissement de plaisirs physiques se cache une personnalité plus sensible, plus émotive, que j'ai blessée par mes paroles virulentes et mordantes. Une personne qu'il me plairait de découvrir.

Chapitre 16 :
Révélations
Clémence

Ma vie emprunte un chemin des plus inattendus et plutôt plaisant. J'apprécie le poste en or offert par Robert et l'opportunité de vivre dans ce cadre enchanteur que j'ai appris à aimer tout au long de mes séjours dans la campagne médocaine. Certains, peut-être, s'imaginent le Bordelais comme une suite de châteaux cerclés de vignes. Purs préjugés plutôt réducteurs de cette magnifique région.

Cependant, la présence de Mateo dans le paysage est un gravillon dans ma chaussure. Mais un sacré gravillon! Sa personnalité me déroute. Depuis la séance de la salle de bains, je ne sais comment me comporter en sa présence. Il semble qu'il en soit de même pour lui. Personnellement, je respire une semaine sur deux, soulagée lorsqu'Enzo se rend chez ses grands-parents — même si j'estime énormément le jeune garçon. Une organisation bien huilée que je peine à comprendre.

— Pourquoi Enzo vit en garde alternée? demandé-je à Suzie pendant que nous déjeunons.

— Décision de justice.

— Mateo est son oncle, où sont ses parents?

— Son père est mort et sa mère, la sœur de Mateo, en prison.

— Oh, ah…

Déroutée, je ne sais qu'ajouter alors que plusieurs questions m'assaillent. Suzie développe sans que je la questionne plus avant.

— Un procès est à venir pour donner suite à la mise en examen par le juge Berthelier. D'après lui, tous les éléments penchent en faveur d'un homicide volontaire. Sarah assure qu'il s'agit d'un accident. Une affaire complexe. La maltraitance ne plaide pas en sa faveur.

Je m'insurge.

— Comment? Tu blagues?

— Non. Il n'y a jamais eu de plaintes pour violences conjugales. Cependant, nul ne l'ignorait en ville sans jamais intervenir ni le signaler. Mais lors de l'enquête de proximité, tous les voisins ont témoigné dans ce sens. Et ce fait établi, les Fournier, parents du père d'Enzo, s'en sont aussitôt saisis pour accuser Sarah, convaincus qu'elle a voulu se débarrasser de son mari violent, ce qu'ils ne peuvent plus nier vu les révélations du voisinage.

— Un cas de légitime défense, alors?

— Non. Il a déboulé de nulle part tandis qu'elle et Enzo s'enfuyaient en voiture du domicile conjugal. Heurté de plein fouet, il est décédé quelques jours plus tard. L'accusation présente l'accident comme un acte délibéré, voire prémédité, et l'homicide involontaire devient un meurtre.

Horrifiée, je ne parviens pas à imaginer le traumatisme émotionnel vécu par Enzo et sa mère.

— Tu connais tous les éléments de l'affaire?

— Seulement les grandes lignes, par Robert. C'est moi qui l'ai mis en relation avec Mateo, émue par Matthias quand il est venu quémander de l'aide et m'a relaté l'histoire. Tu imagines bien que notre défenseur de la veuve et de l'orphelin n'a pas hésité une seconde ! Il s'est investi sans perdre de temps, montant au créneau auprès du juge des affaires familiales. Ce dernier penchait pour la famille Fournier, très respectable. Le mieux qu'il…

— Mateo ne l'est pas ? la coupé-je.

— Oh, si ! Mais les moyens financiers des grands-parents, leur renommée en Aquitaine, des avocats réputés dans leur poche, tout cela pesait bien lourd dans la balance face à un employé agricole célibataire. Cependant, mon magistrat chéri, obstiné et persévérant, a obtenu la garde alternée. Tu te doutes que l'affaire est en appel. Ils peuvent encore obtenir gain de cause. Et une Sarah jugée coupable de meurtre jouera peut-être à leur avantage.

— Qui s'occupe de son dossier ?

— Maitre Lebon, une relation de Robert.

— Compétent ?

— Aucune idée.

— Je pourrais lui apporter mon aide ; le droit criminel, c'est mon domaine.

— Tu penses cela envisageable ?

— Je vais en discuter avec Robert.

— Avec Mateo aussi. Ce serait un bon moyen d'améliorer votre relation. J'aimerais que vous vous entendiez, que vous cessiez vos mitraillages de regard quand vous ne vous évitez pas.

— Tu racontes n'importe quoi.

— Clem, ne me prends pas pour une idiote. Je perçois la tension dans la pièce quand vous vous y trouvez tous les deux. Elle me rappelle des souvenirs pour avoir vécu des situations similaires avec Rob ; la gêne en plus, cette fois-ci. Et une Clémence embarrassée par la présence d'un homme… ce n'est pas Clémence. Cette nana ne se laisserait pas affecter, userait de ses charmes pour le remettre dans son lit, se battrait pour partager sa vie. Il est là, le problème ? Je peux comprendre, j'ai vécu les mêmes tourments. Au tout début, je désirais juste coucher avec Robert qui ne voulait pas de moi, et très vite, plus je passais du temps avec lui, plus j'aspirais à autre chose.

— Tu te trompes, Suzie. Je ne suis pas toi. Je n'envisage pas de mener une vie pépère et respectable ni avec Mateo ni avec Lucas, au cas où tu le suggérerais.

— Si. Une de tes personnalités en rêve. La vie peut être courte, tu ne le sais que trop bien. Les relations épisodiques, cela va un temps. Les comportements destructeurs, pour combler certains manques ou des blessures secrètes, ne suffisent plus au fil des mois et des ans. J'ai compensé mes souffrances avec mes propres travers. La vie ne fait pas que des cadeaux, et Nick et Robert sont les seuls qui n'ignorent rien de mon passé. Enceinte très jeune, j'ai perdu mon enfant à sa naissance. Une petite fille qui aurait à peu près l'âge d'Enzo, ce qui explique mon attachement pour ce gosse.

Ces révélations me laissent sans voix. Ses paroles font résonance ; je me reconnais tellement dans les propos de Suzie.

Oui, je suis la fille qui colmate le vide de sa vie par du sexe, des séances de flagellation, des fréquentations passagères pour compenser l'ennui de soirées solitaires. Oui, je rêvais d'un autre avenir, d'amour et de tendresse, d'une relation stable, mais je ne peux pas m'engager. Je ne pourrai jamais être mère. Je ne pourrai jamais répondre au désir d'un homme souhaitant une descendance. Je ne peux accepter de rendre malheureuse une personne que je risquerais d'aimer si je le laissais trop approcher.

Je fêterai mes trente-deux ans dans quinze jours et je ne pourrai jamais avoir d'enfants. Je m'y suis résignée, je ne l'imposerai à personne d'autre qu'à moi-même.

Alors, malgré mes envies, je continuerai d'éviter Mateo, car coucher à nouveau avec lui serait une très mauvaise idée. Je me contenterai de ma relation avec Lucas. Lui et moi, nous nous ressemblons, nous complétons sur bien des points, et les bases de notre relation sont simples. Pas d'exclusivité. Chacun mène sa vie comme bon lui semble tels les libertins que nous sommes. Pas de rendez-vous programmés, sauf pour les soirées à l'*Esprit des sens*. Il n'exige et n'attend rien de plus que ce que je lui offre actuellement, calmé par la session punitive. Son intolérance à la douleur lui impose de se contrôler, donc pas de risque de la reconduire s'il maîtrise ses ardeurs déplacées. Mais devant sa brutalité excessive avec d'autres partenaires du club, je reste sur le qui-vive, avec ce pressentiment constant qu'il va déraper à nouveau. Néanmoins, mes autres aventures d'un soir ne comblent pas mes attentes. Lui seul m'apporte l'indispensable à mon bien-être. Je ne peux l'expliquer à Suzie. Par contre, j'imagine bien l'épreuve qu'elle a dû traverser.

— Ce doit être terrible de mettre au monde un enfant et de le voir mourir aussitôt.

— Le mot est faible ; je ne pense pas qu'il en existe pour traduire le déchirement que tu ressens. Les voir nous quitter, à n'importe quel stade de la grossesse, est difficile à vivre ; la preuve, Éléonore souffre terriblement de ses fausses couches répétées. Alors qu'elle pensait avoir passé le cap du premier trimestre, elle vient d'en faire une autre.

— Je l'ignorais et cela m'attriste. C'est ce qui t'effraie ? Recommencer et courir le risque de le perdre ?

— Non. Pourquoi dis-tu ça?

— Eh bien, vous êtes mariés depuis plusieurs années, et je m'étonne… à moins que tu n'en veuilles plus… Je suis peut-être indiscrète, mais comme tu as fait allusion à ta fille…

— Oh, non! Nous rêvons d'une grande famille, mais nous rencontrons quelques difficultés.

— Ah, mince, désolée, je ne souhaitais pas t'embarrasser en évoquant la stérilité.

— Aucun souci, Clem! Je n'en fais pas étalage, mais je ne le cache pas non plus. Les divers examens ne font état d'aucun problème majeur. Il n'empêche que tous les mois, l'arrivée de mes règles me chagrine et me mine un peu plus.

Je m'interroge sur ce qui est le plus difficile à supporter: être inféconde et le savoir avec certitude, ou ne pas parvenir à procréer pour des raisons mystérieuses.

— Peut-être ne baisez-vous pas assez? À moins que quelques cours s'imposent? déclaré-je, moqueuse, avec pour objectif de détendre l'atmosphère rendue pesante par ces déclarations déprimantes.

— Excellente suggestion! Rob sera ravi d'entendre tes conseils.

— Non, non! Tu lui préciseras que je me propose accessoirement de servir de cobaye. Toi, tu mates.

Suzie éclate de rire.

— Oh, il va adorer ta proposition!

— Qu'est-ce qui vous amuse, les filles? s'enquiert Robert en s'installant près de sa femme prête à lui répéter ma répartie. Cependant, elle s'abstient à la vue de Mateo et d'Enzo sur ses talons.

Immanquablement, je me crispe.

— Tu n'as pas cours, aujourd'hui? s'informe Suzie.

— Si, mais je ne me sentais pas bien. L'infirmerie a contacté Mat pour qu'il vienne me récupérer.

— Oh, tu es brûlant! constate-t-elle en passant sa main sur son front.

— Est-ce qu'il pourrait rester avec toi? Je préfère qu'il ne traîne pas au chai.

— Je dois honorer un rendez-vous important. Chéri, je te pique Clem pour faire la nounou en attendant que je revienne.

Suzie décide et organise, sans prendre l'avis de qui que ce soit. Robert ne refusant rien à sa femme, ne trouve rien à redire. Devant me familiariser avec une nouvelle branche de droit dans laquelle je ne suis pas totalement à l'aise, et n'ayant pas encore pris officiellement mes fonctions. Mon absence au bureau ne pose pas de problème. Tout le monde consent donc à cette organisation temporaire, moi y compris. Seul Mateo semble réticent.

— Vous m'appelez si son état s'aggrave. Je vous donne mon numéro.

— Je vais appeler le médecin, annonce Suzie après avoir installé Enzo dans une des chambres du rez-de-chaussée. Sa température frise un bon trente-neuf.

— Oh, merde. Je…

— Écoute, je suis consciente que tu aimerais ramener le petit chez-toi, mais il est tout aussi bien ici. Le médecin sera là d'ici une heure. Clem sait où et comment te joindre, elle va veiller sur le gamin qui ne va pas tarder à s'endormir tant il est fiévreux.

— Ne t'inquiète pas, le rassure Robert en avalant un café sur le pouce, déjà prêt à partir pour Bordeaux.

Mateo me fixe un instant avant de consentir à me faire confiance.

— OK, mais quand le docteur sera là…

— Je vous appelle.

Une fois seuls, je l'interpelle avant qu'il ne franchisse la porte.

— Mateo, je suis capable de bien m'en occuper, tu sais ?

Il marque un temps d'arrêt au seuil de la pièce.

— Je ne suis pas uniquement bonne qu'en baise, ne puis-je m'empêcher d'ajouter.

Il ne réplique pas et m'abandonne sans se retourner. Livrée à moi-même, je prépare une infusion et me rends dans la chambre de mon jeune patient.

— Tu dors ? chuchoté-je.

— Non, mais j'ai vraiment sommeil, j'ai froid et très soif. Tu crois que j'ai la grippe ?

— Tu as des courbatures ?

— Un peu.

— Il semblerait que oui, vu les symptômes. Je t'ai préparé de la tisane sucrée.

— Beurk ! J'aime pas. Mais maman m'en faisait toujours quand j'étais malade.

Pauvre gosse, une mère en prison, un père décédé, une famille brisée qui se le dispute !

Il s'assied, tremblotant, et je l'aide à avaler sa boisson. Puis il se rallonge, ferme les yeux. Je repousse la longue mèche brune qui lui barre le front et le dévisage attentivement. Sous ses traits fins et juvéniles, sa peau marquée par l'acné, on devine ceux de son oncle. La même bouche, le même regard. Je suppose que le frère et la sœur se ressemblent. Et tout laisse présager qu'Enzo deviendra un bel homme, à l'instar de Mateo.

— Tu lui plais beaucoup à Mat, tu sais. Et moi, je t'aime bien.

Après cette déclaration, l'adolescent se dégage de ma caresse et se tourne sur le côté. Je reste un moment immobile, tentant d'assimiler ces confidences. Au bout de quelques minutes, son souffle régulier m'apprend qu'il s'est endormi. Je rajuste la couette sur ses épaules, sors de la pièce et laisse la porte entrouverte pour pouvoir l'entendre du salon, s'il vient à m'appeler.

Une demi-heure plus tard, je me précipite vers lui au son de ses hurlements et le trouve se débattant dans un cauchemar. Je tente de l'apaiser, d'abord avec des mots sans effet, puis m'allonge à ses côtés; instinctivement il se blottit dans mes bras en murmurant «maman».

«Maman», un mot que personne ne prononcera jamais pour moi. Les larmes ruissellent le long de mes joues tandis que je le berce pour calmer ses peurs. Mateo nous surprend dans cette posture, quelques minutes plus tard. Nos regards se croisent, mais il ne pipe mot, et moi, je me contente d'un laconique «il a fait un cauchemar», pour toute explication.

— Ça lui arrive. N'oublie pas de m'appeler à l'arrivée du médecin.

Et il repart sans éclaircissements d'aucune sorte sur les rêves sombres qui hantent le sommeil de l'adolescent.

Chapitre 17 :
Une femme déconcertante
Mateo

Enzo n'a pas quitté la maison des Chambard de toute la semaine, cloué au lit plusieurs jours par une fièvre de cheval. Je suis resté à son chevet toutes les nuits. Pendant la journée, Suzie et Clémence se sont relayées, répondant à tous ses besoins.

Devant le quarante de température persistant les deux premiers jours, la toux et son état semi-comateux, je me suis inquiété. Certaines personnes décèdent, à ce que j'avais entendu dire. Je me suis donc demandé s'il ne fallait pas l'hospitaliser. Suzie m'a rassuré en m'expliquant qu'Enzo, quinze ans, n'était pas un sujet à risque à moins qu'il ne soit porteur d'une quelconque pathologie cardiaque ou respiratoire.

Durant les trois premiers jours, Clémence a veillé sur mon neveu comme une mère poule couvant son petit. Comportement qui m'avait déconcerté, tout comme l'avoir trouvée en larmes, le gosse lové tout contre elle après qu'il eut fait ce cauchemar. Cauchemar récurent dont il refuse de me parler. Il y supplie son père et se réveille en pleurs en appelant sa mère. Ce soir ne faillit pas à la règle. Ses hurlements résonnent, alors que je me désaltère dans la cuisine.

Arrivé dans la chambre, je trouve un adolescent de la taille d'un homme, le nez niché entre les seins de Clémence, simplement vêtue d'une tenue de nuit qui ne cache pas grand-chose de son anatomie. Le short, très court, offre à ma vue ses jambes sublimes et son débardeur moule sa poitrine, laissant entrevoir ses tétons.

— Qu'est-ce que tu fais là ? demandé-je assez sèchement.

— Je me rendais dans la cuisine quand je l'ai entendu hurler.

— C'est bon, tu peux y aller.

Clémence se dégage délicatement de l'étreinte d'Enzo qui s'accroche à son t-shirt.

— Maman, ne me laisse pas. J'ai peur.

— Enzo, c'est Clem. Mateo est là. Tu es chez Suzie, tu ne crains rien. Rendors-toi, ce n'était qu'un mauvais rêve.

Mais mon neveu peu décidé à la laisser partir se coule davantage dans ses bras, le nez toujours dans son décolleté. Je me demande si le petit monstre, qui trouve Clem « trop sexy », ne profite pas de la situation. Mais aussitôt, je repousse cette idée. Néanmoins, qu'il conserve cette posture me gêne. Il a quinze ans, pas dix, et les hormones en ébullition. Je me penche vers lui, tente de défaire ses bras du cou de Clem tout en lui chuchotant :

— Enzo, mon grand, relâche un peu Clémence, tu l'étouffes.

Il desserre un peu sa prise, mais ne quitte pas son giron. Je peux le comprendre. Il est doux et chaud, j'en sais quelque chose.

— Pardon, s'excuse-t-il.

Clem sourit et repousse cette foutue frange qui lui mange le visage et qu'il refuse de couper. Enzo ouvre les yeux, soupire bruyamment, relâche enfin la rouquine, dépose un baiser sur sa joue et s'allonge sur le côté, glissant ses mains sous l'oreiller. Clémence en profite pour s'extirper du lit, mais mon neveu s'accroche à son bras.

— Non, reste encore un peu.

— Mateo est là.

— Reste aussi. Jusqu'à ce que je m'endorme. S'il te plaît.

Je m'installe d'un côté de notre petit malade, Clem de l'autre, sa main sur ses cheveux collés de transpiration. Je l'observe à la dérobée tandis qu'elle les caresse comme le ferait une mère, comme le faisait la mienne quand j'étais petit, et j'avoue que, même adolescent, j'aurais apprécié qu'elle continue.

Une fois Enzo endormi, Clémence se lève et stoppe sur le pas de la porte.

— J'allais me faire une infusion, tu en veux une ? me murmure-t-elle.

Je sais que je devrais refuser, que passer du temps avec elle est dangereux, surtout avec cette tenue qui dévoile un peu trop son corps aguicheur. Cependant, j'accepte sa proposition d'un hochement de tête. Je quitte à mon tour le lit ; son regard s'égare furtivement sur mon corps, et je prends conscience de ma semi-nudité, n'étant vêtu que d'un simple caleçon. Caleçon qui se tend à mesure que je m'approche d'elle.

— Enfile un pantalon ou un pyjama, suggère-t-elle avant de se détourner.

Je suis prêt à répliquer que le sien est un pousse-au-crime, mais elle a déjà quitté la pièce. C'est dûment paré d'un jeans et d'un t-shirt que je la rejoins et la trouve installée, sirotant sa boisson dans un mug. La mienne m'attend au bout de la table, ce qui instaure une distance raisonnable entre nous, bienvenue pour mon être en ébullition.

— Il le fait souvent, ce rêve ?

— Régulièrement.

— Est-ce qu'il a consulté un pédopsy ?

— Non. Enzo n'a pas besoin d'un psychiatre. Il est perturbé par tout ce qui arrive, c'est tout.

— Justement, il pourrait en discuter avec un spécialiste. Je pense que c'est important.

— Tu ne connais rien de notre histoire. Tu ne peux pas savoir ce qui est important.

— Dis-moi.

— En quoi ça t'intéresse ?

— Eh bien, Enzo est souvent parmi nous et, en ce moment, je passe pas mal de temps à son chevet. J'aimerais bien comprendre pour mieux répondre à ses besoins.

— Et pourquoi tu fais ça ? Suzie est là, tu n'as pas besoin de t'occuper de mon neveu. Tu as sûrement d'autres choses plus intéressantes à faire.

Elle ancre son regard dans le mien et je le soutiens.

— Pour ta gouverne, je suis en vacances. Je n'ai pas encore pris mes fonctions auprès de Robert, car je ne suis pas encore libérée de celles qui me lient à mon cabinet parisien. Je résiderai officiellement ici à partir du mois d'avril. Entre temps, je peux gérer mon temps comme bon me semble. Et si tu fais allusion à mes sorties avec le juge, je te rappelle ce que je t'ai déjà dit : je baise avec qui, quand et où je veux. Sauf lorsqu'un brun ténébreux super sexy, au détour d'un couloir, décide à ma place et me force la main. Ce qui est tout à fait exceptionnel. Mais peut-être enfreindrais-je mes règles et le laisserais réitérer, si l'envie le reprenait… Bref, pour l'instant, ce que je souhaite, c'est en savoir plus sur ce gosse que des monstres viennent hanter dans son sommeil.

Je suis soufflé par sa répartie. Ma queue souhaite répondre à l'invitation déguisée tandis que mon cerveau m'incite à foutre le camp et à ne rien lui dévoiler. Advient, bien évidemment, tout le contraire de ce que ma tête et mon corps exigent de moi. Je déballe tout — sauf ce que mon père m'a fait subir — et bâillonne ma libido.

Clémence m'écoute sans m'interrompre. À la fin de ma confession, elle soupire.

— Je suis désolée et triste pour tout ce que vous avez vécu. Particulièrement pour Enzo, victime d'un énorme traumatisme. Se reconstruire ne va pas facile. Mais il semble que tu sois une épaule solide sur laquelle s'appuyer quand on flanche.

— Qu'en sais-tu?

— Une intuition, la manière dont tu t'occupes d'Enzo. Quoi qu'il en soit, je maintiens mon idée de pédopsy.

— Non. Je m'en suis sorti sans.

Mince, moi qui désirais garder secret ce pan de mon passé, c'est fichu!

— Ah, toi aussi, tu as une histoire complexe?

Et à nouveau, je partage ce que peu de personnes savent.

— Mon père a disjoncté à la mort de ma mère. Il s'est mis à boire, me battait quand il était ivre, ne supportait pas la vue de Sarah tant elle lui ressemblait. Il l'humiliait sans arrêt, de différentes manières dont je préfère ne pas me souvenir, et la repoussait violemment quand elle se mettait entre nous. À l'âge d'Enzo, je mesurais un mètre quatre-vingt-cinq. De ce jour-là, il n'a plus levé la main sur moi. Je passais également beaucoup de temps chez Matthias. C'est ce qui ressemble le plus à un père pour moi. Dès lors, ma sœur a fait les frais de ma désertion et, à l'occasion, office de pushing-ball. Mais comme il ne la frappait jamais au visage, je ne l'ai découvert que tardivement, après son départ de la maison pour tomber dans les bras de Clément, bien pire que notre géniteur. Ça aussi, appris bien trop tard.

— Un manipulateur narcissique, ce Clément, d'après le tableau que tu décris en parlant de ta sœur.

— Si tu le dis.

— Il vous a éloigné l'un de l'autre, de ses rares amies, la contraignait à suivre ses directives Éléments en faveur du profil type de ce genre d'individu. Il la battait et je suppose qu'il maltraitait Enzo, d'une certaine manière, ce qui expliquerait ses rêves. Il t'en a parlé ?

— Non, il prétend toujours ne pas s'en souvenir…

— Et ta sœur, que raconte-t-elle ?

— Nous sommes restés presque quinze ans sans nous fréquenter, ce qui rend la communication difficile désormais, alors que nous étions proches quand il fallait nous serrer les coudes. Elle a coupé les ponts à la naissance d'Enzo. Alors, elle ne se confie plus à moi, on échange peu lors de mes visites au parloir. Quant aux révélations faites à son avocat, ce dernier invoque le secret professionnel quand je le questionne.

— Question d'éthique professionnelle. Si ta sœur refuse qu'il partage ses infos avec la famille, il doit le respecter. Ce serait une faute grave s'il y dérogeait. Je pourrais peut-être travailler sur cette affaire. Je suis spécialisée en droit criminel, j'ai de bons résultats à mon actif.

— Pourquoi ferais-tu ça ?

— Pourquoi pas ?

— Je n'ai pas les moyens financiers pour un avocat supplémentaire.

— Je ne demande pas à être rémunérée.

Je la dévisage, intrigué par sa proposition désintéressée.

— Je ne saisis pas tes motivations.

— Il en faut? Je croyais que tu avais compris que j'agis en fonction de mes envies. Quelles qu'elles soient.

— Je vais réfléchir et demander conseil à Robert.

— Excellente idée.

Sur ce, elle se lève et dépose un chaste baiser sur mes lèvres.

— Parce que j'en éprouve le désir, au cas où tu te demanderais pourquoi, me chuchote-t-elle à l'oreille.

Je réfrène le mien qui serait de répondre à ce baiser et de la coucher sur la table pour en déposer d'autres sur son corps terriblement attirant.

— Et pour que nous puissions faire de beaux et doux rêves! ajoute-t-elle avec ce rire cristallin qui a attiré mon regard sur elle, la première fois.

Je ne sais pas si les miens seront doux, je les envisage déjà, passionnés, nos corps unis dans des étreintes brûlantes. Et pour ça, aucun besoin qu'elle m'embrasse, elle hante mes pensées le jour et perturbe mes nuits. La savoir à proximité est une torture quotidienne tant je suis tenté de la rejoindre dans son lit. Mais je n'en fais rien, même si je suis convaincu qu'elle m'accueillerait avec plaisir. Elle vient d'ailleurs de le confirmer.

Cette femme me rend dingue. Accepter son offre professionnelle tournerait à la catastrophe. Je serais amené à la voir trop souvent. Cependant, ma sœur mérite le meilleur, et je sais qu'en tant qu'avocate son aide nous serait précieuse. Je m'affale sur la table, en proie à des interrogations qui tournent en boucle dans ma tête. Je suis une personne pragmatique, pourtant en cet instant, je perds toutes mes capacités de réflexion et d'action. La logique voudrait que j'accepte cette généreuse proposition qui ne peut que servir notre intérêt. Cependant, côtoyer de plus en plus fréquemment l'avocate n'arrangera pas mes problèmes de libido.

Chapitre 18 :
Grippe et conséquence
Clémence

Envolées, mes vacances à Megève ! En guise de cadeau d'anniversaire anticipé, Enzo m'a offert : la grippe!

C'est donc dans ma chambre, les yeux larmoyants, toussotant, éternuant que je fête mes trente-deux ans. Bien loin de la soirée festive prévue! Par chance, mes amis m'entourent de leur affection; Suzie, en tête, s'avance dans la pièce de sa démarche assurée, portant à bout de bras un énorme gâteau que je ne mangerai pas, ne pouvant rien avaler hormis quelques potages, décoré de multiples bougies — trente-deux, tant qu'à faire — que je suis persuadée ne pouvoir souffler. Je lui en fais la remarque la voix rauque, le nez dans mon mouchoir.

— Pas de problème, nous le mangerons à ta place et t'aiderons à les éteindre. Je pense que nous sommes assez nombreux pour y parvenir.

En effet, à sa suite pénètrent Nick, Meg, Robert et deux invités surprise : Enzo et un Mateo mal assuré qui stoppe à l'entrée de la pièce.

Lucas n'a visiblement pas été convié à la petite fête, c'eut été malvenu; j'en suis soulagée, appréciant cette réunion intime à sa juste valeur.

Suzie arrange les coussins dans mon dos tandis que mes proches s'approchent du lit et s'installent comme ils le peuvent à mes pieds. Seul Enzo dépose un baiser sur ma joue.

— Tu ne nous en voudras pas si nous nous abstenons, se justifie Nick, sourire goguenard aux lèvres, déposant, sur la couette des paquets colorés.

— Bande de poltrons. Je vous revaudrai ça.

— On se rattrapera en câlins dès que tu ne seras plus contagieuse, promis. Mais tu ne viendras pas te plaindre qu'on t'étouffe, hein? ajoute-t-il.

C'est donc à ma place que le quatuor, aidé d'Enzo, mouche les bougies, puis entame la traditionnelle chanson en français et en anglais. Smartphone en main, Nick, ce prétendu ami, filme l'évènement, m'obligeant à m'enfouir sous les couvertures pour ne pas apparaître sur la vidéo, la tignasse en pétard et le visage marqué par des nuits peu réparatrices.

— Dans la boite! déclare-t-il, fier de lui.

— Je t'interdis de la montrer à qui que ce soit! m'égosillé-je entre deux quintes de toux.

— Tss, tss! Ça, c'est mon atout majeur. Je le garde sous le coude pour parer à tes futures attaques, réplique-t-il en me chatouillant les pieds, mon point faible.

— Arrête!

— Nicolas! Fous-lui la paix, ordonne Meg. C'est vraiment pas cool de profiter de sa faiblesse.

— Ah, ouais, c'est même plutôt vache, renchérit Enzo.

— Ben, elle ne m'épargne pas, alors je me venge comme je peux.

— N'importe quoi!

— Incroyable! De vrais gosses tous les deux! s'exclame Robert.

Un coup d'œil discret en direction de Mateo me confirme sa présence en retrait, ce qui me convient, vu ma tête de déterrée!

— Allez, déballe tes cadeaux et commence par le nôtre. Comme j'ai pas trop de fric, Mat a participé.

— Tu m'as offert la grippe, ça suffisait.

L'adolescent me dévisage d'un air contrit.

— Je rigole !

Un fin collier gris acier paré d'un arbre de vie en pendentif et une paire de boucles d'oreilles assorties scintillent dans un écrin vermillon.

— Superbe ! Merci.

— C'est pas du toc, précise Enzo, mais de l'argent. Et c'est moi qui l'ai choisi, s'enorgueillit-il.

Je lève les yeux vers le seuil de la porte et constate l'absence de Mateo. Ce cadeau me touche. Bien plus qu'il ne devrait. Il n'en saura rien.

— Tu remercieras ton oncle pour moi.

Les autres présents plus pragmatiques : un porte-documents — un superbe Smythson bleu pétrole —, choisi par Suzie et une élégante montre, pour que je sois toujours à l'heure lors de rendez-vous — commente Nick —, me ravissent également. Cependant, je ne peux m'empêcher de rappeler que ce cadeau conviendrait davantage à Robert, notre éternel retardataire.

— Il semble que tu me confondes avec un autre de cette adorable assemblée. Mais j'apprécie quand même.

— Je suis toujours à l'heure pour les affaires importantes, ronchonne le concerné.

— Nous n'en doutons pas, mon chéri. Allez, maintenant, tout le monde dehors, laissons Clem se reposer.

J'approuve cette judicieuse décision tant un rien m'épuise. D'ailleurs, je m'assoupis aussitôt. Un appel de Lucas me tire du sommeil, une heure plus tard. Je ne décroche pas, ce qui le rend insistant. Des notifications m'informent de l'arrivée d'un message vocal et d'un SMS.

— *Tu ne veux pas me parler?*

Je me résous à lui répondre pour avoir la paix.

— *Clouée au lit avec la grippe.*

— *Pas de ski pour toi, alors?*

— *Non.*

— *Tu es qd même à Megève?*

Si je l'informe de mon lieu de convalescence, il risque de débarquer. Je me contente d'un «non» laconique.

— *Projette de monter à Paris ce wkend. O n peut se voir, si tu vas mieux?*

Comment présumer de ma forme dans quelques jours? De plus, étrangement, je ne ressens ni le besoin ni le désir de le voir. J'hésite à le lui avouer, alors qu'habituellement j'assume mes décisions. Comme je ne réplique pas, il s'inquiète et bascule la conversation sur du vocal, que j'ignore une fois de plus. Loin de renoncer à obtenir des réponses, il m'adresse un nouveau texto.

— *Réponds-moi, bon sang! Il faut qu'on parle.*

— *Suis fatiguée.*

— *Tu m'évites?*

— *Non, suis vraiment crevée. Je t'appelle dès que je me sens mieux.*

Après cet échange, j'éteins mon téléphone et ferme les yeux de lassitude. Lorsque j'émerge, en fin d'après-midi, je constate que parmi les messages de joyeux anniversaire de ma famille et amis parisiens, Lucas m'en a adressé une dizaine d'autres. Ce harcèlement m'agace; je ne prends même pas la peine de les lire. Mais une chose est sûre: je vais devoir remettre à sa place cet homme bien trop envahissant.

— Te voilà enfin hors de ton lit. Je commençais à m'alarmer à te voir dormir sans cesse.

— J'avais du sommeil à rattraper, je pense. J'en manquais en bossant plus de douze heures par jour pour boucler mes dossiers.

— Ravie que tu aies récupéré. Partir pour Lima en te sachant convalescente me contrariait et m'inquiétait.

— Qu'est-ce que tu vas y faire?

— Nous allons voir ma pupille. Une visite programmée de longue date.

Je fronce les sourcils, étonnée, et bien plus encore après ses explications détaillant son implication bénévole dans une institution péruvienne depuis tant d'années. Décidément, je vais de surprise en surprise avec elle, en ce moment. Moi qui pensais bien la connaître!

— Nous serons absents une semaine. Toi, tu n'as qu'à te remettre tranquillement jusqu'à notre retour.

— Je suis censée être à Paris à la fin du week-end.

— Oublie. Le docteur Martin te délivra sans problème un arrêt de travail après t'avoir examinée. Il peut passer demain, tu verras avec lui.

— Si je ne reprends pas le boulot comme prévu, ma prise de poste en sera retardée.

— Je suis persuadée que Robert préfère te voir en forme et qu'une semaine de décalage ne posera pas de soucis.

Toujours un peu flageolante sur mes jambes, très vite éreintée, pas encore 100 % opérationnelle pour enchaîner de longues heures de travail, un répit supplémentaire de quelques jours ne peut qu'être qu'appréciable.

— OK, appelle ton toubib. J'informe mes confrères de ce contretemps.

Quelques heures plus tard, je me prélasse avec délices dans le jacuzzi installé au sous-sol. Enzo, de retour du lycée, m'y surprend.

— Coucou, Clem. Suzie m'a dit que je te trouverai ici. Je voulais te montrer ma note d'anglais.

Le sourire éclatant qu'il affiche laisse deviner sa fierté. Et il peut l'être.

— Waouh! 19,5/20! Félicitations!

— On est loin de mes 8/20, pas vrai?

— En effet! Nous allons devoir travailler l'oral, maintenant.

— Ouais, bon, ça, c'est pas gagné.

— Mais si! Il suffit de pratiquer. À partir de maintenant, nous discuterons en anglais tous les deux, et tu regarderas toutes tes séries télé favorites en VO, sous-titrées pour commencer. Tu vas vite progresser. Mateo doit être super content de tes résultats.

— Il sait pas encore. Je voulais que tu sois la première à le savoir.

— Oh…

— Ben, je t'ai pas dit merci pour t'être occupé de moi quand j'ai fait… tu sais… quand j'étais malade et que j'ai fait…

Je m'étonne que le gamin ne parvienne pas à prononcer le mot «cauchemar».

Je sors de l'eau, m'enroule dans une serviette pour le rejoindre sur le banc.

— Tu veux en parler, de ces mauvais rêves?

Il se dandine à mes côtés, visiblement gêné, hésitant peut-être.

— Je sais pas si j'y arriverais.

— Tu en as parlé à ton oncle? demandé-je tout en connaissant la réponse.

— Non.

— Pourquoi?

— C'est… trop difficile. Je veux pas qu'il nous juge, moi et maman.

— Tu sais qu'il ne le fera jamais. Il vous aime, toi et ta maman. Et moi non plus, je ne jugerai pas, quoi que tu me dises. J'ai proposé à Mateo de travailler avec l'avocat qui défend ta mère. Je connais ton histoire et je voudrais vous aider.

L'adolescent, les yeux écarquillés, se tourne vers moi. Je lui souris en retour.

— Tu crois que tu pourrais la faire libérer?

— Eh bien, je te promets que je me battrai pour y parvenir.

— Les vieux n'arrêtent pas de me dire que maman est une meurtrière. Je les entends quand ils chuchotent dans mon dos qu'ils préféreraient qu'elle crève en prison, parce tout est de sa faute. Mais c'est pas vrai! Mon père, il se gênait pas pour nous cogner, il nous faisait des choses horribles, alors que maman, elle essayait de le calmer et…, me raconte-t-il en sanglotant.

Je l'attire à moi, les larmes aux yeux, submergée par l'émotion que suscite son discours. Savoir qu'une semaine sur deux, ses grands-parents martèlent quotidiennement que sa mère, victime d'un tourmenteur, est une criminelle, me donne la nausée. Ce qui me motive pour me lancer à corps perdu dans la défense de Sarah. Sans parler du projet d'infléchir la décision du juge des affaires familiales. Mateo et Enzo doivent vivre ensemble pour que le jeune garçon grandisse dans une ambiance qui ne soit pas délétère. Je n'attendrai pas l'accord de l'oncle pour proposer mon expérience à Maitre Lebon, sa cliente et Enzo.

— Tu m'engages, alors ?

— Mais j'ai pas d'argent ! Et Mat dit que les avocats, plus ils sont bons plus ils coûtent un bras. Toi, t'es bonne ?

— La meilleure !

— Ah, ben, alors, tu es aussi chère que ceux des viocs ?

— En principe, mes honoraires sont assez élevés. Mais pour les amis, c'est gratuit.

— Oh, cool, alors tope là !

En joignant le geste à la parole, Enzo conclut mon engagement d'un high five.

— Maintenant que je suis embauchée, tu peux me parler de l'origine de tes cauchemars ? Je suis désormais tenue par le secret professionnel. Ce qui veut dire que quoi que tu me racontes, je ne peux le répéter à personne. Cela reste entre toi et moi, sauf si tu me donnes l'autorisation d'en parler à quelqu'un.

Ou peut-être l'utiliser pour attirer la compassion d'un jury, si besoin.

Il hésite un moment, ravale ses larmes, puis me narre les sévices infligés par son géniteur. À la fin de son récit, nous pleurons tous les deux dans les bras l'un de l'autre.

Horrifiée, je découvre la perversité si longtemps cachée de Clément Fournier, offrant son fils à des hommes ou à des femmes, obligeant sa mère à y assister, parfois à participer en guise de punition pour une quelconque raison inventée de toutes pièces. Je comprends que l'adolescent humilié ne parvienne pas à se confier à son oncle ni à qui que ce soit d'autre.

J'imagine que l'accusation, informée de ce traitement abusif, pourrait l'utiliser contre Sarah, arguant qu'arrivée au bout du supportable et ne voyant qu'une issue à la fin de leurs tourments, la mort du tortionnaire sonnait comme une évidence.

— On voulait juste s'enfuir, tu sais. Partir loin, pas le tuer. La veille, il m'avait encore obligé à faire des trucs. Maman ne voulait pas. Moi non plus, parce que ces hommes… ils… ils… Mais j'ai cédé pour pas qu'il la frappe… et l'oblige à coucher avec eux et qu'ils lui imposent ces choses affreuses qu'elle détestait. Dans ces cas-là, elle pleurait tout le temps. Ça rendait fou mon père et ce qu'il lui faisait après… Moi, j'ai vite compris que me débattre les excitait, alors j'attendais que ça se passe en me déconnectant dans ma tête. Maman y arrivait pas, alors j'ai passé un accord, mais en échange, il lui fichait la paix. Mais quand ils sont partis, il nous a corrigés à coups de cravache pour lui avoir manqué de respect et osé se rebeller devant ses potes.

Je comprends que ce monstre, même mort, vienne encore le hanter.

— Ton père ne peut plus te faire de mal. Ni dans tes rêves ni en dehors. Tu en es conscient ?

— Oui, je sais, mais la nuit…

— Les monstres sont des personnes réelles et vivantes. Le tien est mort et Mateo veille sur toi.

— Mais tu me promets que tu lui diras rien ?

— Je te promets aussi de tout mettre en œuvre pour libérer ta maman et punir ceux qui t'ont fait du mal, si tu le souhaites.

Je ne sais que trop bien que les victimes y renoncent, parfois, incapables de faire face à leurs tortionnaires et aux souvenirs perturbants d'un passé qu'ils s'efforcent d'oublier. Je me plierai donc à ses désirs.

Chapitre 19 :
Et la grippe continue ses ravages
Clémence

J'écoute les dernières recommandations de Suzie avant son départ pour l'aéroport, hochant régulièrement la tête à chaque nouvelle consigne. La veille, j'ai informé Robert de mon intention de défendre Sarah. Visiblement surpris, il n'a cependant émis aucun commentaire sur mon désir de m'impliquer sans être officiellement sollicitée par les personnes concernées. N'ignorant pas mes succès dans ce domaine, il s'est contenté de me mettre en relation avec l'avocat de la défense. Aussitôt, Maitre Lebon, ravi de cette aide bienvenue, m'a fixé un rendez-vous pour le courant de la semaine suivante et adressé par mail les documents relatifs à l'affaire. De quoi m'occuper pendant quelques jours.

Suzie et Robert partis, Lucie me souhaite à son tour une bonne soirée, m'informe qu'un gratin de pâtes m'attend au four et me gratifie des dernières instructions : programmer le minuteur sur vingt minutes, régler le tout à 175°. J'apprécie la marque d'attention de l'employée de Suzie, mais ne m'appesantis pas. Bien que loin d'obtenir la palme du parfait cordon bleu, je suis néanmoins capable d'élaborer quelques recettes basiques!

Aux alentours de dix-huit heures, on toque à la porte. Un Matthias embarrassé, triturant un béret entre ses mains, se tient dans l'embrasure.

— Excusez-moi. Je suis venu voir si vous pouviez m'aider.

— Euh, oui, enfin tout dépend...

— Ben, tous les ouvriers sont partis et Mateo a fait un malaise...

— Vous l'avez laissé tout seul au chai? m'exclamé-je en claquant la porte derrière moi pour dévaler les marches du perron, le régisseur sur mes talons. Vous auriez dû appeler.

— La patronne absente, je n'étais pas sûr que vous répondiez au téléphone de son bureau.

— Ah, oui, logique. Et pourquoi ne pas avoir contacté les sapeurs-pompiers, alors?

— Ben, il n'en a pas vraiment besoin. C'est juste la fièvre qui a eu raison du gus. Deux jours qu'il se la traîne et ce crétin est quand même venu bosser. Remarquez, d'un côté, ce n'est pas plus mal, parce que sinon, en ce moment, il serait seul à son domicile, vu que le drôle passe la semaine chez les Fournier. Il faudrait le mettre dans ma voiture. Une fois chez moi, on le couchera et ma femme le dorlotera. Vous savez, Mateo, c'est un peu le fils rêvé, j'ai que des filles. Bref, cette satanée grippe frappe fort, cette année. J'ai cru comprendre qu'Enzo vous l'avait refilée.

— Oui, j'en sors. Ce qui me vaut d'être encore ici. On peut dire que vous avez de la chance.

— Venez, je suis parvenu à l'installer tant bien que mal à l'entrée du chai.

Nous l'y trouvons grelottant et recroquevillé sur lui-même. Voir ce grand gaillard terrassé par la fièvre me trouble. Matthias et moi nous inclinons dans un même mouvement.

— Mateo, mon grand, je vais te ramener à la maison. Si tu pouvais nous aider un peu.

Vaille que vaille, nous parvenons à le mettre debout, glissons ses bras autour de nos épaules. Je plie sous le poids de ses probables quatre-vingts kilos. Après avoir bataillé pour caser son mètre quatre-vingt-cinq dans la Twingo, je m'inquiète des kilomètres à parcourir dans cette minuscule et inconfortable voiture.

— Vous allez où, comme ça? m'informé-je.

— À Pauillac, à vingt minutes.

— Cela me semble un peu loin, vu son état.

Matthias hausse les épaules.

— On n'a pas le choix. Son domicile est plus proche, mais je ne peux pas le laisser là-bas sans personne pour veiller sur lui.

— Non, bien sûr.

— Bien, nous sommes d'accord. Donc je le ramène à la maison, et nous prendrons soin de lui, comme quand il était petit. C'est que je l'aime, le gonze, vous savez. Il n'a pas eu la vie facile. Ado, il en a vu de toutes les couleurs avec son paternel. Alors, il venait se cacher chez nous. Je le considère comme mon propre gamin.

Ses confidences venant d'un homme si discret me surprennent; je ne suis pas certaine que Mateo apprécierait s'il venait à apprendre que Matthias dévoile son passé à son insu. Je m'abstiens de tout commentaire, évitant d'alimenter un sujet que je connais déjà dans les grandes lignes.

— Bon, c'est pas tout. Faut aller le pieuter, maintenant. Merci, mademoiselle Clémence, pour votre aide.

Prise d'une impulsion totalement irrationnelle, je le retiens par le bras.

— Je pense qu'il est préférable qu'il ne fasse pas ce trajet en voiture. Nous allons l'installer dans une chambre, il n'en manque pas, et je prendrai soin de lui. Il vaut mieux lui éviter la route et qu'il contamine tout le monde chez vous.

— Pas certain que cela soit raisonnable. Vous en sortez à peine, de la grippe.

— Ne vous inquiétez pas pour moi.

Un coup d'œil à Mateo en sueur, inconfortablement installé à l'arrière de la Twingo, met un terme à ses hésitations.

— OK! Mais ça va être coton de lui faire grimper les escaliers.

Doux euphémisme! Quel soulagement que de le laisser choir sur le lit après l'avoir presque porté jusqu'ici!

— La vache! Il pèse son poids, le gonze. Il m'a ruiné le dos, se plaint Matthias en se frottant les lombaires.

— Idem, répliqué-je, essoufflée par l'effort.

— Vous pourriez me donner votre numéro de téléphone, que je puisse vous contacter pour prendre des nouvelles? Et il faudrait informer le drôle, il risque de s'inquiéter si son oncle ne l'appelle pas ce soir. C'est un rituel entre eux quand il passe la semaine chez ses grands-parents.

— Je… oui, vous avez son 06?

— Non, mais on va le trouver dans les contacts de Mat.

— Son téléphone est peut-être verrouillé.

En réalité, la perspective d'entrer dans l'intimité de Mateo me dérange.

— Ah, ben, on va regarder.

Il se penche sur notre malade peu réactif, fouille dans ses poches et en extirpe son smartphone.

— Parfait! Pas de code. Je vous laisse joindre le petit pendant que je déshabille celui-là?

Je ne peux qu'acquiescer, satisfaite d'échapper à cette tache embarrassante. *Quoique!*

Je le laisse se dépatouiller avec le malabar à demi groggy et me rends dans la cuisine, fouille dans les placards à la recherche d'ingrédients pour une soupe de vermicelles tout en appelant Enzo. Il décroche à la deuxième sonnerie.

— Ben, t'es en avance. Comment ça se fait?

— Coucou, Enzo, c'est Clem.

— Oh, pourquoi t'as le téléphone de Mat?

— Ton oncle a la grippe. D'après Matthias, il te téléphone tous les soirs. On ne voulait pas que tu t'inquiètes.

— OK, mais pourquoi, c'est toi qui m'appelles?

— Oh, eh bien, ton oncle n'est pas en état de te parler pour l'instant et Mathias le met au lit.

— Mais, t'es où, là, chez nous?

— Non, au domaine. Je pense que Mateo va rester ici quelques jours.

— Et tu vas suffisamment bien, toi, pour t'occuper de lui?

— Nickel! En pleine forme.

— Tant mieux, parce qu'il est super chiant quand il a un pet de travers.

— Oh, ne t'inquiète pas, je sais les mater, ce genre de mecs grognons.

— Oui, mais lui, c'est un cas!

— Je prends note.

— Mateo, fais pas le zouave et reviens te coucher! T'es pas en état...

— Oh, tu n'avais peut-être pas tort, je crois que ça commence fort.

— Qu'est-ce qui se passe? s'inquiète Enzo.

— Monsieur fait des siennes, il est là, devant moi, à se disputer avec Matthias alors qu'il devrait se reposer.

— Passe-le-moi que je l'engueule.

— Ton neveu veut te parler.

Mateo m'assassine du regard, s'affale sur une chaise et se saisit de l'appareil que je lui tends. Le visage emperlé d'une sueur froide, il grelotte dans sa tenue légère, caleçon et rien d'autre.

— Cet abruti a disjoncté quand je lui ai annoncé qu'il resterait ici et que vous vous occuperiez de lui. Il veut que je le ramène chez lui.

— Rentrez chez vous pendant qu'il se fait voler dans les plumes par son neveu et le problème sera réglé, déclaré-je.

— Moi parti, il n'aura pas d'autre alternative que de rester ici. Vous êtes une maligne, vous. Mais si vous n'arriviez pas à le recoucher ?

— Oh, je vais m'en sortir. Il est bien parvenu jusqu'ici ? Il fera le chemin à l'envers. Au pire, s'il tombe, je patienterais jusqu'à ce qu'il rejoigne la chambre par ses propres moyens. Mais pas d'inquiétude, nous allons nous débrouiller avant d'en arriver là.

Matthias me sourit et s'éclipse.

— Oh, baisse d'un ton avec moi, tu veux ! Tu n'as pas d'ordre à me donner et je ne veux pas discuter avec toi. Je rentre avec Matthias, point, conclut Mateo avant de raccrocher.

Accoudée au chambranle, je le toise, les bras croisés.

— Ça y est ? Alors, oust, au lit.

Il se redresse, chancelle vers moi, me menace du doigt.

— Si tu t'imagines que je vais… vais…

— Vais quoi ?

— Hors de question que tu… tu…

— Je crois que tu es fatigué et que tu ne trouves plus tes mots. Va te coucher. Tu trembles.

— Matthias, on rentre !

— Trop tard, Matthias est parti.

— Quoi? Non, il n'a pas pu me laisser entre…

— Entre mes griffes? Il semble que oui. Allez, appuie-toi sur moi, tu ne tiens plus debout.

Son regard kidnappe le mien et je me noie dans le sien brillant de fièvre.

— Ne fais pas l'enfant. Promis, je ne profiterai pas de ta faiblesse. Je ne te violerai pas, affirmé-je, moqueuse.

Tentative d'humour qui tourne au flop intégral; ses yeux se plissent sous la colère. Je temporise en me redressant pour le rejoindre.

— Plus sérieusement, faire la route jusqu'à Pauillac me semblait déraisonnable. Tu es exténué et tu dois avoisiner le quarante, peut-être même plus. Viens, je ne sais que trop bien comment tu sens.

Son épuisement a raison de lui; il se traîne jusqu'au lit, refusant mon soutien physique, et s'y allonge, épuisé par l'effort. Une demi-heure plus tard, après la prise de paracétamol et d'un peu de potage, il s'endort. Une couverture supplémentaire vient à bout de ses frissons. De la porte, je l'observe avec tendresse. Un sentiment oublié depuis Robert, pour tout dire. En guise d'émotions, je n'éprouve pour un homme que des pulsions physiques. Et cette sensation me perturbe.

Chapitre 20 :
Bouleversements
Mateo

Au fil de ma convalescence, je découvre une Clémence différente de celle qui s'était imposée à moi, fougueuse, déterminée à obtenir ce qu'elle veut et à laquelle je n'avais pu résister. La rouquine m'offre une autre facette de sa personnalité, déjà entrevue tandis qu'elle prenait soin d'Enzo. Je n'imaginais pas que cette femme puisse être aussi drôle et attentionnée, encore moins qu'elle me dévoile cet aspect de sa personne. Je le pensais réservé à un cercle d'intimes.

Les heures s'écoulent au gré des parties de scrabble et de l'initiation aux échecs, entrecoupées de phases de sommeil. Lorsque je manque de concentration, elle partage avec moi sa lecture du moment, bien souvent des romances, genre qu'elle affectionne et qui, dit-elle, « lui vide la tête ». Je lève souvent les yeux au ciel tant je trouve clichés les aventures des personnages. De temps en temps, il me semble qu'elle élude certains passages. Aujourd'hui ne faillit pas à la règle. Plus en forme que les autres jours, je veux savoir ce qu'elle me tait et lui arrache le livre des mains.

— Eh !

— J'en ai marre de ces conneries et j'aimerais savoir pourquoi tu passes certains chapitres.

Elle tente d'attraper le bouquin, mais même affaibli, je riposte en la bloquant de mon corps, coince ses poignets d'une main et, de l'autre, tiens haut le livre pour pouvoir le lire. Au bout de quelques lignes, j'en comprends les raisons, tout en réalisant l'embarrassante posture dans laquelle je la maintiens. Ce qui ne lui échappe pas non plus, car elle ne bouge pas d'un cil, ce qui m'étonne quelque peu. J'aurais plutôt imaginé cette volcanique rousse profiter de la situation pour m'aguicher. Mes yeux glissent sur les siens, puis sur sa bouche. Son cœur bat la chamade contre mon torse et le mien se met au diapason. Mon sexe se rappelle à mon souvenir. Je bascule sur le côté, lâche cette romance érotique dont l'extrait vient de m'émoustiller.

Et merde.

— Je suis désolée, s'excuse-t-elle en s'enfuyant précipitamment une fois libre.

Je ne comprends plus rien à rien. Où est donc passée la nana qui assume ses pulsions sexuelles ?

Elle n'a peut-être plus envie de toi ?

Mais moi, oui ! Et de plus en plus souvent ! Rentrer chez moi et remettre de la distance entre nous s'impose, tout comme oublier ces jours passés à me laisser dorloter, à apprécier la douceur de ses mains sur mon front brûlant, son soutien pour me lever, son insistance à m'alimenter. Et surtout effacer ce sentiment d'avoir dans ma vie une femme pour qui je compte. Une illusion ! Clémence ne souhaite pas de relation suivie, seulement du sexe. D'ailleurs, le juge l'a relancée et elle lui a promis de le revoir prochainement. La conclusion s'impose : nous deux, un doux rêve à abandonner. Je ne peux me contenter de la seule relation à laquelle elle consentirait. À moins qu'elle ne renonce à Lucas. Ce qu'elle ne fera pas.

Une discussion animée me parvient. Intrigué, j'enfile un pyjama et un t-shirt et me dirige vers les voix.

— Quatre jours sans nouvelles, on s'inquiétait.

— Tu pourrais répondre au téléphone, quand même.

— J'étais occupée.

— Ah oui, à quoi?

Lorsque j'apparais dans le salon, les regards pivotent vers moi.

— OK, je comprends mieux, maintenant, déclare Nick, m'adressant un clin d'œil.

— Ce n'est pas ce que tu crois, réplique la rouquine.

— Oh, mais je ne crois rien, je constate.

— Nicolas arrête, c'est gênant, lui reproche sa femme.

Et voilà, sa réputation la précède! Moi en pyjama, et Nick en déduit «galipettes».

— Eh bien, pour une fois, les apparences sont trompeuses. Alors, cesse de te faire des films. Mateo a contracté la grippe et je prends simplement soin de lui. Et si tu me crois pas, je m'en fiche, conclut Clémence avant de quitter soudainement la pièce.

Fatigué, je me laisse choir sur le divan.

— Oups! Qu'est-ce qu'elle a? Ses règles? s'esclaffe Nick.

— Nico, tu es lourd, parfois.

Meg est la seule personne à appeler son mari Nico ou Nicolas. Je me demande pourquoi.

— Je pense qu'elle est épuisée.

— Comment as-tu atterri ici? s'enquiert Meg.

— Suite à un malaise. Matthias devait me ramener chez lui, mais Clémence jugeait cette décision imprudente. Résultat des courses, je squatte cette maison depuis lundi. Je vais réintégrer mon domicile dès ce soir. Je me sens beaucoup mieux.

— Tu ne comptes pas prendre ta voiture, j'espère? Parce tu me sembles fiévreux, réplique Meg qui vient d'effleurer mon front de sa main fraîche, avant de tourner brusquement les talons.

— Désolé, vieux, s'excuse Nick. Je ne voulais pas te mettre mal à l'aise. Mais notre Clem, c'est…

Il hésite sur le qualificatif. Je suggère :

— Une croqueuse d'hommes ?

Nick éclate de rire.

— Ah oui, excellente analyse. Et donc, toi et elle ? Rien ?

Meg de retour, surprenant ses propos, lui assène une violente tape sur bras.

— Mais tu n'as pas honte de poser de telles questions ? Si Clem souhaitait que tu le saches, elle te l'aurait dit.

— Ah, pas faux !

Merci Meg ! Tu me sauves la mise.

— Va donc t'excuser auprès de Clémence, pendant que je gère celui-ci.

Sans préavis, Meg me colle un thermomètre dans l'oreille et annonce, victorieuse :

— J'avais raison. 38° 5 ! Tiens, avale ce doliprane.

Bon sang, mais qu'est-ce qu'elles ont toutes à jouer les mères poules ?! Il ne manque que Suzie ! Heureusement pour moi, cette dernière ne revient qu'en fin de semaine ! D'ici là, j'espère avoir réintégré mes pénates. D'autant que la cohabitation avec Clémence devient difficile, la proximité met mon corps, ce traître, à rude épreuve.

Cette dernière ne réapparaissant pas, je m'inquiète. La petite Eva chouine, et aussitôt sa mère l'extirpe de son cosy et la berce. Moi, je n'aspire qu'à partir à la recherche de mon infirmière en colère ou blessée, intrigué par son comportement fuyant. Meg, après avoir réinstallé le bébé dans son berceau ne m'en laisse pas l'opportunité.

— Je te la confie, je vais voir ce que fabriquent Nico et Clem. J'espère qu'ils ne s'écharpent pas. Cela m'ennuierait, parce qu'après l'avoir détestée puis avoir appris à la connaître, je l'aime énormément. C'est une chic fille, une fois les apparences dépassées.

Les apparences d'une femme superficielle, d'une nymphomane et... d'une amante incroyable. Sans oublier une avocate hors pair, de surcroît appréciée par mon neveu, un personnage intrigant dont je découvre par petites touches les qualités cachées.

Avant que je puisse m'insurger, Meg a tourné les talons, me laissant me dépatouiller avec ce nourrisson de quelques mois. Matthias me surprend quelques minutes plus tard, accroupi face à la petite, à fredonner une berceuse que me chantait ma mère.

— Eh, ça te va bien, mais pas très prudent pour cette petite chose.

— Euh, c'est sa mère... Tiens, prends-la. Apparemment, je ne suis pas doué avec les gosses, elle n'arrête pas de pleurnicher.

Aussitôt sur l'épaule de Matthias, la petite se calme.

— J'en ai eu trois, ça avantage. Je crois que la pitchoune a faim, ajoute-t-il à l'attention de Meg de retour avec Clémence et Nick.

— Oui, je vais chauffer son lait.

— Content de voir que tu vas mieux, déclare Matthias à mon intention. À qui je confie la princesse en attendant que sa mère revienne ?

Son regard hésite entre son père et Clémence, installés sur le canapé qui me fait face. Il opte pour cette dernière.

— Tenez, Clémence, profitez de cette beauté. Son papa a la chance de le faire tous les jours.

Sur ce, il dépose l'enfant sur les genoux de la belle rousse, avant de nous quitter.

— Non, se défend-elle mollement.

— Elle ne va pas te mordre, réplique Nick. Elle n'a pas encore de dents.

Sa tentative d'humour tombe à plat. Clémence ne réplique pas, mais je constate son malaise. Son corps raidi et ses yeux se promenant partout, sauf sur le bébé sur ses jambes, le prouvent.

— Tiens-lui bien la tête, c'est important, précise Nick tout en installant au mieux le bout de chou.

Clémence se crispe, se mord la lèvre, ses jambes tressautent. Devant cette agitation anormale, je m'interroge.

— Oh, s'exclame Meg en découvrant son enfant niché dans le giron de son amie. Tu veux lui donner son biberon?

— Non! s'écrie Clémence si soudainement que nous sursautons tous.

En moins de temps qu'il ne faut pour le dire, elle se débarrasse de son fardeau — c'est le sentiment que j'éprouve —, et nous abandonne stupéfaits. Nick, le plus troublé de tous, s'insurge.

— Je sais qu'elle n'aime pas les gosses, mais quand même! Elle pousse un peu.

Meg soupire.

— Je me demande…

Elle n'achève pas sa phrase et son mari l'interroge du regard.

— Rien, une idée qui vient de me traverser l'esprit.

— Comme quoi?

— Rien d'important, n'en parlons plus.

Cette sortie en fanfare, la deuxième de la journée, m'intrigue et me trouble ; l'envie d'en comprendre les raisons me taraude.

— Vous m'excusez ? Je suis fatigué.

Contrairement à ce que je laisse supposer, je ne me rends pas dans ma chambre, mais dans celle Clémence, espérant l'y trouver. Des gémissements me parviennent à travers la porte entrouverte. J'hésite quelques secondes à violer son intimité, mais incité par le désir de la consoler, je pousse le battant et silencieusement la rejoins. La trouver si peu maîtresse d'elle-même m'ébranle, son regard triste m'émeut. Je m'assieds près d'elle et la prends dans mes bras. Elle s'y coule sans renâcler, le corps secoué de sanglots qui mouillent mon t-shirt.

J'ignore la cause de son bouleversement, mais la vision d'une Clémence vulnérable me touche au cœur. J'assiste pour la deuxième fois à l'expression de son émotivité et j'aimerais connaître les raisons de son chagrin. Pas certain qu'elle me les révèle. Ne souhaitant pas la brusquer, je me contente de lui murmurer des paroles de réconfort et la berce comme j'ai vu Matthias bercer Eva un quart d'heure plus tôt.

Une fois ses larmes taries, elle lève les yeux vers moi, la détresse et la peine toujours visibles.

— Tu veux en parler ?

— Non. Je veux t'embrasser.

— On ne couchera pas ensemble, Clem.

— Je sais. Je veux juste te voler un ou deux baisers. J'en ai besoin.

De mes pouces, j'essuie les traces de ses pleurs. Cette femme me rend dingue. Elle m'attire comme un aimant alors que je devrais la fuir. Elle met à mal toutes mes résolutions. J'ai envie d'elle, physiquement. Mais pas que. Je voudrais découvrir les secrets qu'elle cache, le pourquoi de son comportement excessif, de cette soif de sexe et de relations éphémères, de son refus de s'engager, de ses peurs qu'elle tait et qu'elle dissimule sous une assurance et un aplomb factice. Cette fille camoufle en permanence, je le sens au fond de moi.

Conscient que je ne dois ni m'approcher ni m'abandonner à ce baiser, je reste sur ma réserve, n'ignorant pas comment tout cela se terminera si je cède.

Meg vient me sauver.

— Clem, on y va. Je t'appellerai dans la soirée, annonce-t-elle derrière la porte close.

— D'accord!

— Est-ce que ça va?

— Oui, tout va bien.

— OK! À ce soir.

Une fois cette dernière éloignée, Clémence se détache de moi en soupirant.

— C'est mieux comme ça, déclare-t-elle.

En effet.

— Merci.

— Je t'en prie.

Ni l'un ni l'autre ne bougeons, nous observant sans mot dire. L'air vibre de cette tension électrique toujours présente lorsque nous sommes face à face. Aucun de nous deux ne peut l'ignorer. Tension dangereuse qui nous pousse l'un vers l'autre, mais qui ne nous apportera rien de positif, tout au plus des désillusions, du moins pour moi. Je ne projette pas d'être son amant temporaire, encore moins de vivre une liaison durable. Ma vie est bien trop compliquée et je ne pense pas qu'une femme souhaite la charge d'un adolescent à problèmes.

Cependant, ses lèvres m'attirent et je capitule face au petit tremblement qui les anime. Je fonds sur sa bouche. Nos langues se retrouvent et se reconnaissent, jusqu'à ce qu'elle me repousse.

— Tu vas le regretter, Mateo. Restons-en là.

Je ne peux qu'admettre le bien-fondé de son raisonnement et m'éloigne de l'objet de la tentation qui l'a si judicieusement formulé.

— Si nous tentions d'entretenir une relation amicale ? suggère-t-elle alors que je franchis le seuil de sa chambre.

Bien que je ne pense pas la chose possible, j'y consens.

— Essayons.

Chapitre 21 :
Installation à Bordeaux
Clémence

Avril

Plusieurs mois se sont écoulés depuis cette horrible journée marquant un nouveau tournant dans mes relations avec Mateo.

Ce dernier, de quelques mots délicats et quelques gestes empreints de douceur, m'avait apaisée, repoussant cette atroce douleur générée par la présence d'Eva dans mes bras. Enfin presque. Tout au moins jusqu'à ce que Meg rompe le charme et que la raison reprenne ses droits sur nos pulsions. Étonnamment, je fus celle qui mit un terme à ce rapprochement physique qui, sans l'arrivée inopinée de mon amie, aurait pris un tournant distrayant certes, mais n'aurait abouti que sur une relation qu'il ne peut envisager. Sa compassion, sa gentillesse, autres facettes de cet homme si souvent froid et cinglant, forcent le respect ; je ne pouvais consentir à l'impliquer dans une liaison purement sexuelle sans avenir ni sentiments. Nos modes de vie à des années-lumière l'un de l'autre ne s'accorderont jamais, à la différence de nos corps qui s'appellent sans relâche. À la recherche de sérénité, je me suis donc tournée vers mon juge et nos jeux érotiques.

Après quoi, faire face à un retour à Paris s'est avéré difficile ; je n'y trouve plus ma place, loin du Bordelais et de ceux qui donnent un nouveau sens à ma vie. Dès le premier jour, les deux hommes et Enzo me manquent. L'adolescent, qui attend mon retour avec fébrilité depuis ma promesse d'aider sa mère, plus que les autres. D'ailleurs, Maitre Lebon s'impatiente, lui aussi. Sarah ayant donné son aval, il espère une rencontre dès mon retour. Moi de même tant je suis pressée de me plonger dans ce dossier.

Je rêvasse tandis que le TGV ralentit puis s'engage sur les voies qui me déposent à la gare Saint-Jean. Définitivement!

Toujours sans domicile fixe à cette heure, devenant invitée VIP de la maison Chambard, je m'y sens comme chez moi. Bientôt, je pourrai intégrer des locaux en cours de rénovation et acquérir un peu d'intimité, car Suzie vient de lancer un nouveau projet : transformer une grange désaffectée en centre d'accueil pour femmes battues. Seules Meg et moi sommes dans la confidence, en dehors de Robert, bien évidemment. Programme ambitieux et complexe tant de nombreuses formalités freinent son ouverture. Dans un premier temps, il me servira de logement et de bureau, mais pas avant un mois, bien que Suzie harcèle les ouvriers pour accélérer l'avancée des travaux.

Pour l'heure, en manque de sessions malgré celles passées dans mes clubs fétiches, je songe à mon dernier rendez-vous avec Lucas. Ce dernier m'attend et, pour me mettre en condition, m'a mailé la vidéo de notre dernière séance. Une vidéo excitante qui embrase mes sens. Ce qui m'agace. Cet homme s'immisce trop dans mes pensées, entre moi et mes partenaires et jusque dans mes rêves, quand Mateo ne s'y glisse pas pour me guider dans des sessions scandaleusement impudiques. Un doux fantasme.

Je soupire de frustration, récupère ma valise et descends sur le quai. Suzie s'y tient. Avec Mateo!

— Ça va ? Tu es toute rouge.

— J'ai des vapeurs. Il faisait chaud dans le compartiment.

Bien qu'habituée à partager avec elle quelques détails croustillants, je me réfrène cette fois-ci. Bien qu'ouverte d'esprit, Suzie se choquerait peut-être si je lui en donnais les vraies raisons. De toute façon, la présence à elle seule de Mateo m'en dissuade.

Ce dernier me sourit, visiblement heureux de ma présence. Plaisir réciproque malgré les tensions persistantes entre nous en quelques occasions, lorsque je pousse un peu loin mon numéro de femme fatale, par exemple, et qu'alors il me fusille du regard. Quant à moi, en présence de ma trop curieuse Suzie, je privilégie l'évitement et m'efforce de l'ignorer, ce qui lui déplaît. Tout comme aujourd'hui, ce que mon amie ne semble pas remarquer, trop occupée à m'informer de son rendez-vous chez son gynécologue. Au flot ininterrompu de ses paroles, je devine son stress, cette fois-ci plus que de coutume du fait d'un retard de règles, une nouvelle m'ayant fichu un coup au moral tout en me réjouissant pour elle.

— … donc Rob m'accompagne et Mateo te ramène à la maison.

Et la tornade blonde m'embrasse et file chez son médecin. Mateo semble soudain de mauvaise humeur.

— Pourquoi tu fais la gueule ?

— Tu te le demandes ?

— Oui. Moi, je suis contente de te voir.

— Serait-ce trop te demander de te comporter comme une femme normale ?

— C'est-à-dire ?

— Je sais pas, moi, dire bonjour à son ami, par exemple ? N'est-ce pas ce que nous sommes censés être ?

— Ah, OK!

Je m'avance et lui claque un baiser sonore sur la joue, ce qui le déstabilise, et m'éloigne aussi vite que je me suis approchée, mon rêve trop présent en tête, sans parler des effluves de parfum qui émanent de ce corps trop tentant.

— Du grand n'importe quoi!

— Qu'est-ce qu'il y a encore?

Il soupire, énervé.

— Arrête de faire celle qui ne comprend pas.

— Bon, OK! Je ne veux pas que Suzie m'interroge sur notre relation.

— Quelle relation?

Je le foudroie du regard.

— À ton tour de cesser de faire celui qui ne comprend rien à rien. Tu m'agaces. Je vais prendre un taxi.

Tout bien réfléchi, cette idée d'amitié est ridicule et impossible. Éviter son contact bien trop viril est préférable si je ne veux pas me retrouver à l'attirer dans les toilettes pour soulager ce désir qui me colle au ventre depuis le SMS de Lucas.

— Tu ne vas rien prendre du tout, parce que je vais te ramener, comme convenu avec Suzie.

— Non, c'est moi qui décide.

— Sûrement pas, réplique-t-il en s'emparant de mon bagage.

— Désolée, mais je ne rentrerai pas avec toi.

— C'est ce qu'on va voir.

— C'est tout vu. Donne-moi ma valise.

Débute alors un jeu de pouvoir, chacun tirant à lui l'objet du délit jusqu'à ce que Mateo, d'un geste sec, me catapulte vers lui et que je m'affale contre sa poitrine. Sur ses lèvres se dessine un rictus amusé et, sous les effets de ma tension sexuelle, l'envie de goûter à sa bouche me démange. Et je fonce. Sauf que monsieur recule brusquement et le vide m'aspire. Sur le point de m'étaler de tout mon long, il m'en préserve, m'interceptant dans ses bras. Je m'en extirpe, furibonde, ajuste ma robe et, vexée, lance un «Allons-y, je n'ai pas que ça à faire» virulent. Mon revirement l'amuse et il éclate de rire.

Je me hâte vers la sortie, empressement ridicule, car Mateo, lui, prend son temps. Je trépigne d'impatience dans le hall central, ne sachant vers où me diriger. Lui tracte ma valise de son allure nonchalante, et je me découvre à le reluquer.

Qu'est-ce qu'il est séduisant, ce con!

Sentiment partagé par les nanas qui le dévorent des yeux. Une d'elles se cogne à un voyageur, occupée à mater ses fesses tout en avançant. Lui fait mine de ne pas s'en apercevoir, mais je suis persuadée qu'il n'ignore pas son effet sur les femmes. D'ailleurs, il sourit après le passage d'une autre et son «trop canon» lancé sans discrétion à sa voisine.

— Quoi encore? s'informe-t-il arrivé à mes côtés devant mon air excédé.

— Rien, juste que si tu pouvais activer un peu.

— Pourquoi? Quelqu'un t'attend?

— En effet.

— Le juge, je suppose. À quelle heure?

— Ça ne te regarde pas.

— À vrai dire, je m'en fous, mais je dois aller récupérer Enzo. Tu risques d'être en retard à ton rendez-vous.

— Combien de temps va nous prendre ce détour?

— Vu l'heure, une bonne vingtaine de minutes jusqu'au lycée, autant pour reprendre le périphérique, puis trois bons quarts d'heure jusqu'à la maison.

Je consulte ma montre et estime avoir largement le temps de rentrer au domaine, prendre une douche et revenir sur Bordeaux pour mon rencard.

— Pas de soucis, j'ai le temps jusqu'à dix-neuf heures.

Un grand sourire étire ses lèvres.

Putain, ces lèvres, que j'ai envie de les embrasser!

— Faudrait pas trop traîner, alors go!

Non, mais j'y crois pas! C'est moi qui traîne?

Sur le point de lui adresser une remarque désagréable, monsieur me coupe dans mon élan en m'incitant à avancer d'une tape sur les fesses. Bien bas sur mon séant à peine recouvert d'une robe courte que je porte, comme d'habitude, sans culotte. Effet instantané sur mon entrejambe pulsant aussitôt au souvenir de mes jeux érotiques.

Je minimise ce geste audacieux, persuadée qu'il attend un commentaire de ma part, vu la mine narquoise qu'il affiche. Je redresse la tête, prends mon air hautain de circonstance et avance d'un bon pas jusqu'à la voiture qu'il me désigne : une jeep, très ancienne.

— Rien de clinquant comme la Porsche de ton mec, mais avec autant de valeur à la revente des véhicules de collection. Un Willys de 1944, très rare sur le marché, m'informe-t-il en balançant sans délicatesse mon bagage sur la banquette arrière.

— Eh, fais attention à ma Vuitton!

— Ah oui, c'est si fragile que ça, ces machins de marque? se moque-t-il en s'installant au volant.

Je grimpe à mon tour et le fusille du regard.

— Ça va ! Ce n'est qu'une valise !

Au démarrage en trombe, je manque chavirer, mais vigilant, il me ramène à lui en me saisissant par le bras. Je me stabilise, m'accroche au cadre du pare-brise tandis que sa main glisse sur ma cuisse nue avant de revenir sur le levier de vitesse. Une vague de chaleur ondoie dans mes veines sous le contact fugace de ses doigts.

Tandis que je m'échauffe, Mateo se comporte le plus naturellement du monde ; je ne parviens plus à décoder les messages envoyés par ses gestes de plus en plus équivoques. Je respire, expire, souffle pour reprendre le contrôle de mon corps saturé de phéromones.

— Quelque chose ne va pas ? s'enquiert-il se tournant vers moi pendant que nous sommes stoppés à un feu tricolore.

Je l'ignore, évite de fixer sa bouche tentatrice, promène mes yeux autour de moi, sauf sur lui, pour finir par les poser sur mes jambes et découvrir ma jupe remontée plus qu'elle ne devrait. Étonnamment, pour une fois dans ma vie, je regrette, quand je croise son regard également rivé sur le haut de mes cuisses, de ne pas porter de sous-vêtements. Il déglutit et m'ordonne d'un air sévère d'ajuster ma tenue avant que nous arrivions au lycée. Je rougis, me sentant à nouveau humiliée, et m'empresse de me contorsionner pour couvrir un peu plus mes jambes, autant que sa coupe minimaliste l'autorise.

Cinq minutes plus tard, il freine brusquement à l'entrée du parking de l'établissement et adresse un SMS à son neveu. Quelques secondes s'écoulent, dans un silence de cathédrale, avant que l'adolescent n'arrive.

— Cool, t'as pris la jeep ! s'exclame ce dernier en stoppant à hauteur de son oncle. Bonjour, Clémence.

— Bonjour.

— Enzo, magne, on va tomber dans les bouchons.

Comme le gamin reluque mes cuisses nues, Mateo, d'un mouvement rapide, attrape un pull à l'arrière et le jette sur mes jambes. Je sursaute. Enzo se ressaisit et s'installe derrière moi. Mateo me foudroie du regard, démarre en trombe dès le gamin attaché, se fendant d'un demi-tour acrobatique et bruyant.

— Pourquoi tu t'es pas avancé ? Je t'attendais devant avec mes potes, comme d'habitude, demande Enzo une fois son équilibre rétabli.

Mateo ignore la question dont la réponse me semble évidente face à sa mauvaise humeur manifeste. Animosité exacerbée par les difficultés du trafic, rendant le trajet inconfortable et éprouvant pour mes nerfs mis à rude épreuve par un chauffeur ne desserrant les dents que pour insulter les autres conducteurs, tous des chauffards, de ses propres dires. Enzo, de son côté, reste étrangement silencieux. Je m'en étonne, jusqu'à ce que je le découvre chantant à voix basse, écouteurs sur les oreilles. D'ailleurs, un peu de musique ne m'aurait pas déplu, mais l'autoradio n'est pas une option dans une Wyllis de l'armée américaine, tout comme les portes. Et l'air frais, malgré la douceur de ce mois printanier, me fait frissonner malgré le pull sur mes jambes qui me réchauffe à peine. L'heure tourne inexorablement et nous sommes toujours pris en étau dans les embouteillages du périphérique. Je n'arriverai jamais dans les temps à mon rendez-vous. Je soupire pour la énième fois, ce qui agace de plus belle Mateo.

— Si tu pouvais cesser de souffler comme un cachalot, ça m'arrangerait. C'est agaçant !

— Comme un cachalot? Je ne souffle pas comme un cachalot, m'indigné-je.

— Si.

— N'importe quoi! Et d'abord, cette expression n'existe pas, la bonne formulation, c'est «Souffler comme un phoque».

— Aussi. Mais je suis sympa.

— Parce que phoque et cachalot, il y a une différence?

À l'arrière, Enzo se marre.

— Forcément, s'il le dit... commente le gosse.

— Exactement! Regarde sur Google.

Non, mais ce n'est pas un vigneron aux allures de bûcheron qui va m'apprendre les locutions françaises, quand même! Je suis diplômée en droit pénal et sciences criminelles, licence et master à l'appui!

— Alors, annonce Enzo. Souffler comme un cachalot : respirer fortement, haleter. Et... comme un phoque : souffler bruyamment.

— Voilà! Maintenant, imagine le phoque qui sort de l'eau et tu admettras que je suis sympa.

— Vu sous cet angle, admet Enzo. Mais bon, un cachalot, c'est énorme et moche. Clémence, elle est plutôt...

Il ne poursuit pas. Les yeux sur le rétroviseur, je constate qu'il rougit, remet ses écouteurs et regarde ailleurs. Bon sang! Comment en sommes-nous arrivés là? L'oncle marmonne entre ses dents et tapote nerveusement le volant tandis que nous patientons, à nouveau à l'arrêt. Je n'en peux plus. Je suis au bout de ma vie.

La jeep s'arrête enfin, dans un crissement de pneus, sur le gravier devant la demeure de mes amis, une bonne heure et demie plus tard. Mateo reste à sa place, moteur allumé. Enzo saute par-dessus le siège et prend la mienne tandis que je me bats avec mon lourd bagage. Mon chauffeur, impassible, ne m'apporte pas son aide, attendant peut-être que je m'abaisse à le lui demander, ce qui ne risque pas de se produire. Enzo, visiblement déconcerté par le comportement de son oncle, nous dévisage tour à tour. Le malotru sifflote ; le moteur rugit sous ses coups d'accélérateur, signes ostentatoires de son impatience. Devant mes difficultés, Enzo descend du véhicule et tend la main pour soulever ma « putain de valise ». Mateo l'interpelle, le stoppant dans son élan :

— Remonte, elle n'a pas besoin d'aide.

— Mais elle est vraiment lourde, la valoche.

— Laisse tomber. Elle n'a rien demandé, elle a trop peur qu'on lui abîme sa… « Vuitton ».

Mais il m'emmerde sérieusement !

— Merci, Enzo, c'est sympa de me proposer ton aide.

— Enzo ! Bouge !

Ce dernier et moi tirons simultanément, d'un coup sec, pour extirper ma valise encombrante. Déséquilibrée par le poids, s'ensuit une chute spectaculaire, douloureuse et… humiliante. Ma jupe retroussée en dévoile un peu trop vu les yeux qui scintillent comme des feux clignotants et la langue pendante à la Tex Avery d'Enzo. Aussitôt Mateo se retrouve à mes côtés et me rétablit sur mes pieds. J'apprécie. Jusqu'à ce qu'il me crache à l'oreille : « À l'avenir, mets une putain de culotte ». Remis de ses émotions, le gamin, lui, s'inquiète de mon état, contrairement à son oncle qui le pousse vers la voiture et démarre sur les chapeaux de roues sans lui permettre d'entendre ma réponse.

Cinq bonnes minutes plus tard, j'en suis toujours à frotter machinalement mes fesses douloureuses, sous le choc de ma chute et ce départ en fanfare. Puis, déboussolée, je me laisse choir sur les marches menant à la terrasse, dressant le bilan de ces retrouvailles émaillées de situations mortifiantes. Trois, en l'espace de quelques heures.

Habituellement hermétique à l'opinion des autres, bizarrement, cette fois, je me soucie de l'image renvoyée. Particulièrement de celle du gamin.

La sonnerie de mon téléphone me sort de mes états d'âme. Le numéro de Lucas me rappelle la session prévue ce soir. Mais cette perceptive ne m'enchante plus, désir évaporé, hanche et fessier douloureux pour excuses. Je bascule sur la messagerie, me lève, attrape ma valise, galère sur le gravier. Devant la volée de marches, l'envie de pleurer me gagne. Jamais je ne parviendrai à la hisser jusqu'à la terrasse ! D'ailleurs, cette entrée est plutôt inhabituelle.

Non, mais ce n'est pas possible ! Il l'a fait exprès ! Il doit bien se marrer, ce connard.

Une autre possibilité s'offre à moi : revenir à l'entrée principale. Solution aussi merdique, impliquant un grand tour sur l'allée gravillonnée. Je penche pour une troisième option : abandonner mon bagage au pied de l'escalier et attendre que Robert s'en charge à son retour.

Lucie m'accueille chaleureusement, mais je ne m'éternise pas à discuter avec elle, impatiente de me glisser dans la baignoire. Cependant, une fois dans ma chambre, je m'allonge sur mon lit pour quelques minutes et m'y endors. Les vibrations de mon smartphone, enfoui au milieu des draps, me réveillent à plus de vingt heures. J'y découvre plusieurs messages de mon petit juge, vocaux et écrits, en plus de l'appel que je viens de rater. Je le recontacte aussitôt.

— Clem, je t'attends depuis une heure ! me reproche-t-il tout de go, manifestement contrarié.

— Je suis désolée. J'étais crevée, je me suis endormie. Je viens à peine d'émerger. Je ne vais pas venir.

— Je viens te chercher. On grignotera quelque part avant de nous rendre au club.

— Non, je n'en ai pas envie.

— Tu veux que je t'excite ? Je t'envoie des photos du cours de Shibari[16] Elles sont sublimes et ont un franc succès depuis l'exposition dans la galerie. Nombreux sont ceux qui souhaitent te rencontrer.

Vidée émotionnellement, rien n'éveillera ma libido ce soir. Comme si Mateo et son comportement odieux avaient éteint la flamme qui brûle en moi habituellement.

— Laisse tomber. Remettons cette sortie.

— Mais tu me laisses dans un état pas possible ! s'insurge-t-il avant de raccrocher.

Un bip m'annonce l'arrivée d'un message accompagné d'une pièce jointe : son sexe en érection. Suivis d'autres textos, de menaces de sessions avec une soumise plus docile que moi. J'éteins mon portable, agacée par cette piètre tentative à attiser ma jalousie. Ce qui n'adviendra pas. Il peut bien s'amuser à sa guise avec qui bon lui chante ! Face à son insistance, je vais devoir remettre les règles de notre relation au goût du jour.

---

16. Terme japonais signifiant « attaché, lié », et devenu l'appellation la plus courante, en Occident, pour désigner l'art du bondage *kinbak*

Chapitre 22 :
Prise en flag
Clémence

Je m'éveille, irritée, après neuf heures de sommeil bien peu réparatrices, agitées de rêves érotiques perturbés par la présence de Mateo, une fois de plus. Sans parler de celle d'un Lucas plus directif que jamais dans une partie de sexe torride : moi, soumise sous le regard furieux de Mateo, me reprochant mon penchant pour l'exhibition et scandant : «mets une putain de culotte!», tandis que mon juge me l'interdisait.

Eh merde! Il ne manquait plus que «maitre chai» vienne m'enquiquiner jusque dans mes nuits!

Mais, que j'apprécierais en tant que maitre tout court!

Je chasse cette vision de Mateo me dirigeant durant un jeu de rôle. Image trop perturbante et... alléchante. Forcément, j'y penserai lorsque je le croiserai, l'imaginant torse nu, pantalon sur les hanches, braguette ouverte, fouet à la main.

Génial! Cette image ne risque pas de simplifier nos relations déjà complexes!

Je m'extirpe du lit, glisse sous la douche pour chasser ces pensées troublantes et, d'un pas trainant, me dirige jusqu'à la terrasse pour y déjeuner. En cette fin avril, le temps doux, très printanier, nous permet de bruncher dehors.

— Houlà, déjà debout! se moque mon hôte, allongé sur un transat, le journal du matin entre les mains.

Je marmonne entre mes dents un «c'est onze heures et c'est le week-end».

Suzie m'accueille d'une accolade chaleureuse et s'excuse de m'avoir abandonnée avec Mateo. Elle m'interroge du regard, souhaitant probablement savoir si, cette fois, nous nous sommes comportés comme des gens civilisés. Je lui souris pour la rassurer.

— C'était la folie pour arriver jusqu'ici. Je n'aurais jamais imaginé que le périphérique puisse être aussi embouteillé qu'à Paris.

— Malheureusement oui, il faut savoir choisir ses heures de retour. Mais logiquement, vous n'auriez pas dû avoir de soucis? s'étonne-t-elle.

— C'est parce qu'ils sont venus me chercher, intervient Enzo nous rejoignant. Bonjour, Clémence, ça va mieux?

— Oui, merci, Enzo.

Suzie arque un sourcil.

— Je suis tombée, emportée par ma valise, expliqué-je.

— Une sacrée gamelle, précise le gamin.

— À ce propos, qu'est-ce qu'elle foutait au bas des escaliers? me demande Robert.

— Je n'arrivais pas à la hisser jusqu'ici.

— C'est sûr, vu son poids. Mais pourquoi tu es passée par là?

— Bonne question!

— Ben, parce que c'est là que Mateo a déposé Clémence, explique Enzo.

— Quelle drôle d'idée! s'exclame Suzie.

Une idée pas drôle du tout, si tu veux mon avis.

— Et pourquoi tu ne lui as pas demandé de monter ton bagage jusqu'ici? s'étonne Robert.

Je croise le regard du neveu qui s'agite, gêné.

— Il était pressé. Il avait un truc important à faire avec Enzo. Je n'ai pas voulu les retarder.

Ce dernier me dévisage, étonné par mon mensonge.

— Quand même, ça ne lui ressemble pas. Il est tellement prévenant, réplique Suzie, déconcertée.

Prévenant ? C'est vrai, il peut l'être.

— Et elle est où, ma valise ? m'enquiers-je.

— Dans la chambre bleue, celle provisoirement transformée en bureau pour toi et où sont entreposées toutes tes autres affaires, m'informe Robert.

*

Je contemple ma vie, empaquetée dans deux malles et une dizaine de cartons, des biens triés pendant quinze jours pour n'en conserver que les plus précieux, après avoir vendu mes meubles, ma vaisselle, les objets de décoration de mon appartement parisien. Le matériel se remplace. Les souvenirs, bons et mauvais, sont stockés dans ma tête et ceux-là, irremplaçables, ne prennent pas beaucoup de place.

Nick me surprend quelques heures plus tard, assise à même le sol entre un coffre ouvert et des boites envahissant l'espace de mon futur bureau.

— Coucou, Rob m'a dit que tu étais arrivée hier. Alors, ma belle, contente d'être parmi nous ?

Je claque l'album photo que je feuillette, essuie rapidement mes larmes. Pas assez vite pour qu'elles échappent à Nick qui aussitôt se glisse en tailleur face à moi.

— Qu'est-ce qui se passe ? Tu as des regrets ?

Je hoche négativement la tête.

— C'est ce que tu regardes qui te rend triste ?

Son regard se pose sur l'intitulé bien visible : Année 2000, Fac de droit. Il se saisit de l'album, l'ouvre, tourne les pages. Je déglutis avec peine. Je sais ce qu'il va y trouver et il risque d'en être affecté à son tour, plus que moi, encore. Il ne dit rien tandis que les clichés de notre groupe défilent sous nos yeux. Eve est partout, respirant la joie de vivre. Les doigts de mon ami caressent le sourire éblouissant d'un portrait de sa femme pris sur le vif, assise sur les marches du Panthéon, le soleil illuminant son visage. Ma préférée avec une des dernières d'elle, enceinte de Gabrielle, presque à terme, rangée dans un autre album.

— Elle me manque. Mais les jours qui passent adoucissent la douleur de l'absence et Meg m'a sauvé du brouillard dans lequel j'avançais. Je sais que, où qu'elle soit, elle se réjouit pour moi. Et n'y a aucune raison de pleurer, c'était une putain de bonne année. La meilleure cuvée d'étudiantes, des nanas chaudes comme la braise. Qu'est-ce que je m'en suis tapé avant de sortir avec Eve ! Tu te souviens de ces soirées de dingues ? poursuit-il. Et de la fois où je t'ai coincée dans la salle de bain ?

Je suis consciente qu'il détourne le sujet pour ne pas s'effondrer à son tour, la lueur dans ses yeux en est la preuve. Et oui, je me souviens de cette fête, de la colère de Robert après Nick pour avoir dérogé à sa promesse de ne pas me draguer. Malgré un début de soirée chaotique, c'est ce jour-là que j'ai couché avec Robert pour la première fois.

— Il t'a traité de tous les noms d'oiseaux parce que tu ne respectais rien et que tu te prétendais son ami. Et toi, complètement beurré, tu lui as répondu que tu l'aimais et tu l'as embrassé à pleine bouche.

— Ah, merde, j'ai fait ça ? Je ne m'en souviens pas. Et lui, il s'en rappelle, tu crois ?

— Oh, tu n'as qu'à lui demander, puisque le voilà.

— Me demander quoi ? nous interroge Robert tout en s'installant à nos côtés pour se saisir de l'album. Oh, la vache, la tronche ! On a pris un coup de vieux, dis donc !

— Eh, parle pour toi ! protesté-je d'un coup de coude dans les côtes.

— Tu t'en souviens, de cette soirée ? demande Nick en pointant la photo sur laquelle Robert et moi nous embrassons.

— Bien entendu ! assure-t-il, un sourire attendri sur le visage.

— Et que je t'ai roulé une pelle ?

— Vous vous êtes embrassés ? Pourquoi ne suis-je pas au courant ? s'exclame Suzie qui vient de nous rejoindre à son tour et se coule entre les jambes de son mari, monopolisant à son tour le recueil de photos.

— Ce con était plein comme une barrique.

— Racontez-moi !

— Il n'y a rien de plus à dire.

— C'était juste un baiser sur les lèvres ?

— Euh, ben...

— Quoi ? me coupe Nick. Non. Impossible ! Même saoul... Non, Clem, ne raconte pas des craques !

Robert se racle la gorge, mais n'ajoute rien.

— Tu te rappelles quand même qu'il ne t'a pas adressé la parole pendant plus d'une semaine, après ça ?

Suzie, morte de rire, s'affale sur Robert qui tombe à la renverse.

Nick se lève et nous menace.

— Interdit de reparler de cette histoire. Vous ne l'évoquez plus jamais, c'est bien compris?

Il quitte la pièce sur cette injonction. Je joins mon rire à ceux de mes amis.

— Il est gonflé quand même. C'est moi, la victime de cette histoire, parvient à hoqueter Robert après que nous nous soyons un peu calmés.

Cette anecdote a pour mérite de booster mon humeur et je retourne dans ma chambre pour y vider ma valise, sourire aux lèvres, Mateo bien loin de mes pensées jusqu'à ce qu'il se rappelle à moi devant mon bagage cabossé. Résolue à ce qu'il ne me gâche la vie avec son état d'esprit fluctuant, je l'occulte de mes pensées.

Un SMS de Lucas m'annonce son arrivée pour quatorze heures. Rendez-vous accepté, bien que je ne sache pas encore comment occuper notre après-midi.

*

— Tu as prévu quelque chose, Suzie, pour cet après-midi? lui demande son mari.

— Ce matin, Enzo m'a sollicitée pour un devoir de mathématiques qui lui donne du fil à retordre, puis j'envisageais de squatter la piscine intérieure. Ça ne t'ennuie pas, j'espère?

— Pas du tout. Nous en profiterons pour travailler sur quelques dossiers, ajoute-t-il à mon intention.

Je le fusille du regard. Avant que je ne puisse répliquer, sa femme le fait à ma place.

— Rob, tu exagères! Elle vient d'arriver.

— Elle est peut-être d'accord pour bosser?

— Je crois que tu n'as pas décodé le message de ses yeux.

— Merci, Suzie. Aprèm piscine me convient. Lucas vient dans deux heures passer un moment avec moi.

— Dis donc, cela ressemble à une liaison. Tu nous as séduit le juge Berthelier, il semble.

— Il vient baiser. Ne va pas te faire des films, Robert. Les comédies romantiques, c'est pas notre trip.

— Ah, bah, je me disais qu'un jour, tu aurais envie d'autre chose que ce genre de fréquentations. Et que lui aussi, peut-être. Mais bon, si ce n'est pas avec lui, tu vas bien finir par rencontrer quelqu'un avec qui tu souhaiteras mener une petite vie tranquille avec des gosses.

Je blêmis à l'évocation des enfants. Quant au portrait type brossé par Robert, je l'ai déjà rencontré et laissé partir.

— Tu oublies que je déteste les mioches! répliqué-je en reprenant contenance.

— Tu sais, ça aussi, cela peut évoluer. J'ai déjà rencontré des personnes aussi catégoriques que toi, et pourtant... Statistiquement, tu as plus de chance de te retrouver épouse et mère que de gagner au loto.

— Chéri, changeons de sujet, s'il te plaît.

— Je te demande pardon.

— Fausse alerte, m'explique Suzie à demi-mot. File mettre ton maillot riquiqui. Ton juge va adorer.

Devant mon regard inquisiteur, elle hausse les épaules.

— Partie remise, le mois prochain peut-être, ajoute-t-elle.

Néanmoins, j'imagine sa nouvelle déception face à ce nouvel échec.

Un petit quart d'heure plus tard, Enzo, cahiers et livres sous le bras, se présente en même temps que Lucas.

— Suzie, mon oncle peut pas venir me chercher avant dix-sept heures. C'est pas gênant, j'espère?

Cette dernière repousse la mèche qui lui barre le front et le rassure.

— Tu en profiteras pour aller te baigner en l'attendant. Allez, viens, allons résoudre ce problème.

Tandis que Suzie et Enzo se dirigent vers le salon, Lucas m'entraîne à l'étage, impatient de se retrouver seul avec moi. Une heure plus tard, nous nous ébattons dans l'eau et disputons une partie de volley acharné, le juge et moi contre Enzo et Robert, sous le regard de Suzie qui se prélasse sur un transat, un livre à la main. Le camp adverse nous bat à plate couture, ce qui m'énerve, détestant perdre. Je houspille mon partenaire qui a passé plus de temps à me tripoter qu'à renvoyer la balle. Robert se moque et félicite son acolyte, puis nous abandonne tandis que Suzie répond à un appel de l'étranger. Je l'entends baragouiner en espagnol. Restés seuls dans le bassin, Lucas devient plus entreprenant. Je le stoppe, désignant Enzo assis les pieds dans l'eau, mais nous tournant le dos. Lucas pallie le problème en m'entraînant dans le local technique de la piscine. Très vite, je me laisse submerger par mon appétence sexuelle. Je glousse, gémis, jusqu'à ce que quelqu'un vienne tambouriner à la porte.

— Oups! Je crois que nous sommes pris en flag.

Nous patientions quelques minutes en silence, attendant avant de sortir que celui qui nous a interrompus s'éloigne. Je m'aventure hors de notre cachette la première, ajustant à la hâte mon haut de maillot, et me heurte à Mateo.

— Serait-ce trop te demander de prendre une chambre? crache-t-il, visiblement mécontent.

— Désolée, mais…

Il me foudroie du regard. Je le toise en retour, ancre le mien dans le sien, exaspérée par sa remarque et son comportement de la veille.

— Qu'est-ce qui se passe, ici? nous interroge Lucas en nous rejoignant.

— Rien, réponds-je sans quitter Mateo des yeux.

Il ne baisse pas non plus les siens jusqu'à ce que Lucas se poste à mes côtés et m'attire à lui par la taille. L'air se charge d'électricité, la tension entre nous trois, palpable. Je défie mon bel hidalgo tout en ayant une envie folle de me couler dans ses bras.

Complètement ambigus, mes souhaits!

— La prochaine fois, allez faire vos cochonneries ailleurs, y des gosses, ici.

Le juge éclate de rire.

— Des gosses? Quels gosses? Moi, je n'ai vu qu'un ado qui la reluquait et qui, ce soir, va certainement se branler dans sa chambre en s'imaginant être à ma place. Et un petit cours visuel d'éducation sexuelle n'a jamais fait de mal à personne.

— Tout magistrat que vous êtes, j'ai bien envie de vous coller mon poing dans la figure. Baisez mademoiselle, si ça peut la satisfaire, mais pas à proximité de mon neveu. Et il me semble, mais en tant que juge et avocate, vous devez connaître la loi mieux que moi, que l'exhibition est condamnable, non? Quant à mon neveu, il n'a pas besoin de cours. Encore moins des vôtres.

— Non, c'est certain, il en a certainement pas mal appris durant toutes ces années passées. Mais il y a une différence entre voir une...

Sans crier gare, Mateo bondit, plaque mon amant au mur derrière lui et bloque son cou de son coude.

— Je vous interdis de travestir la vérité !

Affolée et choquée par cette violence soudaine, je tente de décrocher son bras, mais Mateo maîtrise le juge qui suffoque.

— Mais lâche-le !

Robert met fin à l'altercation par son retour soudain. L'agresseur relâche sa prise ; Lucas reprend son souffle.

— Que jamais plus je ne vous entende traiter ma sœur de pute, assène Mateo avant de tourner les talons.

— Lucas, Mateo, il y a un problème ? s'inquiète Robert.

— Non, aucun. Hormis le fait que je n'apprécie pas certains de vos amis et vous en connaissez les raisons, déclare Mateo sans se retourner.

— Moi, je crois que vous êtes jaloux, décrète Lucas d'une voix rauque.

— Jaloux ?

Le concerné éclate de rire, avant de disparaître.

— Lucas, que lui as-tu dit pour l'énerver de la sorte ?

— C'est un violent. Probablement héréditaire.

— J'espère que tu n'as pas évoqué sa sœur. Tu as déjà commis une erreur en affichant tes opinions personnelles à son sujet. Un comportement bien peu professionnel qui aurait pu te valoir des ennuis, s'il avait porté plainte. Des propos discriminatoires, sur une affaire en cours qui plus est.

— Cela n'aurait pas été bien loin.

— Tu ne peux pas le savoir.

— Si. J'ai plusieurs atouts dans ma manche.

La teneur de la discussion m'échappe partiellement, mais quelque chose me dérange dans les réponses de Lucas.

— Je vais y aller, j'ai l'impression de ne pas être le bienvenu. À ce soir. Je te rappelle.

Chapitre 23 :
Soirée catastrophe
Mateo

Je devrais être heureux et détendu à profiter du moment, à siroter mon verre en attendant la sortie du lycée, mais je suis contrarié par la scène de samedi. Cette fille va me tuer, ou va me faire tuer Berthelier.

Je me fiche comme d'une guigne qu'elle assume sa sexualité, — pas totalement pour être honnête —, mais pas qu'elle oublie la présence d'enfants dans la maison où elle réside. OK! Enzo n'y vit pas vraiment, mais s'y rend fréquemment et n'est plus un gosse. Mais bon sang, si elle pouvait arrêter de mettre le drôle dans tous ses états!

Seulement le gosse?

OK, pas que le gamin, mais moi, je peux gérer. Lui, moins. Après qu'elle lui ait dévoilé une bonne part de son anatomie lors de sa chute, il était tout excité... et moi de même. Par ma faute, je l'admets! Mais elle me rend dingue et j'en perds tous mes moyens en sa présence. Comme hier. Les murmures et chuchotements émanant du local ne laissaient aucun doute sur les activités s'y déroulant. Aussitôt, une flambée de colère m'a submergé tandis qu'Enzo, imperturbable en apparence, pataugeait dans l'eau, l'air de rien.

Qu'elle couche régulièrement avec le juge m'indispose, mais je m'en accommode. Cependant, les entendre clairement m'avait fait disjoncter.

Remonté comme un coucou, j'avais exigé qu'Enzo m'attente dans la voiture, lui taisant mes intentions, à savoir : rappeler à l'ordre la nymphomane, pour le bien de tous et en premier lieu le mien. Seule Suzie pouvait assumer cette mission. Pourtant, chemin faisant, je réalisais que je dépassais probablement mes prérogatives et, bien qu'apprécié des Chambard, je restais un employé. Irrité et souhaitant chasser ma frustration, je me présentai donc en personne à la porte du local pour calmer les ardeurs de la rousse.

Je soupire en songeant à l'épilogue de cette scène grotesque : l'agression du magistrat à cause d'une nana, de cette nana, une fois de plus !

Les salutations de Meg me sortent de mes divagations. Accompagnée de deux femmes de son âge, elle semble à la recherche d'une place dans ce bar blindé. Après un bref échange entre elles, le trio se dirige vers moi.

— Coucou, Mateo, tu attends quelqu'un ?

— Non, vous pouvez vous asseoir, proposé-je en désignant les sièges vacants à ma table.

— Super ! Les filles, je vous présente Mateo, il bosse pour Suzie.

— Moi, c'est Flo, et la blonde, c'est Élisa, toujours célibataire et très blonde, annonce la brune.

— Mateo se fiche sûrement que je sois blonde et célibataire, rétorque la dénommée Élisa.

— Ça l'intéresse peut-être, et ça ne mange pas de pain de le préciser, ma chérie. Pour info, moi, je ne le suis plus, mais si je l'étais…

— Stop, les jumelles ! intervient Meg. Ne fais pas attention, Mateo, mes copines sont un peu…

— Eh, attention ce que tu vas dire ! la coupe la brunette.

Meg lève les yeux au ciel puis m'adresse un sourire d'excuses. Flo revient à la charge.

— Alors, t'es célib?

Avant que je ne puisse répondre, elle se penche vers son amie et décrète :

— Désolée, Elisa, mais je pense qu'il est trop canon pour l'être. Dommage pour toi! À moins que cela ne soit pas sérieux. T'es dans une relation sérieuse? s'enquiert-elle.

— Flo, arrête! ordonne Meg sèchement.

— Oui, Flo, arrête! Je peux le draguer moi-même, renchérit la blonde au physique plutôt banal, mais qui dégage un je ne sais quoi de touchant.

— Pff! T'es nulle dans ce domaine!

— Absolument pas!

— Si. C'est toujours moi qui te dégotais les bons plans. Admets que le nombre de tes conquêtes est en chute libre depuis que je suis mariée et que je ne sors plus avec toi.

Elisa blêmit, puis rougit et se lève brusquement.

— Je suis peut-être blonde, mais toi, sous tes allures de madame «je sais tout» donneuse de leçons, tu ne comprends rien à rien.

Sur ces mots, elle attrape son sac, se tourne vers leur amie commune :

— Je suis désolée, mais cette soirée entre filles se fera sans moi. Et toi, ajoute-t-elle à l'intention de Flo, la voix tremblotante et les yeux brillants, oublie-moi.

Oh merde! Quelle situation embarrassante.

— Qu'est-ce que j'ai dit? interroge la brune.

— Vraiment, tu te demandes? rétorque Meg, furieuse.

— Je l'ai vexée, tu crois?

Devant le regard furibond de Meg, elle me prend à partie.

— Tu le penses, aussi?

Pitié, je ne veux pas être mêlé à ça!

Devant son regard insistant, j'acquiesce.

— Oh, merde! s'exclame-t-elle en se levant si précipitamment qu'elle en renverse sa chaise.

En quelques secondes, elle disparaît de notre vue, slalomant entre les tables sur les pas de son amie que l'on aperçoit au loin, sur le trottoir.

Meg se cache la tête dans les mains.

— Qu'est-ce que j'ai fait au Bon Dieu pour qu'elles me fichent la honte comme ça! marmonne-t-elle plus pour elle que pour moi.

Tout en riant, je lui tapote l'épaule dans un geste de soutien.

— Je suis désolée de t'avoir imposé cette scène hyper gênante.

— Beaucoup plus pour ton amie Elisa que pour moi.

— La pauvre, cela ne va pas très fort depuis quelque temps. Mais, là, je crois que Flo vient de l'achever. Elle est tellement maladroite parfois.

— Plutôt sans filtre.

— Oui, soupire Meg.

— Oh, je vais devoir te laisser, Enzo ne va pas tarder à sortir du lycée, annoncé-je en me levant. Tu as des amies originales, de celles que l'on n'oublie pas après les avoir rencontrés. Tu ne dois pas t'ennuyer avec elles.

Meg éclate de rire.

— En effet, inoubliables! Nico se rappelle encore le jour leur rencontre.[17]

---

17. Voir *Troubled Hearts*, tome 1.

Je n'en doute pas une seconde et les imagine le draguant sans pudeur, ce qui ramène Clémence dans mes pensées. Encore.

*

Quelques heures plus tard, installé au *Grand bar Castan*, je rumine encore et toujours au souvenir de l'altercation entre Berthelier et moi; sa présence ici, ainsi que celle de l'avocate, assombrit ma soirée. Quel pourcentage de probabilités existait-il de se retrouver dans un même endroit, vu le nombre de bars à vin de Bordeaux? La logique dirait proche de zéro. Et pourtant, mes potes, le couple et moi squattons le même lieu, me contraignant à assister à leurs bécotages et autres tripotages à la limite de l'indécence. Malgré mon changement de place, ils attirent constamment mon regard, et le connard me nargue! Face à mon incapacité à me concentrer sur la conversation, mes amis me pressent sur les raisons de mes coups d'œil fréquents vers le fond de la salle.

— Je vais y aller les gars, je suis crevé.

— Pas avant de nous avoir donné l'identité de cette sublime rousse qui a l'air chaude comme la braise, que t'arrêtes pas de mater et que tu sembles connaître.

— Oh oui, parle-nous de cette bombe atomique super bandante.

Si Rémy, le troisième larron, renchérit en clamant « elle a l'air bonne », je lui refais le portrait. Une chance pour lui, il se contente de me demander son nom. Mais je n'ai pas envie de parler d'elle.

— Je n'en sais rien.

— Eh, ne nous prends pas pour des cons. Elle t'a dévisagé à ton entrée, puis chuchoté un truc à son mec qui a aussitôt levé la tête vers toi pour te lancer un regard de tueur.

En effet, Vincent n'a rien raté du spectacle. Je soupire.

— OK! Elle s'appelle Clémence. C'est une intime de mes patrons qui vient d'arriver à Bordeaux pour bosser avec le mari, avocate, comme lui.

— Et?

— Et je la croise souvent et c'est un peu tendu entre nous.

— T'aurais pas fait quelques galipettes avec elle, au passage?

— Elle m'a fait une proposition que j'ai refusée. Enfin, c'est compliqué.

Je m'abstiens d'expliciter, car ils ne comprendraient pas.

— Non, mais t'es malade! Putain, une nana pareille, elle doit assurer au pieu.

Ben voilà, il l'a dit!

— Elle est à toi, à vous. Bonne chance. Peut-être que le juge vous la prêtera. Ils sont adeptes du libertinage.

— Enki[18]! Une partie à trois, cool! s'exclame Rémy.

— À quatre, tu veux dire, en comptant le juge, renchérit Vincent.

— Ah, ben non, à cinq! Nous trois, la nana, le juge, conclut Théo en comptabilisant sur ses doigts.

Oh merde, ils sont partis en live, ces cons!

Je me dirige vers la sortie, abandonnant les trois lascars à leur plan d'attaque, leurs fantasmes et élucubrations grotesques. Arrivé à la porte, je bouscule par inadvertance

---

18. Expression bordelaise pour « Putain de merde »

une jeune femme. Lorsque je m'en excuse et que nos regards se croisent, je la reconnais aussitôt.

— Elisa?

L'air triste affiché sur ses traits s'efface à ma vue.

— Oh, tu te souviens de moi?

— On s'est rencontrés ce matin, je n'ai pas de mérite.

— Oui, et tu as dû nous prendre pour des folles.

— Des originales, dirais-je.

— C'est gentil. Tu partais?

— Euh, oui, et toi? Tu viens retrouver des amis?

— Moi? Ben, non, c'est juste que je m'ennuyais sévère, toute seule chez moi. Ici, au moins, y a un peu d'animation.

— Tu veux qu'on reste un peu boire un verre et se tenir compagnie un moment?

Un sourire étire ses lèvres et illumine ses yeux bleus. Loin d'être un canon de beauté, elle est assez jolie malgré sa grande taille, sa minceur excessive et son air affligé. Me revient alors en mémoire la remarque de Meg à son propos. Cette fille semble avoir besoin de distraction, et moi aussi afin d'occulter la présence de la sulfureuse avocate.

— Volontiers.

Nous reprenons le chemin de la salle et je croise le regard furieux de Clémence qui fonce droit sur nous, abandonnant le groupe de mes amis désormais installés à sa table.

Oh merde! Ils n'ont pas osé, quand même!?

Tout semble, hélas, le prouver. Comme je ne souhaite pas l'affronter, j'envisage aussitôt une solution de repli.

— Si nous allions ailleurs, dans un endroit plus calme? suggéré-je à Elisa

— Excellente idée. C'est un peu blindé et bruyant, ici!

Je hâte le pas vers la sortie, mais Clémence, plus rapide, m'intercepte en s'accrochant à mon bras.

— À quoi tu joues, Mateo ? Qu'est-ce que tu leur as raconté ?

— Désolé, mais je ne suis pas responsable de mes potes. Débrouille-toi avec leur libido, la tienne et celle du juge. À toi de voir ; je ne doute pas que tu saches gérer.

— Parce que, bien sûr, c'est une idée à eux ?

— Eh bien, oui !

— Et toi…

— Écoute, la coupé-je, je n'ai pas vraiment le temps de discuter avec toi de leurs plans et de leurs délires. Comme tu vois, on m'attend. Et il semble que toi aussi. Viens, Elisa, on y va.

— Je n'en ai pas fini avec toi. On reprendra cette discussion dès demain, me menace-t-elle en tournant les talons.

— C'est qui ? Ton ex ? me demande Elisa une fois dehors.

— Dieu merci, non.

— Alors, c'est qui ?

— Un problème qui me pourrit la vie.

— Je connais ça.

Chapitre 24 :
Violence et conséquences
Clémence

Lucas m'interroge d'un haussement de sourcils tandis que je reviens à notre table, folle de rage. Les trois autres responsables de ma colère sont toujours à attendre je ne sais quoi.

— Qu'est-ce vous fichez encore là ? aboyé-je.

— Ben, ta réponse, ose le plus hardi du groupe.

— C'est non. Fichez le camp. Je ne fais pas dans la partouze.

— Oh, non, bien sûr. On se disait… un tour chacun.

Je le mitraille des yeux, car je ne vois pas la différence. Pas décontenancé pour deux sous, il précise.

— Juste à trois, vous, lui et un d'entre nous… sur plusieurs jours.

J'hallucine ! Je vais le tuer, cet enfoiré de pinardier ! Qu'a-t-il pu leur raconter pour que son pote mal dégrossi évoque cette proposition des plus sordides !?

— Je ne fais pas non plus dans le triolisme. J'ignore qui ou quoi a pu vous mettre cette idée en tête.

— J'avais cru comprendre que tu l'avais déjà fait, intervient Lucas.

Je le foudroie du regard.

Lui aussi, je vais le tuer !

— En avoir fait l'expérience une fois ne signifie pas que je souhaite recommencer. Dégagez !

Devant ma fureur grandissante, les trois lascars filent la queue entre les jambes.

— Mais tu es complètement malade ! Qu'est-ce qu'il t'a pris de lâcher cette bombe ?

— Tu aurais accepté s'il s'était agi de Mateo Aguilera.

— Certainement pas !

— Dommage, j'aurais tellement pris de plaisir à te baiser sous son nez.

— Idée erronée du triolisme. En principe, le troisième partenaire ne se contente pas de mater.

— J'aurais peut-être consenti à ce qu'il prenne ta bouche.

— Du grand n'importe quoi ! De toute façon, Mateo ne joue pas dans cette cour-là.

— Hum. Je suis persuadé qu'il y viendrait pour coucher avec toi.

— Tu oublies que je le croise tous les jours au domaine et que les opportunités sont donc nombreuses, répliqué-je, agacée par le tour que prend la conversation.

— Je t'interdis de le faire.

— Tu n'interdis rien du tout. Tu oublies notre arrangement, il me semble.

— Je suis ton Dom.

— Dans le cadre de nos sessions. Je ne t'ai pas cédé ma liberté et donc, si l'envie me prenait de contenter ma libido avec Mateo, je le ferais.

Il me saisit le poignet et le plaque violemment sur la table alors que je me lève pour m'en aller, résolue à clore cette soirée qui devient déplaisante. Je tente de me dégager de l'étau qui m'emprisonne, sans succès.

— Lâche-moi, tu me fais mal.

Au lieu d'obtempérer, Lucas resserre sa prise. De ma main libre, je tente de défaire ses doigts mordants comme des griffes, avec pour tout effet de me retrouver les deux mains bloquées.

— Arrête! m'écrié-je.

Il n'entend et n'écoute rien.

— Tu y viendras. Tu as besoin de moi. Tu es à moi.

Son regard enténébré m'effraie. Clouée à la table, j'envisage d'attirer l'attention sur nous pour qu'il me libère. Il fond sur ma bouche, tente de forcer le passage. Je le lui refuse et, enragée, le mords sauvagement. Aussitôt sa prise se relâche pour porter ses doigts à ses lèvres ensanglantées.

— Tu es folle! Qu'est-ce qui te prend?

— Je te retourne la question. Tu as manqué me casser le bras!

La douleur lancinante irradie dans tout mon membre que je frictionne dans le vain espoir de l'atténuer. Son regard s'y porte avant de le lever vers moi. Le sombre éclat envahissant ce bleu hypnotique, entrevu tandis qu'il usait de sa force, s'estompe pour laisser place à une lueur d'étonnement, comme s'il prenait enfin conscience des conséquences de son geste.

— Je suis désolé, s'excuse-t-il en portant mon poignet à ses lèvres.

Échaudée, j'esquisse un mouvement de recul qu'il perçoit.

— Punis-moi.

Confrontée à de la violence dans une situation anodine, pas à un outrepassement de mes limites lors d'ébats programmés, je ne pense pas qu'une session punitive soit adaptée.

Il m'implore de ce regard si déstabilisant.

— Non! Le contexte ne s'y prête pas.

— S'il te plaît, punis-moi. Tu feras ce que tu veux. J'implore un châtiment, insiste-t-il, glissant à mes pieds, soumis à mon pouvoir décisionnel.

Les rouages de mon cerveau s'activent, analysant les solutions qui s'offrent à moi : répondre à son souhait et le pousser à l'orée de ses limites, espérant qu'il réalise ses erreurs, ou mettre un terme à notre relation et trouver un nouveau partenaire qui pourra me satisfaire. Mateo, lui, n'est pas une option.

— OK, bien que cela ne justifie pas une session punitive, tranché-je. Et ne t'avise pas de me malmener à nouveau, de quelque manière que ce soit, en dehors de nos séances. C'est clair pour toi?

Il reprend son souffle, soulagé, se penche pour déposer un doux baiser sur mes lèvres.

— Réserve la salle pour demain. Bonne nuit, monsieur le juge.

— Où tu vas? La soirée ne fait que commencer.

— Je rentre me mettre au lit avec un antalgique.

À nouveau, ses prunelles glissent sur ma main parcourue d'élancements insupportables et il se contente de hocher la tête.

Au petit matin, après une nuit agitée, mon poignet a doublé de volume et des traces de doigts violacés apparaissent.

Eh merde, va camoufler ça, toi!

L'œil de lynx de Suzie ne manque pas de le remarquer tandis que nous déjeunons face à face.

— Qu'est-ce qu'il t'est arrivé?

— Je suis tombée. Tu me connais. Tu n'aurais pas un tube d'Arnica et un bandage?

— Pas sûr. Fais voir.

— C'est bon, je dois me rendre en ville. J'en achèterai là-bas.

— Tu penses pouvoir conduire?

— Oui, je suis gauchère.

Suzie n'insiste pas, mais à la manière appuyée dont elle me dévisage, je devine qu'elle brûle de me poser mille questions.

Très rapidement, je réalise que je ne pourrai honorer ma session, qu'une prise d'antalgiques plus puissants que le doliprane s'impose et conduire plus délicat que je l'imaginais. Je m'arrête à la première pharmacie sur la route de Bordeaux et, par malchance, y croise Mateo pendant que je formule ma demande. Je l'ignore, toujours remontée contre lui, d'autant que je l'estime en partie responsable de mon état.

— Oh, il n'est pas très joli, votre poignet, s'inquiète le pharmacien. Pas certain qu'un peu de pommade et d'anti-inflammatoires suffisent. Vous avez passé une radio?

Les yeux de mon voisin glissent sur ma main que je dissimule immédiatement à son regard.

— Non, je ne pense pas qu'elle soit fracturée.

— Si j'étais vous, je m'en assurerais. Je vous donne une boite d'ibuprofène? Vous n'y êtes pas allergique?

À mi-chemin vers ma voiture, la voix de Mateo m'interpelle. Je soupire, excédée, algique et pas d'humeur à me disputer avec lui. Je poursuis ma route, m'installe et ajuste ma ceinture. Pas assez rapidement pour l'éviter.

— Clémence, attends.

Je me hâte de tourner la clé, déterminée à fuir. Mais en deux enjambées, il m'a rejointe. Consciente qu'il ne me lâchera pas et qu'une discussion s'impose, dépitée, je laisse tomber ma tête sur le volant tandis qu'il ouvre la portière.

— Clémence, ça va ? s'inquiète-t-il. Qu'est-ce qui t'est arrivé ?

— Rien qui puisse t'intéresser.

— Je suis désolé pour hier soir. Mes potes, ils sont lourds parfois, et pas très futés.

Je le fusille du regard.

— Désolé ? Non, désolé ne suffit pas. Tu m'as fait passer pour qui auprès de tes amis ? Une pute ? Une marie-couche-toi-là ? C'est l'opinion que tu as de moi ? Je croyais que tu avais compris. Oui, j'aime le sexe. Oui, j'aime changer de partenaire parce que je ne veux me lier à personne et que je ne vois pas pourquoi je devrais me contenter d'un vibro alors que les mecs ne demandent qu'à me satisfaire. La partouze ou le gang bang ne font pas partie de mes fantasmes sexuels. Alors, toi et moi, on va s'éviter, OK ?

Ses yeux ne me quittent pas. Je détourne les miens, sentant les larmes poindre. Douleur physique ou psychologique, je ne saurai le déterminer. Les deux probablement.

— Pousse-toi. Je vais t'emmener jusqu'à un centre de radiologie. Tu as l'air d'avoir très mal. Et Justin a raison, tu t'es peut-être brisé le poignet. En tombant, je suppose.

Je le scrute, ébahie de constater qu'il ne relève pas ma tirade, seulement préoccupé par ma santé et, mine de rien, par la manière dont je me suis blessée.

— Je ne suis pas tombée. C'est pourquoi je ne pense pas à une fracture. Lucas m'a juste serré un peu trop fort, avoué-je.

Confidence qui m'échappe et à laquelle il réagit par une contraction des muscles de sa mâchoire.

— Il ne faut pas présumer de la poigne d'un homme.

Pour conforter sa remarque, il me montre son propre poignet. J'y distingue une fine cicatrice que je n'avais pas vue jusqu'alors.

— Cadeau de mon père pour mes dix ans. Il m'a «juste» maintenu fermement d'une main pendant que l'autre faisait cingler sa ceinture. Il suffit d'un mouvement infime pour vriller les os du poignet.

Je déglutis et la tristesse m'envahit en songeant à son passé d'enfant battu.

— Ne laisse jamais personne te malmener.

— Lucas ne me maltraite pas.

Sauf quand je l'y autorise. Mais je tais cette information.

— Eh bien, alors, il faut qu'il gère sa force pendant qu'il te baise.

Nos regards rivés l'un à l'autre, l'atmosphère entre nous vire à l'électrique. La chaleur irradie dans mon ventre, et probablement dans le sien. Pourtant, nous n'ébauchons aucun geste, nous vibrons juste à l'unisson dans cette attirance constante qui croît de jour en jour.

— Passe sur le siège à côté, s'il te plaît.

J'obéis ; il s'installe au volant et nous n'échangeons plus un mot jusqu'au centre de radiologie.

— Je n'ai pas d'ordonnance, réalisé-je.

— Ne t'inquiète pas, je connais le patron.

Ce dernier ne masque pas sa surprise à la vue des marques violettes, mais s'abstient de tout commentaire. Un quart d'heure plus tard, je rejoins Mateo dans la salle d'attente.

— Tout va bien. Un peu d'arnica, d'anti-inflammatoires, du repos, et tout sera rentré dans l'ordre dans deux jours, annoncé-je en montrant ma main bandée.

— Comment tu vas faire d'ici là ?

— Oh, je suis gauchère. Tu ne l'avais pas remarqué ?

— Tu veux que je te ramène ?

— Ta voiture est restée devant la pharmacie.

— À peine à un quart d'heure de marche du domaine.

De retour à Castelgraves, je le remercie. Alors que je m'apprête à sortir du véhicule, il me retient.

— Je ne te considère pas comme une pute. J'ai juste un peu de mal avec ton esprit libre. Si tu sortais avec moi, je ne supporterais pas que tu couches avec d'autres hommes. Je me sentirais bafoué, blessé que tu ailles chercher ton plaisir ailleurs, comme si je ne te suffisais pas.

— Si nous sortions ensemble et que tu l'acceptais, ce serait une profonde marque d'amour que de m'octroyer cette liberté. Mais je ne veux pas que l'on s'attache à moi, étant moi-même incapable de le faire. La seule chose que je puisse offrir, c'est mon corps. Il peut être à toi sous ces conditions. C'est l'unique relation envisageable entre nous. Et j'avoue, j'en ai très envie.

— Non, pas tant que tu coucheras avec le juge.

Chapitre 25 :
La punition
Clémence

Quelques jours après l'incident, je retrouve Lucas pour la session punitive, avec pour objectif de frapper fort son esprit, de manière ludique, jouant sur l'excitation que suscitera la séance pour nous deux, mais souhaitant que, cette fois-ci, le message passe, déterminée à ne plus jamais subir ses emportements brutaux.

Je m'approcherai de ses limites et l'orienterai vers un domaine qu'il se refuse de tenter, jusqu'à le contraindre à prononcer son safeword. Ma vengeance pour son ingérence dans ma vie et un frein à ses excès de violence, rares, mais inacceptables.

Le voilà donc à ma merci comme je suis à la sienne lors de nos amusements érotiques. La session peut commencer. La scène est prête.

Lui, nu, menotté, maintenu suspendu par les chaînes crochetées plafond. Un jouet entre mes mains baladeuses. Moi, jupe courte, débardeur blanc moulant qui épouse ma poitrine et laisse entrevoir mes tétons érigés, bas de soie galbant mes jambes et chaussée d'escarpins. Le fouet pend à mes côtés ; ses lanières effleurent mes cuisses. Il m'excite, mais je n'en resterai pas moins son Dom le temps de la punition. Aucune restriction n'ayant été évoquée, toutes les opportunités s'offrent à moi, me permettant de profiter de ce grand flou artistique pour atteindre mon but.

Dans un premier temps, je me hisse sur la pointe des pieds pour l'embrasser furtivement, lui refuse l'accès à ma bouche que je promène, sensuelle, le long de son corps jusqu'à sa toison brune. De mes lèvres et de mes doigts, je stimule sa verge flaccide, joue avec ses testicules jusqu'à l'obtention de l'effet recherché. Une fois mon but atteint, ma victime gémissante, je lui occulte la vue.

— Clem ! Qu'est-ce que tu fais ?

— Rien que tu n'aies refusé dans l'élaboration de la scénique. Tu as oublié ?

— Tu devais me corriger.

— Serais-tu impatient ?

— Non, pas vraiment. Je n'aime pas la douleur, tu le sais.

— Oh, la dernière fois, ce n'était que cinq petits coups de martinet durant trois minutes. Pas de quoi fouetter un chat ! ironisé-je. Je te promets que tu vas apprécier mon petit numéro.

Ma main repart aguicher son phallus dressé, l'effleure, flatte ses testicules, les fait rouler entre mes doigts. Son sexe prend de l'ampleur : le voilà prêt pour la suite. Je recule pour lui asséner le premier coup sur le ventre. Il le surprend malgré la légèreté de ma frappe.

— Comptez, monsieur le juge.

— Un.

Une nouvelle caresse, puis j'abats le martinet sur l'intérieur des cuisses, plus fort et si près de sa virilité déployée qu'il se raidit et s'insurge.

— Clem !

— Ah, n'oublie pas que tu peux utiliser ton safeword à tout instant.

Mon fier ténébreux souffle et reprend le comptage.

— Deux.

Je souris, imaginant les pensées qui le tourmentent, du genre : «si elle peut le supporter, moi aussi», d'autant que lui s'autorise des accessoires plus cinglants et qu'il use d'une poigne plus virile.

À cinq, après avoir marqué son dos, coloré ses fesses d'une jolie teinte rosée, je décide de corser le jeu pour suivre mon plan de base : le contraindre à utiliser son mot de sécurité. Dix coups de ce fouet grotesque — tout juste bon pour les débutants — n'y suffiront pas, même si je le fustige plus sévèrement. Je vais donc le conduire vers quelque chose qu'il n'aime pas.

Je l'abandonne pour me diriger vers l'armoire, dans son dos, qui recèle quelques sextoys, contentions diverses, cordes et autres instruments.

Afin t'attiser le suspens, je prends mon temps avant de revenir vers lui. Il s'abstient de tout commentaire, ayant bien compris désormais que je joue de son impatience, de son désir que je maintiens constant. Je sais qu'il apprécie, qu'il fantasme sur la suite, sur ce qu'il fera en fin de session.

Il hoquette sous la morsure des pinces à seins et à scrotum que je lui impose, se rebelle, tire sur ses contentions.

— Clémence! s'insurge-t-il dans un rugissement.

— Safeword? demandé-je, mutine.

La douleur reflue. Il se calme. Ses mâchoires se contractent, il reprend le contrôle. Bien que mécontent de la tournure de la scène, il refuse de lâcher prise. Pour attiser la morsure des pinces, je frotte mes seins contre les siens, comme lui le fait lorsqu'il pare mes mamelons de ces mêmes objets, descends sans rompre le frôlement physique jusqu'à ses bourses, manipule quelques secondes les bijoux qui les ornent. Ses testicules se contractent, je lèche sa queue toujours bandée, remonte dans un mouvement lascif qui m'excite également. À mi-chemin vers sa bouche, je retire mon t-shirt pour apprécier à mon tour le contact de sa peau sur mes tétons durcis. Revenue sur ses lèvres, je les embrasse, les force, m'impose, m'éloigne, recommence. Je suis persuadée que, sous son masque, ses yeux ont pris une teinte marine couleur d'orage, qu'ils expriment à la fois désir et colère. Le jeu que je dirige m'émoustille plus que de raison, au point que je me demande si je n'apprécie pas davantage être dominante que soumise.

— Tout comme moi, tu peux repousser tes limites. On ne va pas tarder à savoir jusqu'au où, murmuré-je à son oreille que je mordille au passage.

— Clem! menace-t-il dans un cliquetis de chaînes.

— Safeword ?

— Non.

J'exulte et me prépare au dernier acte. Stimulations et coups de fouet se succèdent.

— Neuf, annonce mon soumis dans un soupir à la perspective imminente de la fin de son supplice.

Mais il se trompe. Il reste l'ultime étape, une pratique toujours refusée malgré mes efforts pour le convaincre que les orgasmes qui en résultent sont fabuleux. Monsieur ne veut rien entendre, figé dans une représentation personnelle de la virilité qu'il s'imagine perdre dans cette expérience et qu'il associe à de l'homosexualité. Je suis donc persuadée que, bientôt, je vais l'entendre hurler «Rouge» dès que mes doigts effleureront cette entrée interdite. À ce stade, j'espère qu'il aura compris la leçon. Dans le cas contraire, je me verrais contrainte de lui imposer une fin de non-recevoir. Ce qui m'ennuierait tant j'aime coucher avec lui.

Je m'aventure donc vers son intimité. Au premier attouchement, il se cabre.

— Clémence, non.

Intransigeante, j'exige son saweford, son emploi signe la fin d'une session. Pas de « s'il te plaît » ou d'« arrête », mais orange et rouge. Aucun ne venant, je poursuis mes agissements d'une main tandis que, de l'autre, j'ôte les pinces à scrotum. L'afflux soudain de sang dans ses bourses est plus douloureux que le port de ces accessoires et Lucas ne peut contenir un hurlement à leur retrait. Détourné sur sa souffrance, j'en profite pour accentuer ma pression sur le lieu prohibé tout en massant délicatement ses testicules. Ses fesses fermes et magnifiques, offertes à ma vue, se contractent. Je m'immobilise dans l'attente du mot magique qui mettra un terme à son calvaire. Il se contente d'un nouvel « arrête » suppliant, ce qui m'incite à continuer jusqu'à ce qu'il annonce sa reddition.

— Ton orgasme sera bien supérieur à tous ceux que tu as eus jusqu'à ce jour. C'est du moins ce que disent les hommes qui ont testé. Je te fais mal ?

— Non, laisse-t-il échapper dans un glapissement à peine audible tandis que j'insiste avec beaucoup de délicatesse.

Ce que lui ne fait pas toujours.

Ses jambes tremblent, sa queue perle et tressaute entre mes doigts alors que je pousse les autres plus avant. Tout prouve qu'il est au bord de l'implosion et la balle dans son camp.

— Rouge, rouge !

Enfin !

Je me retire, victorieuse, mon entrejambe trempée par l'excitation. J'embrasse son fessier et le claque du dernier coup de martinet.

— Dix. Fin de la session, déclaré-je.

Il pousse un soupir de soulagement et, une fois détaché, se laisse glisser au sol. Sans interlude, j'entreprends de le chevaucher. Trop épuisé par la tension qui l'habite, je m'autorise à mener la danse. Les ébats qui suivent sont intenses, bien plus que de coutume.

Alors que nous reprenons nos souffles, Lucas admet les bienfaits orgasmiques de la session, mais s'estime incapable de réitérer cette scène tant son seuil de tolérance à la douleur est proche de zéro.

— C'est la dernière fois que tu joues avec moi.

— Dommage. J'ai apprécié passer de l'autre côté du fouet.

— Peut-être, mais tu n'auras plus jamais l'occasion de me remettre à ma place. Il n'y aura donc plus jamais de session de cet ordre, je t'en fais la promesse. Je suis vraiment désolé de m'emporter et de mal maîtriser ma force. Je te demande pardon, ma petite sorcière bien-aimée. Mais vois-tu, je suis dingue de toi et tu me fais perdre la tête. J'aimerais que l'on se voie dans d'autres contextes que nos rendez-vous dans des bars et ici. Que dirais-tu d'un week-end quelque part, rien que nous deux ? Dans une capitale que tu aimerais découvrir ? Dis-moi ce que tu aimes.

Oh non, pas ça !

— Écoute, Lucas, j'adore nos moments d'intimité, mais ce que tu proposes s'apparente à une liaison, pas à ce que je recherche. Elle implique que je me dévoile à toi. Or, à part nue et offerte à tes mains expertes, je ne te donnerai rien de plus de ma personne. Mes pensées profondes, mes goûts personnels, je ne les partage qu'avec mes intimes, et certainement pas avec ceux avec qui je couche occasionnellement.

Étonnamment, il ne se vexe pas.

— Nous avons dépassé ce stade, il me semble. Aux yeux de tous, tu es la «maîtresse du juge». Pourquoi refuser de laisser évoluer cette relation?

— Tout d'abord, parce que je ne veux pas devenir ta soumise à plein temps. Ne m'interromps pas, s'il te plaît. Je déteste être contrainte à l'exclusivité et que je finirais par me lasser de toi, car tu deviendras trop envahissant.

— Je sais pertinemment que tu n'es pas une vraie soumise, mais plutôt une dominante qui cherche à pimenter ses pulsions sexuelles. Tu n'es pas une véritable adepte du BDSM, tout comme moi d'ailleurs. Nous y prenons ce qui nous convient. Nous appartenons au monde des libertins, des hédonistes que quelques jeux excitent. Je te promets que notre liaison ne sera pas exclusive. Je te demande simplement de nous ouvrir à d'autres horizons que celui de cette chambre. De toute façon, je suis tellement accro à ton corps que n'importe quelle soirée se conclura, toi et moi nus, quelque part.

Sa tirade ne me convainc pas. Je crains que, malgré ses promesses, il n'empiète sur ma vie, restreigne ma liberté, s'entiche de moi, veuille d'une relation de couple plus poussée. Il ne semble pas avoir de désir d'enfants, ce qui me tranquillise quelque peu. Même si, à l'instar de Mateo, il s'immisce trop souvent dans mes pensées, qu'il me manque parfois, que j'ai souvent hâte de le revoir, je n'en suis pas amoureuse et refuse de le devenir. Je ne lui confierai pas mes secrets, ne lui ouvrirai jamais mon âme, malgré l'envie de plus en plus prégnante d'une forme de normalité.

J'envie de plus en plus souvent la complicité, la tendresse que partagent mes amis. Ma plus grande phobie n'est pas la peur du noir ou la douleur physique, mais la solitude. D'où mon rapprochement de mes compagnons de longue date que je peux aimer sans restriction, sans retenue, sans craindre le risque d'abandon. Ils ne me feront jamais souffrir. Ils sont mon ancrage, ils m'empêchent de chuter, même s'ils l'ignorent. L'amour, lui, exige des sacrifices, le don de soi. C'est accepter de céder à l'autre le pouvoir de nous blesser, et réciproquement. Suffisamment éprouvée dans mon corps et dans mon cœur par cette stérilité qui m'empoisonne la vie, je ne souhaite pas souffrir davantage. C'est pourquoi, alors que je ne rêve que d'enfants à chérir, je les fuis, incommodée par leur présence. Seule la présence d'Enzo, à la croix bien plus lourde à porter que la mienne, m'apaise. D'où mon désir de partager mon temps avec lui plutôt qu'avec le juge à la proposition néanmoins tentante par certains côtés. Et malgré toutes les alarmes qui résonnent en moi, je consens à sa requête. Ce qui l'emplit de joie.

— Je dois honorer un gala de bienfaisance. Nous irons. Tu y rencontreras la bourgeoisie bordelaise. Un excellent tremplin pour te faire connaître.

— Eh, doucement, OK! Hors de question de me mettre la pression! Je reste libre de refuser certaines sorties.

— D'accord. Mais j'aimerais beaucoup que tu viennes, insiste Lucas, me suppliant de son regard envoûtant.

— D'accord! cédé-je tout en ayant le sentiment que je vais regretter ma décision.

Chapitre 26 :
Ne jamais contrarier Clémence
Lucas

Clémence qui évolue dans mon univers me comble de joie, sans parler de celle de ma mère, l'organisatrice, aux anges de me voir arriver une femme à mon bras. Et quelle femme! Une beauté solaire qui attire les regards, parfois envieux, souvent concupiscents, des nombreux invités de cette soirée caritative. Sans sa présence à mes côtés, je n'aurai accordé à ma génitrice que quelques miettes de mon temps que j'estime trop précieux pour le perdre en mondanités de la sorte. Mais mes parents, eux, sont très attachés à cette association qui œuvre contre la maltraitance des enfants, engagés activement dans *Enfance & Partage*[19] depuis plus de quinze ans, suite à une rencontre fortuite et bouleversante avec la présidente. Depuis, leur investissement ne faiblit pas. Ce soir, ils souhaitent inciter le milieu huppé bordelais à participer activement à la campagne «Enlève ton bonnet». Eux ont déjà publié leurs photos sur leurs comptes Instagram dédiés à leur participation aux manifestations de l'association. J'aperçois le maire, entouré de quelques membres du conseil municipal, discutant avec les Frero Delavega[20], et mon père

---

19. Association reconnue d'utilité publique. Créée en 1977, dédiée à la protection des enfants victimes et de toute forme de violence, qu'elle soit psychologique, physique ou sexuelle et à la défense de leurs droits.
20. Groupe français originaire de Gronde

avec Sophie Davant[21]. Je me demande comment ma mère est parvenue à les convaincre d'assister à ce gala. Parmi l'assemblée, je reconnais d'autres visages familiers célèbres, des politiques, mais surtout des magistrats et militaires de carrière désormais à la retraite, amis de ma famille.

Depuis plusieurs décennies, les Bertelier exercent dans la magistrature ou l'armée. De père en fils. Si mes oncles peuvent se réjouir de leur descendance assurée, je crains fort qu'il n'en soit pas de même pour moi, n'éprouvant pas le désir ni le besoin d'avoir des enfants pour perpétuer mon nom. Je pourrais peut-être pour contenter ma mère que j'adore, planter ma petite graine chez une femme consentante, mais elle devrait l'élever sans moi. Ils ne connaîtraient aucun souci financier et mes parents lui apporteraient l'amour que je ne saurais lui donner. Sujet très loin de mes préoccupations actuelles, mais remisé dans un coin de ma tête. Un gosse comblerait mes géniteurs qui, après le décès prématuré de mon frère, à l'âge de vingt-cinq ans, lors des affrontements en Irak, ont reporté tous leurs espoirs sur moi. Je n'ignore pas l'amour sans réserve qu'ils me portent, mais mon mode de vie effrénée les déçoit. La mort de Nathan en fut le déclencheur.

À l'époque, j'étais fiancé à Eudeline, présente ce soir. Jeune fille sage issue d'une famille prospère du Médoc, propriétaire d'un vignoble aux vins primés. Suite à la disparition de mon frangin, mon penchant épicurien, muselé par mon éducation, prit de l'ampleur après une certaine rencontre m'ouvrant les portes de l'univers libertin. Ma tentative à dévergonder Eudeline en lui

---

21. Journaliste, animatrice de radio née à Bordeaux.

proposant une séance de candaulisme[22] se solda par une séparation houleuse. Alors que j'aurais considéré son acceptation comme une preuve d'amour réciproque, elle me traita d'immonde pervers. Nos fiançailles rompues, je sombrai dans la dépression et fus hospitalisé quelques mois. Une fois remis de mes blessures psychologiques, je me laissai entraîner dans l'exacerbation des sens, ce qui comblait la douleur de la perte de mon frère et la peur de ne pas vivre pleinement ma vie dont j'ignore la durée. Certes, je ne mourrai pas sur un champ de bataille comme lui, néanmoins, les risques de disparaître trop tôt n'en sont pas moindres, au contraire ! Je peux être victime d'un accident de voiture, d'avion, d'un attentat, d'un fou furieux déboulant dans mon bureau, arme à la main — ce qui s'est déjà produit —, d'où mon choix de vie. Délirante, exaltée, jouissive, la dévorant à pleines dents.

Cependant, la rencontre avec Clémence bouleverse mes convictions. Je ne veux pas qu'elle disparaisse de mon horizon. Je souhaite découvrir ce qu'elle me dissimule, ses propres raisons à refuser tout engagement, et l'emmener progressivement à s'attacher à moi. Je la revendique totalement, corps et âme. Je ne m'estime pas amoureux, mes désillusions avec Eudeline ayant ébranlé ma foi en l'amour sans limites. J'ai bien trop souffert de son rejet. Cette blessure profonde explique probablement mon comportement rustre envers les femmes que je baise, ou simplement quand elles me contrarient. Devant l'effet manifeste d'Aguilera sur Clémence, et réciproquement, je n'avais pu contrôler ma fureur. Encore une raison de

---

22. Pratique sexuelle dans laquelle une personne ressent de l'excitation en exposant ou partageant son conjoint à une ou plusieurs personnes.

me l'attacher pour qu'elle oublie ce connard, frère d'une meurtrière.

Cette soirée est une étape importante de mon projet. Avec cette invitation à m'accompagner, j'officialise notre liaison, même si je ne la présenterai ni comme ma maîtresse ni comme ma petite amie. Mais tous sauront ce que sa présence à mes côtés implique. Évoluant dans le même cadre professionnel que le mien, elle est à même de croiser de nombreux hommes ici présents, et je souhaite qu'ils comprennent qu'elle m'appartient.

Ma mère, enfin dégagée de ses obligations, se dirige droit sur nous. Un sourire de satisfaction ourle ses lèvres. Je soupire. Demain, lors du repas dominical auquel je ne déroge jamais, elle va m'accabler de questions.

— Chéri, je suis tellement contente que tu te sois libéré. Me présenterais-tu cette séduisante personne?

— Très certainement, maman. Clémence, une amie avocate qui nous vient de la capitale, associée à Robert Chambard.

— Oh, quelle excellente nouvelle! Robert est un si charmant garçon. Mon neveu et lui se connaissent depuis les bancs de la maternelle. Seigneur, des années que je ne l'ai pas croisé! J'ignorais même son retour à Bordeaux. Et comment va-t-il?

— Parfaitement bien. Notre cabinet se trouve à Bordeaux, mais Robert réside à quelques kilomètres de Listrac. Sa femme gère le domaine de Castelgraves, lui répond Clémence.

— Castelgraves, réfléchit ma mère, il me semble que cela me dise quelque chose.

— Bien évidemment, chérie! À chacun de leurs repas, les Granfier ne cessent de vanter le potentiel d'un de ses vins, persuadés qu'il aura un bel avenir. On ne peut en douter si l'on se fie à leurs compétences en la matière, renchérit mon père qui vient de nous rejoindre.

— Mon amie Suzie, soutenue par son mari, s'investit totalement dans ce projet.

— On ne peut que lui souhaiter de réussir, mademoiselle…?

— Clémence Dubreuil.

— Heureux de vous rencontrer. Que nous vaut le plaisir de votre présence auprès de notre sacripant de fils? s'enquiert mon père, sourire aux lèvres et clin d'œil à Clémence pour tempérer le mot «sacripant» qu'il ne pense pas, mais avec lequel il aime me taquiner.

Car mon géniteur m'adore malgré mes travers, ma réputation de noceur et quelques rumeurs plus sordides sur mes comportements délictueux.

— J'ai le privilège d'être l'une de ses amies.

— Une simple amie? s'informe ma mère.

— Maman!

— Madeline, que tu es curieuse! Mais j'avoue que j'aimerais savoir ce qui vous lie.

— Cela vous choquerait si je vous disais le sexe? lâche ma sorcière bien-aimée, le regard pétillant de quelqu'un assuré de faire une bonne blague.

Ce à quoi je ne m'attendais pas du tout. Ma mère blêmit et porte la main à son cou, offusquée par tant d'effronterie. Mon père, lui, amusé, s'esclaffe bruyamment, attirant les regards sur nous, dont celui d'Eudeline.

— J'adore le franc-parler de cette petite.

— Jean… tente ma mère.

— Quoi? C'est bien ce que nous partageons tous dans l'intimité de nos chambres?

— Oui, mais…

— Allez, Madeline, viens, tes invités t'attendent.

Après un salut rapide à Clémence, il dirige ma mère vers l'autre extrémité de la salle. Je les suis des yeux un moment, avant de les reporter sur ma cavalière, contrarié par sa désinvolture. Si j'assume ma sexualité, je n'en fais pas pour autant étalage devant ma famille !

— Mais qu'est-ce qui t'a pris ?

Mon ardente rousse me dévisage, l'air mutin, tout en dégustant sa coupe de champagne.

— Je me suis contentée d'établir la vérité. Ils sauront à quoi s'en tenir. Il ne faudrait pas qu'ils se fassent des idées.

— Tu envisages de remettre ça avec toute personne que je te présenterai ?

— Non, mais il faut que tu saches que je n'apprécie pas de me sentir piégée. À aucun moment tu n'as fait mention de la présence de tes parents à cette petite sauterie.

— Et où est le problème ?

— Le problème, s'agace-t-elle, c'est que je veux bien sortir avec toi, mais pas entrer dans ta sphère privée.

— Tu devrais voir cela différemment. Regarde autour de toi. Cette soirée est une opportunité en or de lier connaissance avec de nombreuses personnalités publiques.

— Mais je m'en tape. Estime-toi heureux que la cause présentée ce soir m'intéresse, car à la minute où ta mère a fondu sur nous avec ses questions inquisitrices, j'ai bien failli te planter là. Alors, un conseil, si tu envisages de me présenter à d'autres membres de ta famille, abstiens-toi. Excuse-moi, je vais aux toilettes pour me calmer. Et ne pense même pas à m'y suivre.

Tandis que je la suis du regard, mon cousin en profite pour m'accoster.

— Délicieusement sexy, on la dégusterait avec gourmandise. Je me laisserais tenter par tous ces appâts. Ces jambes ! Et cette bouche ! Je m'y glisserais avec délectation. Content d'être de retour, je vais pouvoir profiter de tes belles trouvailles. Partie à trois, ce soir ?

— Tu ne t'approches pas d'elle, rétorqué-je à Guillaume friand de ce genre de filles et goûtant à des plaisirs similaires aux miens.

Habituellement, nous sommes complices et ne comptons plus le nombre de soirées de la sorte. Mais je refuse de partager Clémence. Et surtout avec lui. Sans lui donner plus d'explications, je me dirige vers les toilettes et y croise Eudeline qui en sort. Elle me toise.

— Étrange de te voir accompagné à ce genre d'évènement. Habituellement, tu n'y emmènes pas tes putes.

Je n'apprécie pas qu'elle insulte Clémence et une colère sourde gronde en moi. Je la saisis par le poignet, la plaque contre le mur derrière elle.

— Je t'interdis de proférer de tels propos. Tu ne la connais pas.

— Oh, pas la peine, ce ne peut être que le genre de femme avec qui tu assouvis tes perversions. Qui d'autre accepterait tes penchants ? À moins qu'elle ne les ait pas encore découverts.

J'accentue ma prise sur son poignet.

— Jalouse que j'aie trouvé quelqu'un qui partage mes goûts alors que toi tu m'as laissé tomber ?

Elle grimace de douleur et se débat.

— Lâche-moi, tu me fais mal.

Je réalise que je me suis à nouveau laissé emporter.

— Ta nouvelle conquête semble être au goût de Guillaume, on dirait. Étonnant, non? À moins que tu n'envisages une de ces parties que tu affectionnes, tu devrais prendre garde.

Je me retourne pour découvrir mon cousin riant avec Clémence, que je n'ai pas vu passer. Il dirige vers le bar, sa main plaquée sur ses reins. Le saligaud ne tient pas compte de mes sommations! La colère grimpe d'un cran, mes poings se crispent. Vu l'humeur de ma cavalière, je crains qu'elle ne cède aux manipulations séductrices de Guillaume.

— Oh, mais serais-tu jaloux? s'exclame Eudeline avant de me souhaiter «bon courage» accompagné d'une tape sur le bras.

Dix bonnes minutes plus tard, retenu en chemin par des invités me saluant, je rejoins le bar. Le couple a disparu et les affaires de Clémence ne sont plus au vestiaire.

Eh merde!

J'abats mon poing sur le comptoir devant la jeune fille qui y officie et sursaute à mon mouvement d'humeur. Sans m'excuser, je tourne les talons pour revenir vers la salle lorsqu'un bip m'annonce l'arrivée d'un texto, assorti d'une photo. La rage m'envahit : Guillaume et Clémence s'embrassant, agrémentée d'un «passe une bonne soirée, la mienne s'annonce prometteuse» envoyé par mon cousin. Je ne doute pas un instant que ma sorcière rousse ait accordé son autorisation pour cet envoi, voire qu'elle en soit l'instigatrice. Petite vengeance et rappel à l'ordre avec, en sous-entendu, «Je ne t'appartiens pas, je ne suis pas la petite amie que l'on présente à ses parents».

Sale petite sorcière!

De colère, je balance mon téléphone qui explose en heurtant le mur.

— Tout va bien? s'enquiert Alice, une avocate avec qui j'ai couché une fois, en posant délicatement sa main sur mon avant-bras.

En voilà une qui arrive à point nommé et que je vais baiser, sauvagement de préférence.

— Oui, tout va bien, une maladresse. Tu es très en beauté, ce soir, déclaré-je, flatteur.

— Vraiment?

— Hmm, hmm, ta robe met en valeur cette poitrine superbe qui appelle au baiser, entre autres.

Tout en lui déballant mon numéro de charme, je la dirige vers le mur. Elle s'y laisse entraîner après s'être assurée que le couloir soit désert. Très rapidement, nos mains se cherchent, s'excitent, nos lèvres se rejoignent.

— Allons dans la salle de conférence, suggère Alice, gémissant sous mes caresses. Nous pourrions y tester la solidité de la table.

Elle a intérêt à l'être. Mon être n'aspire qu'à un désir primaire d'évacuer ma frustration et ma fureur à l'encontre de Clémence pour le tour pendable qu'elle vient de me jouer.

Chapitre 27 :
Une soirée épouvantable
Clémence

Jouer ce mauvais tour à Lucas me ravit. Et que Guillaume et lui soient de la même famille est on ne peut plus désopilant. Mais l'euphorie suscitée par ma petite vengeance retombe comme un soufflé après l'envoi de la photo à mon juge. Pourtant l'idée me semblait excellente, et j'y voyais le moyen d'annoncer clairement le message : «Ta possessivité me dérange et voici la preuve que je ne t'appartiens pas».

Certes, il n'a jamais été fait mention de mon statut de «petite amie», mais aucun regard des invités n'a échappé à mon analyse, et j'y lisais distinctement : «Oui, Lucas, elle est à toi, pas touche, on a bien compris». Ce qui n'empêchait pas les hommes de me dévorer avec gourmandise et les femmes avec envie. Pas vraiment dérangeant en soit, j'ai l'habitude. Mais qu'il m'ait caché certaines informations sur cette soirée m'a déplu, irritée au plus haut point, j'avoue. Je n'envisageai pas de rencontrer ses parents. Jamais. Ou en d'autres circonstances et surtout pas aussi tôt.

Je déplore mon départ précipité qui m'a ôté l'opportunité de rencontrer la présidente de l'association dans laquelle j'aurai aimé m'investir. Mais je trouverai d'autres occasions de revoir cette femme qui pourrait probablement aider Suzie dans son projet. Après tout, ils se rejoignent. Je regrette aussi mon comportement vis-à-vis de la mère de Lucas, consciente de l'avoir offusquée. Mais à ce moment-là, je n'ai guère réfléchi à d'autres options de remettre mon juge au pas. Si seulement j'avais croisé Guillaume quelques minutes plus tôt, j'aurais peut-être tenu ma langue pour m'enfuir ensuite avec ce dernier sans faire d'esclandre. Pour l'heure, j'imagine que mon juge fulmine, qu'il m'imagine avec ce militaire entreprenant qui, lui, jubile de m'avoir soufflée à son cousin.

Adossée contre le mur des toilettes dans lesquelles nous nous sommes réfugiés pour échapper à Lucas, je repousse ses mains baladeuses, n'ayant qu'une envie : m'éloigner au plus vite de cet endroit. J'en fais part à mon futur coup d'un soir, bien que moyennement emballée par l'individu, l'euphorie de la vengeance retombant progressivement.

— Oh, pas de problème. On va chez toi ?

— Pour ta gouverne, je n'emmène aucun homme chez moi.

Machinalement, je lui sors ma devise, même si, pour l'instant, mon « chez-moi » reste bien flou. Un peu partout. Nulle part...

— Pas grave. On peut trouver un hôtel ou faire un tour au club, si tu préfères.

Sa suggestion me blesse et refroidit instantanément le peu d'ardeur dont je disposais encore. Devant mon air froissé, il s'exclame :

— Quoi ? Tu es bien le genre de fille que Lucas affectionne ? Délurée, sans complexe, adepte de jeux particuliers.

Certes. Sauf que, depuis quelque temps, j'aimerais être quelqu'un d'autre.

— Écoute, euh... Guillaume. On va en rester là, d'accord ?

— Eh! Laisse-moi l'opportunité de t'offrir ce qui tu cherches. Je suis bien meilleur que Lucas dans ce domaine. Le meilleur Dom de Bordeaux…

— Merci bien, mais j'en ai assez soupé pour ce soir des Berthelier.

— Oh, mais moi, je n'en suis pas un, réplique-t-il, aguicheur, ses mains toujours aventureuses.

— C'est du pareil au même pour moi. Tu es son cousin, rétorqué froidement en le repoussant.

— OK! Une prochaine fois, lorsque tu seras plus disposée. Je ne repars pas en mission avant le mois prochain… On se croisera peut-être au club, ajoute-t-il en m'adressant un clin d'œil grivois. Tous les trois, c'est quand tu veux, ma beauté.

Dans tes rêves!

Il m'abandonne sans insister, très certainement convaincu de me revoir prochainement. J'espère qu'il ne va pas informer Lucas de l'issue de la soirée, gâchant de ce fait ma mise en scène! Mais tout bien réfléchi, je doute qu'il le fasse tant il me semble que les deux lascars machos se disputent la première place dans un jeu aux règles connues d'eux seuls.

Dépitée, sans cavalier, sans chauffeur pour rentrer à Castelgraves, je constate qu'il est tôt et soupire, agacée et perturbée par les émotions qui m'assaillent. Une fois dehors, je commande un Uber. À son arrivée, je n'ai pas particulièrement envie de rentrer.

— Alors?

— Vous connaissez un endroit sympa pour terminer la soirée?

Les yeux sombres du conducteur croisent les miens par le truchement du rétroviseur.

— Tout dépend de vos projets. Si vous êtes à la recherche de compagnie…

— Non, un lieu où, justement, on me ficherait la paix.

L'homme se met à rire, bien que je ne trouve pas ma réponse particulièrement hilarante.

— À part l'église, je ne vois pas. Vous êtes bien trop charmante pour passer inaperçue, commente l'homme au volant. Donc forcément, où que vous alliez, il se trouvera quelqu'un pour vous draguer. Une femme, seule qui plus est...

Je soupire. Un avantage et un inconvénient.

— Eh, c'est un compliment ! Allez, je vous dépose devant *Le Symbiose*, un bar à cocktails, l'endroit très tendance du moment. Ça vous tente ? Mais je ne peux promettre qu'on vous y fichera la paix.

— OK ! Va pour *Le Symbiose*.

Vingt minutes plus tard, mon chauffeur me dépose dans un quartier de Bordeaux sensiblement plus calme que le centre-ville.

— Je vous laisse mon numéro direct pour rentrer, si ça vous dit ?

Une pratique dont je suis coutumière ; j'enregistre le 06 du dénommé Patrick, soixantenaire sympathique.

— Merci.

— Pas de quoi. Amusez-vous. Oubliez l'homme qui vous rend triste. L'amour va et vient. On se remet de ses blessures au fil de nouvelles rencontres et le bonheur est parfois à portée de main. C'est bête, parce qu'on ne le voit pas toujours. Et la vie apporte bien trop de chagrins auxquels on ne peut échapper. Alors, permettez que je vous donne ce conseil : profitez de l'instant présent, ma belle.

Oups ! Eve se serait-elle réincarnée en cet individu ?

— Promis, assuré-je en descendant de voiture.

Après un signe de la main en retour à celui dont me gratifie mon chauffeur, je pousse la porte du *Symbiose*. Une fois celle-ci franchie, je pénètre dans la salle et découvre qu'il faut passer derrière une horloge comtoise pour accéder au bar. Un groupe de jeunes femmes fêtent l'enterrement de jeune fille de l'une d'elles. Elles me paraissent bien éméchées et je me demande quel défi ses amies ont pu lancer à la jeune mariée. Je slalome parmi elles jusqu'au comptoir. La décoration végétale adaptée à l'endroit — probablement une ancienne cave à vin — me séduit et je ne regrette pas d'avoir suivi le conseil de Patrick. À peine installée, un barman aux allures hipster me propose la carte, tandis qu'un autre secoue avec frénésie un shaker au son d'une musique rythmée. La liste des cocktails proposés se limite à dix, mais je présume qu'ici, toutes les compositions sont possibles. D'ailleurs, la proposition du serveur le confirme.

— Votre flamboyante chevelure et vos yeux m'inspirent. Laissez-moi mixer pour vous.

— Volontiers, mais pas un truc à me faire rouler sous la table.

— Pas de problème, quelques tapas vous permettront d'éponger le surplus d'alcool, déclare le trentenaire, un magnifique sourire de séducteur aux lèvres.

Un mouvement attire mon regard tandis que je scanne l'assemblée hétéroclite qui m'entoure. Il me semble avoir rencontré cette blonde qui s'installe en compagnie d'un homme de dos à l'allure familière.

Maudit karma!

Dans une ville de plus de 200 000 habitants, il a choisi une fois de plus le même endroit que moi pour passer sa soirée. J'espère rester invisible au milieu de cette foule de joyeux fêtards. Mais c'est sans compter sur le barman qui attire l'attention sur nous en annonçant la création d'une nouvelle boisson spécialement composée pour la muse de ce soir, une sublime rousse au regard émeraude.

— Et voilà, une Red Queen Fizz! Piquante, acidulée et colorée! déclame-t-il si haut que, forcément, toute la salle l'a entendu, peut-être même tout Bordeaux.

Aussitôt Mateo se retourne. Nos regards s'ancrent l'un à l'autre, puis il hausse un sourcil étonné lorsque ses yeux dérivent vers les places vacantes à mes côtés. Il me salue d'un signe de tête et s'installe face à sa compagne, ne me prêtant plus attention.

Tant mieux!

Je me retourne vers mon mixologue et examine mon verre, suspicieuse.

— Y a quoi dedans?

— À vous de me le dire.

— Je ne suis pas certaine d'y parvenir. Je ne connais pas tous ces alcools que je vois dans les bouteilles alignées derrière vous.

— Ce n'est pas important. Il suffit de me dire ce que vous en pensez et émettre quelques suggestions. Si vous aimez, je l'offre ce soir à qui veut bien le tester.

Je trempe mes lèvres dans le liquide coloré qui va devenir mon cocktail préféré — une tuerie — et en informe mon hipster.

— Vous allez me dire la composition?

— Sûrement pas! Je revendique mes droits d'auteur, se marre-t-il. Il faudra revenir le boire ici.

Je ne doute pas de le faire, j'aime cette ambiance speakeasy[23]. Malheureusement, une heure plus tard, une bande de joyeux noctambules vient troubler ma quiétude, envahissant mon espace. Je tente de repousser l'un deux, plus insistant que les autres, sans grand succès. Éméché, trop audacieux à mon goût.

— Alors, ma poulette, on cherche un mec pour conclure la soirée ?

— Absolument pas.

— Ben pourtant, c'est ce que font les filles seules dans ce genre d'endroit, bafouille-t-il.

— Pas toujours. La preuve.

— Je peux t' faire changer d'avis.

Afin que je sois face à lui, il fait tourner mon tabouret. Sous l'impulsion, je penche légèrement en avant, déstabilisée. D'un mouvement de pied, il cale mon siège et pose ses mains sur ma taille. Je vois rouge.

— Enlève-les immédiatement.

— Du calme, la rouquine.

Je tente de me dégager, mais il resserre sa prise et d'un geste vif me bascule sur ses genoux. Je perçois aussitôt son érection.

— Tu es super bandante, tu sais ?

— Lâche-moi si tu ne veux pas que je fasse un scandale ou que je te castre. Au choix.

— J'adore les filles qui ont du répondant.

---

23. À l'origine bar clandestin sous la prohibition. L'expression trouve son origine dans l'habitude qu'avaient les patrons d'établissement de demander à leurs clients de parler doucement, afin de ne pas attirer l'attention sur une commande d'alcool. Autre hypothèse sur l'origine speakeasy : la consommation d'alcool faciliterait la capacité à s'exprimer, et donc à parler plus facilement face aux autres, d'où le nom anglais *speak easy* qui pourrait être traduit par « parler facilement, sans difficulté ».

Brusquement, je suis éjectée des genoux de mon harceleur par une poigne ferme qui me maintient contre son propriétaire.

— Eh...

— Il me semble que tu n'as pas bien saisi le message. Elle ne veut pas de toi, tonne Mateo, venu à mon secours.

— De quoi je me mêle ?

— De ce qui me regarde.

L'éclat de ses yeux sombres dissuade l'homme d'insister.

— Bah, prends là. Elle est pas marrante avec ses grands airs de pimbêche. Juste bonne à t'échauffer.

Cette manière de me considérer est la goutte d'eau qui fait déborder le vase. Le vase à ras bord de larmes réprimées depuis quelques heures. L'ivresse recherchée pour m'apaiser vient à bout de ma résistance. Je ne parviens plus à contrôler les sanglots qui m'étouffent. Ils affluent tel un raz de marée et me submergent sous le regard ébahi des deux hommes.

— Pff ! Une pleurnicheuse en plus ! Tu peux te la carrer la sainte-nitouche.

À travers mes larmes j'entrevois un poing fuser et s'abattre sur le visage de l'ivrogne. La victime hurle, le barman nous somme de quitter les lieux sur-le-champ.

Mateo fait signe à sa compagne blonde qui aussitôt se précipite vers nous tandis que mon hidalgo m'attire à lui. Je me coule dans ses bras à la recherche d'un peu de chaleur humaine.

— Pourquoi tu as frappé ce mec ? Oh, mais c'est la rousse de l'autre soir, ton fameux problème, ajoute-t-elle en me reconnaissant.

« Son fameux problème » ! Voilà ce que je suis pour lui, un problème !

— Elisa, je suis désolé, je vais devoir ramener Clémence chez elle. Je te dépose d'abord.

— Si on faisait l'inverse?

— Je ne vais pas revenir, Elisa, je suis navré. Clémence habite à Listrac.

Entre deux hoquets, je parviens à marmonner qu'un Uber me ramènera tout aussi bien à la maison.

— OK! Je comprends. Elle semble avoir plus besoin de toi que moi, le rassure Elisa.

C'est la tête nichée dans son cou, son bras autour de ma taille, que nous rejoignons sa voiture, Elisa sur nos pas. À la sortie du bar, la fraîcheur nocturne me saisit malgré la douceur de ce début juin. Je me glisse à l'arrière et m'allonge sur la banquette du 4X4 avec la sensation qu'un pivert me martèle le crâne, tandis que la blonde s'installe sur le siège passager.

Putain de traître de Red Queen!

La nausée m'assaille, je ferme les yeux. Lorsque je les rouvre, soudain consciente d'avoir somnolé, je me redresse difficilement et mon regard capte celui de Mateo dans le rétroviseur. Nous sommes à l'arrêt, devant chez Elisa, je suppose. Celle-ci, accoudée à la vitre ouverte, se penche pour l'embrasser sur la joue et lui chuchote à l'oreille, concluant par un : «Je compte sur toi» plus distinct.

— Mateo! s'énerve-t-elle.

Elle attend apparemment une réplique qui ne vient pas. Ne comprenant pas la teneur de la conversation, je m'interroge sur la signification de ces paroles et sur leur relation.

— Promis, consent-il.

Promesse qui, au ton employé, semble lui être arrachée.

— Parfait ! Tiens-moi au courant dès demain, exige-t-elle avant de s'éloigner.

Il la suit des yeux et ne démarre qu'une fois la porte de son immeuble refermée sur elle.

— Comment tu te sens ?

— Plutôt mal.

— Combien tu as bu de verres ?

— Pas tant que ça.

— Combien ?

— Trois.

— Mais il y avait quoi dedans ?

— Aucune idée.

— Un sacré mélange d'alcools forts, je suppose. Tu avais mangé au moins ?

— Je ne suis pas saoule.

— Pas loin. Rallonge-toi, on rentre.

Des mains glissant sous mes jambes me réveillent. Mateo se contorsionne pour me prendre dans ses bras. Dans mon état semi-comateux, je me contente d'ancrer mes mains autour de son cou, niche ma tête sur sa poitrine et marmonne que les clés sont dans mon sac.

— Pas besoin. On est chez moi.

Le bien-être que je ressens m'empêche de me rebiffer. Je n'en ai pas non plus l'énergie. Arrivé à l'entrée de sa demeure, il me dépose délicatement sur mes pieds, me cale contre l'embrasure et déverrouille la porte, puis me soulève à nouveau. D'un coup d'épaule, il appuie sur l'interrupteur et la lumière envahit la maison. En quelques enjambées, je me retrouve allongée sur un lit sans avoir eu le loisir d'examiner son lieu de vie. Par contre, un coup d'œil à la pièce me renseigne sur l'identité de celui qui y dort. Des posters, reflets de ses goûts musicaux, du

R&B majoritairement, couvrent tout un pan de mur de la chambre de l'adolescent.

— Pourquoi tu ne m'as pas ramenée chez moi?

— Parce que tu en as un?

Je m'accoude à la tête du lit une place et me renfrogne. En effet, je n'en ai pas pour l'instant, et cela ne me gênait pas outre mesure. Mais tous les évènements de la soirée me ramènent à la vacuité de ma vie. Cette liberté que je chéris tant elle est douce-amère ne me comble plus. Raison probable pour laquelle j'ai accepté la proposition de Lucas; elle aurait donné des allures de normalité à notre relation. Sauf que je n'envisageais pas entrer dans sa vie privée si rapidement.

Mon hyper émotivité récente revient me tourmenter. Où est donc passée Clem? De nouvelles larmes s'échappent; Mateo s'assied à mes côtés, m'attire à lui. Une fois de plus, je me laisse envahir par l'apaisement, lovée dans ses bras pour la deuxième fois de la soirée. Au bout de quelques minutes, je réalise que j'ai gâché la sienne et m'en excuse.

— Elisa est une amie, rien de plus.

— C'est vrai, tu n'es l'homme que d'une seule femme. Marie.

— Nous avons rompu depuis que toi et moi…

Il ne termine pas sa phrase et je devine qu'il fait référence à la scène de la salle de bains.

— Oh! Je suis désolée.

— Tu n'as pas à l'être. Je suis responsable de cette situation. Et Marie et moi n'étions pas très engagés dans notre relation. Je devais être honnête avec elle. Elle possède de nombreuses qualités, mais…

— Mais?

Il soupire, se lève et je regrette aussitôt la chaleur de son corps.

— Repose-toi. Demain matin, tu auras oublié ta triste nuit et tu seras d'attaque pour croquer la vie à pleines dents.

— Tu n'as pas répondu à ma question.

Dos à moi, au seuil de la chambre, il me répond sans se retourner.

— Elle n'est pas toi.

Chapitre 28 :
Une découverte étonnante
Clémence

Une semaine et demie que Lucas me tance au téléphone, sans parler de ses visites au bureau. À ma demande, Marie fait barrage, assure que j'ai quitté Bordeaux pour régler quelques affaires à Paris. Même discours tenu par Suzie et Robert qu'il harcèle également. J'ai justifié mon comportement par un besoin de prendre de la distance avec un Lucas un peu trop importun, ce qui n'a pas manqué d'étonner mes amis peu habitués à cette attitude fuyante, assez inhabituelle chez une femme qui assume ses choix et ses décisions. Posture incohérente, il est vrai!

Mais troublée par la confession de Mateo, j'envisage une tentative de rapprochement, uniquement possible avec la disparition de mon décor du juge. Il a été suffisamment explicite, et ce à de nombreuses reprises. Je souhaite me rabibocher avec mon œnologue et lui donner une chance de découvrir celle qui se cache derrière toutes ces barrières protectrices. Une Clémence très différente de la frondeuse qui use de ses charmes pour des plaisirs éphémères. Souillée par les propos de Guillaume et de l'inconnu du bar, j'ai besoin d'un regard sur moi différent. Et pour ce faire, je dois tenir Lucas à distance. Je ne veux pas l'affronter, trop effrayée par la tentation de retomber en son pouvoir, et je ne lui dois aucune explication. Le contrat entre nous a pris fin, comme convenu. Rien ne nous liait l'un à l'autre à part le sexe.

Mon plan d'action débute aujourd'hui en me rendant au centre pénitentiaire Bordeaux-Gradignan. Après une première visite très officielle, celle-ci le sera moins puisque Mateo m'y m'accompagne, profitant de l'opportunité pour voir sa sœur. En vue de cette deuxième rencontre, j'ai misé sur une tenue sobre : tailleur pantalon printanier, chemisier blanc, escarpins d'une hauteur raisonnable, cheveux noués en un chignon bas. Tenue bien plus stricte que d'habitude, ayant renoncé à mes jupes crayons pour des robes légères en adéquation avec le temps clément de la région.

D'ailleurs, Robert se moque de moi en me voyant apparaître pour prendre le petit déjeuner. De surprise, il manque s'étrangler avec son café.

— C'est quoi, ce look de maîtresse d'école ? Il ne manque plus que les lunettes.

— J'ai rendez-vous avec ma cliente. Mateo m'accompagne.

— C'est toutefois un peu trop… ajoute Suzie en me tendant une tasse de café. Tellement… pas toi.

Oui, mais justement, je veux que Mateo porte un regard différent sur moi.

Suzie revient à la charge, me suggérant d'opter pour ma robe portefeuille, très classe et super sexy.

Mais je ne veux pas paraître sexy !

Encore moins donner l'impression d'avoir quelques idées coquines en tête.

OK, j'en ai, mais pas la peine de les afficher !

Pourtant, je me fie à son jugement et retourne me changer.

— Il va adorer, me chuchote-t-elle avant de s'installer face à son mari pour déjeuner.

Durant toute la matinée, Lucas m'assaille d'appels et de textos. Je ne peux me résoudre à éteindre mon téléphone mis en mode vibreur. Excédée, je lui annonce par SMS la fin de l'aventure, comportement plutôt abject qui ne me ressemble pas. Il réplique aussitôt :

— *Quoi ? Tu mets un terme à notre relation par texto ?*

— *Lucas, lâche-moi.*

— *Pas sans une explication en tête-à-tête.*

— *Il n'y a rien à expliquer.*

— *Oh, que si ! Et face à face.*

— *Tu es lourd ! Tu savais à quoi t'en tenir dès le début. Ne m'appelle plus. Tu m'empêches de travailler.*

— *Tu es au cabinet, là ?*

Mince ! Je viens de dévoiler une information que je souhaitais garder secrète. Je bloque immédiatement son numéro, ce que j'aurais dû faire depuis longtemps. Le téléphone de Marie retentit dans la seconde qui suit. La porte de mon bureau étant ouverte, je l'entends déclarer à son interlocuteur que je suis absente et qu'elle ignore la date de mon retour. Je soupire, soulagée. Malgré mon lapsus, il croira que je bosse encore sur la capitale. Marie sait être convaincante.

La matinée s'étire sans autre incident et, soulagée par l'absence de nouveaux appels, je prends sereinement ma pause repas avec Marie dans un petit bistro où nous avons désormais nos habitudes. Meg, dont l'agence se trouve à deux pas, nous y rejoint parfois, comme aujourd'hui.

— J'ai une proposition à te faire, annonce-t-elle à peine assise et après nous avoir embrassées.

— Genre ?

— Genre une jolie maison à Listrac ou un coquet appartement dans un quartier chic de Bordeaux. Au choix.

Bien qu'ayant investi la grange réaménagée et retrouvé mon intimité, l'absence d'un vrai chez-moi me pèse, surtout depuis ma nuit chez Mateo. J'ai donc demandé à Meg qu'elle se penche sérieusement sur les annonces et me dégote rapidement un lieu de vie agréable. Cependant, je ne parviens pas à me décider entre campagne et ville.

— Toi, tu pencherais pour quoi?

— Moi? Listrac, bien évidemment! Je te propose de visiter les deux. Ils sont totalement différents. La petite maison a besoin de quelques travaux et, vu la vétusté de la salle de bain et de la cuisine, nous pourrons négocier le prix. Quant au cadre… j'adore! Pour l'appart, là, rien à redire. Hyper moderne, cuisine équipée high-tech, maison connectée… Bref, tu vois le style.

Soudain, elle hèle de la main quelqu'un dans mon dos, puis fronce les sourcils et secoue la tête.

— C'était qui? l'interroge Marie.

— Il me semblait avoir reconnu Lucas Berthelier. Mais ce ne doit pas être lui, vu qu'il n'a pas répondu à mon bonjour et que ce type porte la barbe et des vêtements chiffonnés. Je me suis forcément trompée. Le négligé, ce n'est pas le genre du juge.

Marie et moi nous retournons en un mouvement synchronisé, mais aucun Lucas à l'horizon. Nos regards se croisent et nous respirons, rassurées.

— Qu'est-ce qui se passe? s'étonne Meg face à notre réaction.

— Lucas me harcèle.

— Ah oui? Tu… Oups, désolée, je dois y aller, déclare-t-elle après avoir consulté sa montre. Tu me dis quand tu veux que l'on programme les visites? Et pour Lucas, tu me raconteras. À plus, les filles.

— Tu crois que c'était lui et qu'il te surveille? suggère Marie sur le chemin de retour vers nos bureaux.

— Non, je ne pense pas. Il veut discuter, il se serait approché.

— Tu sais, il est bizarre, Lucas.

— Étonnant que tu dises ça. Tu n'es pas amoureuse de lui?

— Je l'ai cru, plutôt. Il était sympa avec moi. Il est beau, sexy. Toutes les femmes rêvent d'une relation avec lui. Je me suis laissé séduire comme les autres. Mais avec du recul, je réalise que j'ai assisté à de drôles de comportements pendant mon stage. Et il se chuchotait des rumeurs.

— Quelques fois infondées malgré l'adage. Et parfois, les gens jugent ce qu'ils ne comprennent pas.

— Oh, oui, je sais de quoi tu veux parler. Mais ça n'a rien à voir. Les ragots faisaient allusion à son passé. À une histoire sordide.

Je suis étonnée que Suzie et Robert n'aient jamais évoqué ces cancans. Pour tout dire, ils n'en sont pas très friands. Ils n'ont donc pas dû y prêter foi. Cependant, je suis curieuse.

— Vraiment?

— Il se dit que l'affaire a été étouffée. Son père, ancien magistrat, fréquente des personnes haut placées.

— C'est ce que j'ai cru comprendre.

— Il se raconte qu'il a disjoncté à la mort de son frère. Que sa fiancée lui refusant certaines choses, mais on ne sait pas lesquelles, c'est resté nébuleux, il l'a violentée après l'avoir battue. Gravement! Tout le monde se demande comment la famille Berthelier est parvenue à la convaincre de ne pas porter plainte. L'affaire se serait soldée par une rupture et rien d'autre.

Ces propos me ramènent à la soirée et aux mots soufflés par une jeune femme se lavant les mains à mes côtés, lorsque je m'étais éclipsée dans les toilettes.

« Prenez garde, il est dangereux » m'avait-elle chuchoté sans me regarder, puis avait disparu sans autres explications. Je ne m'étais pas interrogée davantage, convaincue qu'il s'agissait des propos d'une envieuse souhaitant nous séparer. Mais maintenant, j'associe cette mise en garde aux indiscrétions de Marie.

— Ses anciennes assistantes évoquent à mi-mots un côté un peu dominateur et sadique et racontent qu'il les convoquait dans son bureau pour… euh, tu comprends. Elles disaient aussi qu'il les brutalisait quand il était énervé. Il ne fallait jamais le faire attendre, parce que là, c'était pire. Est-ce qu'il a été violent avec toi ? Avec moi, il a été charmant, peut-être à cause de Robert.

Médusée, je la regarde s'installer à son bureau. Comment, au fait de toutes ces confidences, cette jeune femme timorée avait-elle pu tomber sous le charme d'un tel homme ? Que lui répondre ? Oui, parce que j'y ai consenti dans certains cas, et oui dans d'autres situations au cours desquelles il n'aurait pas dû ? Comment lui expliquer sans l'offusquer, cette attirance pour cet univers si complexe qui est le nôtre ?

— Lucas et moi sommes adeptes du BDSM, dans des pratiques plutôt soft, je précise.

— Soft ? Et genre, tu le laisses t'attacher et te fouetter ? s'exclame-t-elle, ébahie.

— Oui, par lui ou d'autres.

— Je ne comprends pas.

— C'est une forme de jeux érotiques pour stimuler le plaisir. Mais en dehors d'une session, le rapport dominant/dominé n'existe plus.

— Pourtant, j'ai lu que certaines femmes et hommes deviennent des esclaves sexuels.

— C'est vrai que certains vont jusque-là.

— Et Lucas n'a jamais... fait avec toi ce que ses partenaires prétendent ?

— Tu veux dire qu'il m'aurait forcée à faire des choses que je ne voulais pas ? Jamais. Nos rapports ont été clairement établis dès le départ. J'ai toujours été décisionnaire, y compris de nos rencontres. Il savait que je pouvais y mettre un terme à tout moment.

— Pourtant, il te harcèle depuis plusieurs jours.

— Il est blessé dans son amour propre. Ça lui passera.

La sonnerie du téléphone met fin notre discussion.

— Non, Lucas, je t'ai déjà dit qu'elle n'était pas là, répond Marie avant de raccrocher.

Je lève les yeux au ciel.

— Eh bien, on n'en est pas encore là, se contente de commenter Marie.

En effet ! Que ma secrétaire doive assumer tous les appels jusqu'à ce qu'il se lasse m'ennuie. J'admire sa patience.

Une fois devant mon ordinateur, intriguée par la teneur des médisances rapportées par Marie et curieuse d'en apprendre davantage sur la fameuse fiancée, je lance une recherche sur le juge Berthelier. Une flopée d'occurrences en lien avec son nom apparaît. Les plus récentes renvoient à des articles élogieux sur sa carrière. J'ajoute le mot «frère» et pénètre aussitôt au plus près de l'intimité familiale. J'y découvre le drame qui les a frappés avec le décès de ce dernier en Irak. J'ajoute « fiancée » et découvre le visage de la jeune femme des toilettes : Eudeline Mercier. De nombreuses photos de fiançailles en grande pompe s'affichent, ainsi que d'autres couvrant diverses festivités, la presse people les ayant mitraillés tout le temps de leur idylle. Par contre, aucune trace d'éventuelles violences conjugales. Un entrefilet dans un carnet mondain annonce leur séparation d'un commun accord, après deux ans de fiançailles. Un autre article fait mention d'une hospitalisation de Lucas dans une maison de santé pour dépression, à la même période. Lucas Berthelier, vingt-cinq ans, s'affiche à la une de journaux à scandales, tantôt surpris dans une bagarre, tantôt arrêté au volant en état d'ivresse ou pris en flagrant délit dans d'autres débordements, et ce pendant au moins une bonne année. Puis plus rien. Un journal local de Saint-Émilion évoque une plainte jugée tendancieuse, datant, elle, de deux ans plus tôt, pour agression sexuelle. Plainte aussitôt retirée par la présumée victime. Je me découvre au bras de Lucas lors de la soirée de début juin. Le journaliste me présente comme la compagne du moment et ne tarit pas d'éloges sur ma plastique. Je ne suis pas ravie de me voir là, ce qui renforce ma décision. Lucas et moi, fin de l'aventure ! Je referme Google et me remets au travail. Cependant, mes pensées reviennent sur l'avertissement d'Eudeline.

À seize heures, Marie m'annonce son départ. J'ai encore un dossier à traiter avant d'aller rejoindre Mateo, déjà dans le quartier, à qui je dois envoyer un SMS quand je quitterai le bureau. Accord passé afin qu'il n'ait pas à se garer. N'arrivant pas à me concentrer, je l'informe que je descends. Je sursaute au fracas d'une porte qui claque.

— Marie ? Tu as oublié quelque chose ?

Ce n'est pas elle qui m'apparaît lorsque je me retourne, mais un Lucas méconnaissable, visage ombré d'une barbe hirsute de plusieurs jours, yeux sombres, cheveux en bataille. Son costume chiffonné et son air des plus sinistres ne sont pas très rassurants.

— Eh non, ce n'est pas Marie, chantonne-t-il en pénétrant dans la pièce.

Sa voix pâteuse laisse deviner qu'il a bu plus que de raison.

— Qu'est-ce que tu veux?

— Qu'est-ce que je veux? hurle-t-il en fondant sur moi.

Je recule jusqu'à me trouver acculée à mon bureau. Face à la terreur qu'il m'inspire et que je ne parviens pas à masquer, il éclate d'un rire sardonique.

— Tu as peur de moi, maintenant? Je me demande bien pourquoi. Qu'est-ce que tu crois que je vais te faire que tu n'aimes pas?

Il m'attire à lui, colle son bassin contre mon pubis et arrime ses yeux aux miens. Une lueur menaçante y luit. Je déglutis avec peine, mon cerveau carbure à toute allure à la recherche d'une idée pour me sortir de ce mauvais pas. Ou, tout au moins, retarder l'échéance de ce qu'il projette de faire, espérant que Mateo, ne me voyant pas descendre, s'inquiète et monte me chercher.

— Écoute, je comprends que tu sois fâché pour ce texto, mais je suis débordée.…

— Fâché? Je suis fou de rage. Tu as couché avec Guillaume! vocifère-t-il.

— C'est faux! J'étais énervée après toi, j'ai voulu te remettre à ta place en le laissant supposer. Nous nous sommes séparés juste après la photo.

— Menteuse! J'ai vu la vidéo.

Il me colle son téléphone sous le nez, réduisant encore l'espace entre nous. Guillaume y est parfaitement identifiable, mais pas la femme de la sextape.

— Il se fiche de ta gueule. On ne voit que les fesses de la nana et ce ne sont pas les miennes. Tu devrais pourtant pouvoir les reconnaître. Et que je sache, je n'ai pas pour habitude de ne pas assumer mes actes, tu le sais. Ce n'est pas moi, martelé-je tout en tentant de me dégager.

— Que tu n'aies pas baisé avec lui, c'est secondaire. Moi, je vais le faire et tu t'en souviendras. On ne se fout pas de ma gueule. On ne me jette pas comme un malpropre. Alors une petite punition s'impose pour te mettre en condition, comme tu aimes. Ou plutôt comme j'aime. Je me suis bien trop contenu avec toi.

J'ai le sentiment qu'il ne parle pas de fessée érotique. Pour preuve, il détache sa ceinture. Je profite de son attention portée ailleurs que sur moi pour lui envoyer mon genou entre les jambes. Malheureusement, pas assez fort pour l'immobiliser le temps de m'enfuir, mais suffisant pour attiser sa colère.

Projetée violemment contre le mur en retour, je perds connaissance sous le choc. Et mon enfer ne fait que commencer.

Chapitre 29 :
Agression
Mateo

Dix minutes que Clémence m'a adressé son texto, que je patiente en double file, gênant la circulation et suscitant des coups de klaxon d'agacement. Je profite qu'une place se libère pour m'y glisser, pianote sur le volant cinq minutes de plus puis, n'y tenant plus, je l'appelle. Après le nombre de sonneries standard, je bascule sur le répondeur. J'imagine qu'elle est en communication sur la ligne fixe. Plutôt que de lui adresser un SMS pour lui confirmer ma présence, je décide de la rejoindre. Je grimpe quatre à quatre les marches et atteins le premier étage, pousse la porte du cabinet donnant sur la salle d'attente. Des cris me parviennent d'une pièce plus au fond ; un froid soudain glace mes veines. Je me précipite vers les hurlements : le bureau de Robert. La porte semi-béante laisse entrevoir le juge Berthelier et entendre plus précisément les suppliques d'une femme, Clémence, sans aucun doute. Je me fige. Mon arrivée soudaine et peu discrète attire le regard de Lucas sur moi. Un regard de dément, d'une noirceur que je ne connais que trop bien. Un regard semblable à celui de mon père lorsqu'il me battait, pris dans son délire alcoolisé et d'une rage dévastatrice. La peur me gagne de ce que je vais découvrir derrière cette porte me masquant toujours la vue de la victime. Je ne distingue que Berthelier, ceinture à la main, un rictus méphistophélique sur ses lèvres, une griffure sanglante sur sa joue. Mes yeux dérivent sur sa main droite caressant son membre dressé. Je déglutis.

Oh, Seigneur, fasse que je sois arrivé à temps !

— Tiens, tiens, tiens, mais qui voilà ! Ma sorcière bien-aimée, voici un visiteur inattendu. La partie ne va en devenir que plus excitante.

Clémence gémit, supplie entre deux sanglots. Je pousse la porte du pied, ne quittant pas du regard cet aliéné qui me tient en respect avec sa ceinture.

— Clémence ?

— Mateo, aide-moi, hoquette-t-elle.

— Aguilera ne va rien faire du tout mis à part assister à la session en spectateur et voir comme tu apprécies d'être baisée, après ça.

— Vous êtes complètement taré. Je vais appeler la police.

Son rire ricoche sur les murs de la pièce.

— La police ? Tu crois me faire peur ? Personne ne peut rien contre moi. Je suis intouchable.

— Pas cette fois.

— Oh, si ! Ma fiancée n'est pas parvenue à me coller au trou, je ne vois pas comment un mec dans ton genre y parviendrait.

— On verra. Pour l'instant, vous allez nous laisser partir.

— Je n'en ai pas terminé avec elle. Tu vas découvrir comme elle aime le fouet et tout le reste.

Le battant désormais repoussé me dévoile ma belle avocate. Mon cœur se brise à la vision de ses vêtements déchirés, épars, de son corps nu, meurtri, de son visage tuméfié. La ceinture claque à nouveau sans qu'elle ne cherche à l'éviter, trop affaiblie pour se protéger. Je m'en veux de ses quelques secondes de distraction qui permettent à Lucas de continuer à la fustiger.

Je me précipite vers lui, animé par une fureur indescriptible, mais ce dernier anticipe mon geste et son instrument me stoppe dans mon élan en me cinglant la joue. Je vacille sous la morsure de la ceinture. Lucas en profite et me catapulte contre le mur. Je glisse au sol, mis K-O. quelques secondes par le choc de son poing sur ma figure. Il me roue de coups de pieds, enchaîne avec son ceinturon et parvient à me mettre hors circuit.

Lorsque je reviens à moi, je découvre Clémence allongée sur son bureau, le dément au-dessus d'elle lui murmurant des paroles apaisantes.

— Tout va bien. Maintenant, tu vas voir, je vais te baiser comme jamais, ma sorcière rousse, et t'offrir le plus bel orgasme de ta vie. Et demain, oui demain, si tu veux, tu pourras me punir en retour. J'aime bien, finalement. Tu me feras tout ce qui te fait envie. Même ce truc que je n'apprécie pas.

C'est quoi, ce discours ? Ce mec a totalement pété un câble, ma parole !

Ma rage me dope et l'adrénaline afflue ; je me redresse malgré la douleur irradiant dans tout mon corps meurtri. Je dois l'arrêter maintenant, pendant qu'il lui débite toutes ces conneries.

Je le surprends empêtré dans son pantalon aux chevilles, le renverse, l'immobilise au sol. Tout à ma haine dévastatrice, sans état d'âme, je cogne encore et encore sa tête contre le parquet, jusqu'à ce qu'un hurlement me stoppe. Je lève les yeux et découvre Marie debout à l'entrée de la pièce, statufiée. Un nouveau cri frisant l'hystérie me déchire les tympans. Je n'ai pas besoin de ça ! Je ne peux pas la gérer, elle aussi. Abandonnant le juge maîtrisé, je me dirige vers elle et lui assène une gifle qui la ramène sur terre. Apathique, seuls ses yeux dérivent, de moi au juge sans connaissance, puis vers Clémence, inerte, toujours allongée sur le bureau.

— Ne va pas te mettre à pleurer. Appelle le SAMU et la police.

Elle hoquette en opinant de la tête. Ses mains tremblent en fouillant dans son sac. Entre deux sanglots qu'elle tente de contenir, elle marmonne, plus pour elle-même, j'ai l'impression.

— Mais quelle conne! Pourtant, je l'ai vu, planqué dans la cage d'escalier, et je n'ai pas tilté. C'est en chemin vers chez moi que je me suis souvenue de ce qu'avait dit Meg.

Je pense comprendre, mais je me fiche de son discours sans intérêt, bien trop préoccupé par l'état de Clémence.

— Marie, rends-toi utile, bon sang! Accélère et appelle le 18! Tu vois bien que Clémence est gravement blessée!

— OK. OK. Et lui, il est mort?

— Marie, le 18! aboyé-je tout en allongeant délicatement Clémence sur le parquet.

Le moindre de mes mouvements lui arrache des geignements. Je ne sais comment l'installer pour la soulager. Son dos, son ventre, sa poitrine ne sont que plaies sanguinolentes.

— Mateo, j'ai mal.

— Je sais. Les secours sont en route, ils vont s'occuper de toi.

Sauf que Marie tourne en rond, choquée, inutile, alors qu'elle devrait être en ligne avec les pompiers.

— Mateo, j'ai froid.

Je retire mon t-shirt pour la couvrir autant que faire se peut et me hâte d'appeler le SAMU. Mes yeux rivés dans ceux suppliants de Clémence, je leur décris succinctement la situation ; le standard me demande de rester en ligne jusqu'à l'arrivée des secours dans l'éventualité où l'état de la victime s'aggraverait. Mon interlocuteur se charge d'avertir la police et s'informe de la présence d'autres blessés.

— À part le connard qui l'a agressée et à qui j'ai défoncé la gueule, personne.

— Si, toi, murmure Clem en tentant, sans y parvenir, de toucher ma joue blessée.

— C'est rien, ne t'inquiète pas.

— J'ai de plus en plus froid.

— Marie, ce serait trop te demander d'éteindre cette putain de clim et la mettre sur chauffage ?

— Je… Mateo, y a que… Il… il bouge.

Oh, putain, c'est pas vrai !

Malgré la douleur qui me déchire la poitrine — l'adrénaline s'étant fait la malle —, je tire Lucas, qui doit bien avoisiner mon poids, et le ligote tant bien que mal au bureau, sans manquer de lui foutre, au préalable, mon poing sur la figure.

— Oh, tu es blessé aussi, réalise soudain Marie qui sort précipitamment de la pièce puis revient avec une serviette humide avec laquelle elle m'essuie le visage tandis que je reprends mon souffle, appuyé contre le mur.

— Arrête ! Aide-moi plutôt à me relever.

Cahin-caha, je reviens m'asseoir près de ma rouquine, glisse une jambe sous sa tête et contemple son visage défiguré. Ses lèvres tremblent, des larmes coulent de ses yeux tuméfiés. Je les essuie de mes pouces.

— Chut, c'est fini. Je suis là. Tu es en sécurité.

— J'ai eu si peur.

Je me penche pour déposer un baiser délicat sur sa bouche. Derrière moi, Marie pleure à chaudes larmes.

Une cavalcade résonne depuis les escaliers. Je m'écarte à regret. Les secours se précipitent vers elle, mettant fin aux sanglots convulsifs de la jeune secrétaire qui se poste à mes côtés, une main sur mon épaule. Lorsqu'elle sursaute, je tressaille tant mon attention n'est portée que sur Clémence.

— J'ai rien, mais j'ai rien, moi! C'est eux qui ont besoin d'aide! s'écrie-t-elle alors qu'un secouriste tente de l'examiner.

Tout s'enchaîne rapidement, si rapidement qu'au moment de monter dans l'ambulance avec Clémence, que je refuse de quitter et minimisant mes blessures, je réalise que je n'ai averti personne du drame qui vient de se jouer.

— Marie, préviens Robert, tout de suite! Dis-lui de nous rejoindre à l'Hôpital Saint-André.

La jeune femme, que des policiers interrogent, semble avoir repris ses esprits. Je l'entends leur demander de patienter cinq minutes, le temps de passer un appel important. Des passants s'arrêtent et, curieux, tentent de découvrir l'origine de cette agitation, s'interrogeant sur la présence des hommes en uniforme, de l'ambulance et des pompiers qui obstruent l'accès à l'immeuble.

Dix minutes plus tard, au son strident de la sirène, nous débarquons à l'hôpital. Clémence disparaît, emmenée sur un brancard sous le regard scrutateur d'un médecin et de deux infirmières. Étant capable de marcher, une autre équipe me dirige vers le couloir opposé. Je suis en enfer, je ne la vois plus, et personne ne répond à mes questions la concernant.

Comme je le pressentais, j'ai deux côtes fracturées, quelques contusions dues aux coups de ceinture et ma plaie à la joue demande plusieurs points de suture. L'infirmière qui assiste l'urgentiste se désole de l'absence du plasticien qui officie dans l'établissement.

— Eh, je ne suis pas mauvais en couture ! Au pire, il restera la trace d'une blessure de guerre. Tout le monde, en le voyant, se souviendra de son acte héroïque, rétorque l'interne.

Les rumeurs se propagent à la vitesse de l'éclair aux urgences. Plus personne n'ignore ce qui s'est passé et me considère comme un héros.

— Oui, mais quand même, quel dommage, il est beau gosse, déclame la soignante dont je ne discerne pas le visage à cause du champ opératoire qui me masque la vue.

Eh oh, je suis là et j'entends ! Et si tu savais comme je m'en cogne de ma future cicatrice !

— On peut toujours faire de la chirurgie réparatrice à distance, réplique le praticien.

— Si vous pouviez vous dépêcher au lieu de jacasser, parce que j'aimerais bien avoir des nouvelles de mon amie, le sommé-je malgré mon interdiction de bouger sous peine d'endommager cette fameuse suture.

— Euh, oui, pardon.

Une heure plus tard, l'équipe soignante m'autorise enfin à quitter le box des urgences. J'en sors désorienté, ne sachant où m'adresser pour connaître l'état de santé de Clémence. Deux inspecteurs en civil m'interpellent ; ils souhaitent m'interroger. L'arrivée de Suzie, paniquée, et de Robert, qui maîtrise mieux ses émotions, me sauve de mon hésitation.

— Il n'ira nulle part ce soir.

— Nous devons lui poser quelques questions. Il y a eu agression d'un juge.

— Ne renversons pas les rôles, messieurs. C'est lui, l'agresseur, il me semble.

— Le juge Berthelier prétend que cet homme l'a frappé.

— Je ne le...

— Mateo, tais-toi. Nous en discuterons lors de la convocation officielle au commissariat et en profiterons pour porter plainte contre monsieur Berthelier pour coups et blessures sur la personne de monsieur Mateo Aguilera, ici présent, et mademoiselle Dubreuil que je représenterai également et dont l'état de santé semble préoccupant. Qu'en est-il du juge ?

Devant l'absence de réponse, Robert ajoute :

— Alors, messieurs, veuillez nous excuser, mais nous avons plus urgent à régler.

Sur ce, il nous entraîne à sa suite vers l'accueil où l'infirmière de tri nous redirige vers une salle d'attente. Le temps semble s'écouler au compte-goutte. Je bouillonne sur ma chaise, tente de faire les cent pas, mais les douleurs de mes contusions se rappellent à leur bon souvenir. Suzie, effondrée sur l'épaule de son mari, pleure en silence. L'arrivée de Marie, suivie de Nick et Meg, provoque un peu d'animation dans la salle déjà bondée, mais à l'atmosphère plombée.

Nick, furieux d'avoir appris la nouvelle au commissariat, reproche à Robert de l'avoir tenu à l'écart. Meg l'apaise et nous replongeons tous dans une attente électrique insupportable.

— Je déteste les salles d'urgence, déclare Nick qui arpente la pièce de long en large.

— Je sais. C'est pour cette raison que je ne t'ai pas contacté. J'espérais avoir plus d'informations avant de t'appeler. J'aurais préféré que tu ne viennes pas, déclare Robert.

Meg, assise à mes côtés, s'inquiète de ma mauvaise mine.

— Tu devrais peut-être rentrer te reposer, tu es blanc comme un linge. Tu es sûr que les médecins ne voulaient pas t'hospitaliser ?

— Non, et je ne bouge pas avant de savoir comment elle va.

Hors de question de m'éloigner. Je veux entendre de vive voix le rapport du médecin. Des raclées à la ceinture, j'en ai pris plus d'une. Je sais que l'on s'en remet physiquement, mais ce psychopathe l'a battue comme plâtre et je suspecte quelques fractures qui elles aussi cicatriseront. Je m'inquiète bien plus des répercussions psychologiques et prends subitement conscience de l'importance de Clémence dans ma vie. Une femme que j'ai repoussée à plusieurs reprises, à tort. Peut-être n'en serions-nous pas là aujourd'hui.

Un brouhaha dans le couloir me sort du marasme de mes pensées. Apparemment, la famille Berthelier vient d'arriver, suivie d'une flopée de journalistes à la recherche d'un scoop pour le journal du soir.

— Oh, merde ! s'exclame Robert, contrarié.

— Des confrères sont dans le couloir, je vais leur suggérer de canaliser ses mange-merdes. Il ne serait pas surprenant que les Berthelier les aient eux-mêmes contactés, annonce Nick qui quitte la pièce alors qu'un médecin y pénètre.

— Monsieur Aguilera ?

— C'est moi, déclaré-je, me levant en grimaçant.

— Ne bougez pas, j'ai cru comprendre que vous étiez également victime dans cette affaire. Mademoiselle Dubreuil vous a choisi comme personne de confiance. Je peux donc vous dresser son bilan de santé. Mesdames, messieurs, pourriez-vous nous laisser un instant, demande le praticien aux personnes présentes dans la salle.

Tout le monde obtempère sauf mes amis, et pour cause, nous sommes tous là pour Clémence. Néanmoins, je m'étonne que celle-ci m'ait choisi plutôt qu'un de ses proches pour être son intermédiaire entre elle et l'équipe médicale.

— Je suis désolé d'insister, mais cet homme ne semble pas en état de me suivre jusqu'à mon bureau. Or j'ai besoin de lui parler en tête-à-tête.

— Ils sont avec moi, des intimes de mademoiselle Dubreuil, précisé-je.

— D'accord. Je prends note de votre accord. Pour tout dire, l'état physique de votre amie n'est pas des plus alarmants. De simples contusions, ecchymoses, fractures de côtes, associés à un léger traumatisme crânien. Rien de bien préoccupant qui mettrait sa vie en danger. Aucune lésion interne au scanner et pas de trace de viol non plus.

Robert émet une expiration visiblement contenue depuis un moment, soulagé par le diagnostic. Comme nous tous, je présume.

— En revanche, l'impact psychologique reste difficile à évaluer pour l'instant. Elle est choquée, bien évidemment, mais semble posséder un mental d'acier. Elle demande déjà quand elle va pouvoir sortir et vous réclame, monsieur Aguilera. Les infirmières ont beau lui avoir expliqué que vous alliez bien, elle s'agite et veut s'en assurer de visu. Si vous voulez bien m'accompagner… Elle n'est pas loin, je vais vous aider.

Comme notre groupe s'apprête à nous suivre, le médecin précise que, pour l'instant, je suis le seul autorisé à la voir. Dès qu'elle sera en chambre, ils pourront tous, sans trop la fatiguer, la visiter.

Une nouvelle fois, la vue de Clémence me vrille le ventre. Installée demi-assise, couverte d'un drap blanc, elle s'égaie d'un faible sourire sur ses lèvres tuméfiées lorsque je pénètre dans le box.

— Vous voyez, commente l'aide-soignante qui la chaperonne. Il va bien, comme on vous l'a dit. Maintenant, acceptez cette injection de morphine.

Je lève un sourcil, étonné.

— Votre compagne n'a cessé de la repousser.

Ma compagne?

— Un sacré caractère, dites donc, vous ne devez pas vous ennuyer avec elle.

Si tu savais!

— Je ne voulais pas être dans le coltar sans savoir comment tu allais.

— C'est bon. Faites-lui donc cette fichue piqûre et ne prenez pas trop garde à ce qu'elle vous ordonne, parce que vous risquez de passer votre temps à polémiquer.

— Oh, je laisse ça à mes collègues de chirurgie. Mademoiselle est attendue au sixième.

Je m'avance d'un pas hésitant. J'ai envie de l'embrasser, de la serrer dans mes bras, de lui dire que, si elle le désire, elle pourrait devenir ma «compagne», malgré le fait que je sois toujours réfractaire à ses mœurs libertines. Si elle acceptait de me faire une place dans sa vie, je m'acquitterais du privilège de la protéger de tous ces monstres susceptibles de la blesser. Je m'efforcerais d'atténuer les tourments qu'elle cache, si elle consentait à nous donner une chance de transformer cette alchimie physique en autre chose de plus profond. Mais je ne fais ni lui dis rien de tout cela tant j'estime le moment mal choisi.

— Tu peux t'approcher ? Que je puisse te remercier comme il se doit.

Je fronce les sourcils, m'interrogeant sur le sens de ses propos.

— S'il te plaît. Viens t'asseoir, implore-t-elle.

De sa main libre de perfusion, elle tapote un espace minuscule à ses côtés. Je m'y installe, tentant de masquer une grimace de douleur qui, cependant, ne lui échappe pas. Devant son interrogation muette, je réponds :

— Fractures de côtes. Il ne m'a pas raté, le salaud.

Mais c'est ma balafre qui attire son regard et des larmes s'échappent de ses beaux yeux verts.

— Ne pleure pas pour ça. Ce ne sera rien de plus qu'une cicatrice.

Sa main fraîche s'aventure sur ma joue et la caresse.

— Je m'en veux. J'aurais dû cesser de le voir dès la première fois qu'il m'a malmenée.

— Avec des j'aurai dû, on refait le monde, déclaré-je en cueillant ses doigts dans les miens. Et si nous songions plutôt à l'avenir ?

Je dépose un baiser furtif sur sa paume avant d'ancrer mes yeux aux siens. Elle se redresse malgré la souffrance, s'approche de mes lèvres. Je parviens à me pencher, sans grimacer, cette fois, tant l'instant est solennel, et nous nous embrassons. Un baiser simple, évident, naturel. Intime.

— Merci d'être toi, d'avoir été là, de m'avoir sauvée de ce psychopathe, parvient-elle à dire avec difficultés.

Puis, épuisée, elle se laisse retomber contre les coussins.

— Quand je serai remise, je t'offrirai une petite gâterie, ajoute-t-elle les yeux mi-clos, un sourire mutin aux lèvres.

Je soupire, lève les yeux au ciel, agacé par l'allusion. Je n'aime pas cette Clémence-là.

— Je… j'aimerais envisager une vraie relation avec toi. Mais ne t'attends pas à ce que ce soit facile à vivre au quotidien, les habitudes ont la vie dure, déclare-t-elle avant de s'endormir, sonnée par la morphine qui fait enfin effet.

Sonné, je le suis aussi, mais pas par les antalgiques !

Une injonction colérique, un flash qui brûle mes rétines et les sons d'une cavalcade me remmènent sur terre. Ses amis inquiets attendent de ses nouvelles. Je m'impose d'aller leur en donner, alors que je n'éprouve que le désir de rester à la regarder dormir.

Chapitre 30 :
Scandale et conséquences
Mateo

Je rage à la vue de la photo volée à l'hôpital et s'étalant à la Une de plusieurs journaux, ce matin. Et je ne suis pas le seul. Robert ne décolère pas et arpente le salon de long en large, téléphone greffé à l'oreille. Suzie, d'une pâleur inquiétante, reste allongée sur le canapé, sans mot dire. Puis de manière inattendue, elle quitte la pièce en courant, la main sur la bouche. Son mari en lâche son téléphone et se précipite à sa suite. La porte qui claque me fait sursauter, puis un Nick dans un état de fureur indescriptible pénètre dans le salon, Meg, tentant de l'apaiser.

— Bande de charognards, je vais leur faire avaler leurs Canons, tu vas voir!

— Calme-toi, lui ordonne sa femme.

— Non, mais tu te rends compte qu'ils ont osé la traquer jusqu'à son lit d'hôpital? s'insurge-t-il. Et maintenant, ils sont là, tels des vautours, tout autour de la propriété, à l'affût d'un cliché sordide pour alimenter leurs torchons. Dieu merci, le connard de Jasmain nous a évité tout ça à la mort d'Eve. J'aurais complètement disjoncté si nous avions dû en passer par là, à l'époque. Et j'espère que Suzie a briffé ses employés, sinon c'est moi qui m'en charge.

Je lève les yeux vers lui accoudé au manteau de la cheminée, le regard rivé sur les cadres qui l'ornent. Meg lui masse les épaules tandis qu'il se saisit de l'un d'eux, l'examine quelques secondes et le repose délicatement.

— Chéri, je sais que c'est difficile pour toi, pour vous. Cela vous renvoie à de si tristes souvenirs.

— Tu ne peux pas imaginer à quel point, réplique Nick d'une voix étranglée par des sanglots qui menacent de s'échapper.

— Mais Clem a besoin de nous tous pour lutter contre cette déferlante journalistique. Une personne publique, reconnue, estimée, est en cause et ses parents vont tout faire pour le sortir de ce mauvais pas. Il faut s'attendre à pire dans les jours qui vont venir.

— À quoi tu penses? demandé-je tout en me dirigeant vers la cheminée que Nick vient de quitter pour se laisser choir sur le divan.

Je m'y appuie à mon tour et jette un œil discret à cette photo qui m'intrigue. La bande d'amis y pose, sauf qu'une autre que Meg est lovée dans les bras de Nick et tous deux se regardent amoureusement. Je présume qu'il s'agit de la fameuse Eve dont j'ai déjà entendu parler et à laquelle vient de faire allusion Nick. Je n'ignore pas que cette femme, aujourd'hui décédée, les a marqués et que son absence leur est douloureuse. Mais aujourd'hui, j'ai le sentiment qu'un drame s'est joué autour de sa mort.

Robert répond à ma question tout en installant une Suzie d'une pâleur liliale près de son ami. Aussitôt, Meg se précipite vers elle.

— Les Berthelier paieront grassement leurs avocats pour minimiser l'affaire. Les journalistes mèneront leurs propres enquêtes et tout le monde en sortira éclaboussé. Il faut t'attendre à te trouver sur la sellette et la mort de ton beau-frère reviendra sur le tapis plus tôt que prévu, sans parler de toute la flopée d'ignominies, vraies ou fausses, subtilement déformées, étalée dans la presse écrite et télévisuelle.

Mes pensées vont à Clémence et ses penchants pour le libertinage et le BDSM, jetés en pâture à la curiosité morbide de la populace, aux conséquences sur la vie d'Enzo, bien intégré dans son école, qui va se retrouver en butte aux commentaires pas toujours tendres des lycéens. Je m'inquiète pour leur santé mentale déjà fragile, vu les circonstances.

— Que peut-on faire pour l'empêcher?

— Malheureusement, pas grand-chose.

Suzie, s'éclipsant à nouveau à toute vitesse, entre en collision avec Enzo qui s'invite de manière inattendue. Nous levons tous la tête, surpris : il n'est pas censé être là, mais en cours. Meg, elle, se hâte à la suite de son amie. Robert soupire, mais ne bouge pas et nous annonce tout de go la grossesse de sa femme, enceinte de deux mois, victime de nausées matinales. Alors que nous devrions tous nous réjouir, nous le félicitons du bout des lèvres, trop préoccupés par la situation actuelle. Enzo se précipite dans mes bras en pleurant. Je devrais m'alarmer de le voir ici et le renvoyer, mais je n'ai le cœur ni à le réprimander ni à exiger son départ. Tant pis si les Fournier cherchent l'embrouille, je décide qu'il restera avec moi le temps que les journalistes se détournent de nous pour une autre affaire scabreuse à couvrir.

— Co… co... ment elle va, Clémence? bégaie mon neveu entre deux hoquets.

— Pas trop mal vu les circonstances. Elle devrait sortir demain, si les médecins l'y autorisent, lui répond Robert à ma place.

Meg revient, soutenant Suzie. Enzo s'en inquiète et m'interroge du regard.

— Elle est juste enceinte, lui chuchoté-je.

— Je propose que nous résidions tous ici le temps que l'affaire se décante. Clémence va avoir besoin d'être entourée. J'ai prévenu sa mère, trop âgée pour s'en occuper, et cette solution lui convient. Toi, Mateo, convoque Matthias. Il est hors de question que les journalistes importunent les ouvriers agricoles et qu'ils leur arrachent une bribe d'information qu'ils s'empresseraient de transformer à leur avantage. Pendant ce temps, je vais recruter quelques vigiles pour que nous ne retrouvions pas avec des indésirables trop hardis dans la maison. Ensuite, nous nous rendrons en ville pour déposer plainte et éventuellement répondre à quelques questions. Mateo, toi, tu t'abstiens de reconnaître que tu as bien cassé la gueule à ce connard, d'accord?

— Il nous a agressés, je n'ai fait que nous défendre! m'insurgé-je.

— Pas un mot que je n'ai validé. Hors de question que l'on puisse détourner tes propos. Je pense que l'affaire, malgré sa gravité, ne sera pas traitée rapidement, il va falloir la confier à un nouveau juge d'instruction. Et toi, Enzo, tu dois retourner chez tes grands-parents, comme prévu dans le tour de garde.

— Non, je vais nulle part.

— Il reste, décrété-je.

— Mateo, ce n'est pas une bonne idée. Tu risques...

— Chéri, tu dois pouvoir les convaincre que c'est préférable pour tous, intervient Suzie qui semble avoir repris quelques couleurs.

— Je vais faire au mieux, lâche l'avocat dans un soupir. Ce plan vous convient-il?

— Parfait. Il ne manque qu'un point que tu as oublié, mon cœur.

— Lequel?

— Appeler Bernard. Je pense que Clémence va en avoir besoin.

— Tu veux bien t'en charger?

— Qui est ce Bernard? m'enquiers-je.

— Un ami psychiatre exceptionnel, me répond Suzie. Je le contacte immédiatement.

— Bon, moi, je vais bosser. En même temps, je vais me coltiner les ragots et les regards en coin de mes collègues au commissariat, annonce Nick en s'extirpant du canapé.

— Tu me laisses à l'hôpital en passant? lui demande sa femme.

— Sûrement pas! Pas question que tu y ailles sans moi.

— Mais Clémence ne peut pas rester toute seule!

— Elle a raison, on va s'y rendre toutes les deux, décrète Suzie.

— Oh, non! Toi, tu te reposes. Nous irons, Mateo et moi, dès que nous aurons terminé, déclare Robert. C'est sans appel.

Les deux femmes rouspètent pour la forme, mais n'insistent pas. Elles ne peuvent risquer de se voir prises à partie par les journalistes qui campent certainement là-bas.

*

Durant un mois, nous vivons en vase clos, nous éloignant peu les uns des autres, avec pour tout horizon les vignes. Seuls Meg et Nick vont et viennent, contraints par leurs obligations professionnelles, parfois encore en butte à quelques journalistes tenaces. Puis soudain, l'attention se détourne de nous : un nouveau rebondissement œuvre en notre faveur.

Une certaine Eudeline Mercier, ex-fiancée du juge, vient de faire des révélations fracassantes, ce qui provoque quelques remous.

— Elle a osé ! déclare ma rousse qui suit les informations télévisées, confortablement installée sur le divan, nichée dans mes bras. On ne va pas tarder à apprendre comment les Bertelier ont étouffé l'affaire à l'époque.

— Tu la connais ?

— Je l'ai croisée lors du gala de bienfaisance durant lequel j'ai lâché cette réplique qui me fait passer pour une pute. Ce soir-là, elle m'a mis en garde contre Lucas. Je ne l'ai compris qu'une fois que Marie m'a rapporté les rumeurs du palais. Trop tard. À ce moment-là, les dés étaient jetés. Je pense que d'autres femmes vont se manifester et que la tentative de la famille pour transformer cette agression en un acte isolé de démence ne va plus tenir la route.

— Quoi qu'il en soit, ce mec est dingue ! En tout cas, il semblait comme possédé, ce jour-là.

J'abrège ma tirade sur mon ressenti. Évoquer ces affreux souvenirs ravive sa mémoire. Ils la hantent déjà suffisamment dans ses cauchemars qu'elle refuse de partager avec moi, même lorsqu'elle se niche dans mes bras et que je parviens à l'apaiser, maintenant que je partage son lit.

Seul le fameux Bernard, qui squatte la maison depuis l'appel de Suzie, reçoit ses confidences. Clémence passe de nombreuses heures avec lui, ainsi qu'Enzo, au sommeil à nouveau perturbé par des terreurs nocturnes. Ma belle rouquine m'a arraché, dans un instant de faiblesse dont elle a le secret, l'autorisation de laisser le médecin le prendre en charge. Elle ne m'estime pas prêt à entendre les révélations d'Enzo. Révélations pourtant partagées avec elle. Mais les compétences de ce brillant psychiatre, vantées par tous, ont attisé ma curiosité. Intrigué, j'ai interrogé Google et les informations découvertes m'ont bouleversé. Je ne veux pas croire ce que les qualifications du psychiatre impliquent, à savoir que mon neveu a été sous la coupe d'un pédophile.

Comme supposé par Clémence, après les déclarations d'Eudeline, les langues se délient durant les mois qui suivent, déclenchant une vindicte populaire qui, si elle sert nos intérêts, reste abjecte. Un cousin de Lucas se retrouve également mis en cause pour violences aggravées et vient ternir davantage le nom de famille du juge, côté maternel. Cette révélation ébranle Robert, lui et ce Guillaume, militaire de carrière qu'il n'a pas revu depuis des années, se connaissant depuis les bancs de la maternelle.

— Je ne suis pas surprise que ces deux-là aient organisé plusieurs sextapes. Je suis contente de ne pas avoir cédé à ses avances, mes fesses feraient actuellement le tour du net. Mais je pense que c'est ce qui a fait disjoncter Lucas, déclare Clémence au décours de la conversation qui suit l'annonce.

— Tu l'as rencontré ? s'informe Robert.

— Oui, lors du gala. J'étais furieuse après Lucas pour m'avoir présentée à ses parents. Son cousin m'a draguée et j'ai profité de l'occasion pour filer à l'anglaise avec lui. Nous en sommes restés là, mais Guillaume a fait croire le contraire. Et tout est parti en live.

Son regard se voile, comme souvent lorsqu'elle s'égare dans des ruminements intérieurs et qu'elle regrette certains de ses comportements passés, défrayés par les journaux, dans lesquels ses penchants sexuels lui sont reprochés. Les plus retors l'estiment même responsable de ce drame, voire l'accusent à mi-mot de l'avoir bien cherché. D'autres font état du côté obsessionnel de Lucas, de ses précédents actes de violence révélés au grand jour, et c'est ce que je veux qu'elle retienne.

Qu'elle se reconnaisse victime et coupable de rien, si ce n'est d'être une femme dans l'air du temps qui assume ses désirs les plus intimes et ses goûts auxquels je ne peux toujours pas adhérer. Cette incapacité à répondre à ses besoins m'effraie. Je ne veux pas la perdre, j'aspire à ce que notre relation évolue vers une liaison riche en émotions et en un attachement réciproque qui ne soit pas basé que sur cette alchimie physique qui la pousse vers moi. Je pense en être amoureux désormais, et je rêve qu'un jour, elle éprouve le même sentiment à mon endroit, qu'elle consente à passer le reste de sa vie à mes côtés. Je saurais la surprendre et l'aimerais suffisamment pour qu'elle accepte de se contenter de la monogamie. Il suffit qu'elle me laisse une chance de la rendre heureuse.

— Arrête de te torturer et de culpabiliser.

— Mateo a raison, renchérit Nick.

— Oui, mais si…

— Avec des si, on récrit l'histoire. Mais uniquement sur le papier, la coupe Robert.

— Il faut aller de l'avant, Clem, insiste Bernard, et tu es en bonne voie. Ne laisse personne t'en détourner. Je pense pouvoir rentrer chez moi, mais toi et Enzo m'appelez si besoin, d'accord ? Tu risques de chuter, évidemment, mais tu n'es pas seule. Je ne vois autour de toi que des gens qui t'aiment et qui t'aideront quand tu flancheras. Je me trompe?

— Non, j'ai beaucoup de chance de les avoir pour amis.

J'entrelace mes doigts aux siens et ses yeux s'y posent.

— Ainsi que cet homme que je n'étais pas censée draguer, que j'ai provoqué à maintes reprises. Merci d'être parvenu à m'accepter telle que je suis. Merci de m'avoir fait comprendre que la liberté ne suffit pas à rendre heureux et de m'avoir rappelé que la tendresse et l'affection priment sur tous les plaisirs éphémères.

Elle se penche vers moi, m'embrasse et me chuchote à l'oreille qu'il n'empêche qu'elle a toujours une envie folle de goûter à ma queue, de me dévorer et que je fasse de même, et ce, à l'instant. La logique «pure Clem» voudrait qu'elle l'annonce haut et fort. Au lieu de quoi, elle se lève, s'excuse de sa fatigue et réclame ma présence pour l'aider à s'endormir. Nul n'ignore que j'apaise ses cauchemars et personne ne s'étonne de mon départ précité à sa suite. Néanmoins, ils ne sont pas dupes. Pour preuve, la remarque de Nick que je surprends depuis le couloir :

— C'est quoi, ce numéro? Pourquoi n'a-t-elle pas dit clairement qu'elle a envie qu'il la baise?

— Peut-être parce que le terme n'est plus approprié? lui rétorque Suzie.

— Clem, amoureuse?

Puis-je l'espérer? Puis-je seulement y songer?

Épilogue
Clémence

Juin

Six mois.

Temps nécessaire après le jour J avant de réussir à sortir sans avoir peur.

Neuf.

Avant de remettre les pieds au cabinet, lieu de mon agression.

Douze.

Avant de faire face à des jurés dans un prétoire et transformer l'homicide volontaire en involontaire, et sauver Sarah d'une condamnation pour meurtre.

Dix-huit.

Avant que je ne consente à accepter la demande en mariage de Mateo, le soir du trente et un décembre.

Vingt-quatre.

Pour en arriver à cet instant où je suis assaillie de doutes et de craintes.

Deux ans pour que Mateo parvienne à chasser les souvenirs qui me hantent. À me faire oublier Lucas. Un Lucas qui, du fin fond de son centre de soins psychiatriques, après une tentative de suicide, m'a adressé pendant plusieurs mois des lettres que je n'ai montrées à personne. Une correspondance unilatérale soigneusement cachée à Mateo et dans laquelle il me supplie de lui donner une chance de lui pardonner, réclame sa punition qui nous permettra de repartir à zéro.

Son internement m'a ôté un grand poids de la poitrine, me permettant de vivre pleinement ma relation avec l'homme qui comble mes nuits, m'aime passionnément et tendrement. Et mon amour pour lui, nourri jour après jour sur des bases au départ incertaines, devient si intense que notre relation ne peut que s'épanouir si nous progressons sur une base de confiance réciproque. Je dois donc faire preuve d'honnêteté avant de m'engager.

À plusieurs reprises, j'ai tenté de lui révéler mon secret : à la naissance de Julian, puis celles des filles, Emma et Lilly. Mais j'ai échoué, ces évènements me plongeant dans une dépression mise sur le compte de ma fragilité émotionnelle, d'autant qu'au même moment, la presse annonçait le suicide de Lucas.

Je ne peux pas m'unir à Mateo sans lui révéler ma stérilité. Certes, nous n'avons pas vraiment évoqué son désir d'enfants. Il n'a jamais non plus fait référence à mes évitements face aux gosses. Enzo comble le vide de cet amour que j'aurai pu donner, même si, à presque dix-neuf ans, c'est déjà un homme. Son secret longtemps partagé nous lie puissamment l'un à l'autre. Il y a peu qu'Enzo s'est épanché auprès de son oncle, bouleversant mon homme que je croyais si fort.

Les craquements des branches mortes sous les pas de mon fils de cœur, dans son beau costume, me surprennent dans mes atermoiements.

— Comment tu m'as trouvée ?

— Je t'ai suivie. Qu'est-ce qui se passe, Clem ? Pourquoi tu fuis ?

— Je dois avouer quelque chose à ton oncle et j'ai peur.

— De quoi ? Qu'il ne veuille plus t'épouser ? Il t'aime depuis si longtemps. Je te l'ai dit d'ailleurs, ce soir-là. Tu ne t'en souviens pas ?

— Si. Je venais de te servir de la tisane. Tu m'as dit que je lui plaisais, pas qu'il m'aimait.

— C'est du pareil au même.

— Pas vraiment. Plaire à quelqu'un ne veut pas dire qu'il éprouve forcément des sentiments. La petite-fille de Matthias te plaît ; pour autant, tu n'en es pas amoureux. Tu la regardes avec des envies plutôt triviales en tête.

Enzo, assis en tailleur face à moi, dans ce bosquet où je me suis réfugiée, rougit et gigote, embarrassé.

— Mais c'est souvent ainsi que débutent les plus belles histoires d'amour. Par une sorte d'alchimie sexuelle puissante qui unit des personnes au-delà de la raison et des différences.

Je lève les yeux vers mon bel hidalgo qui, nonchalamment, se dirige vers nous. Aussitôt, Enzo se lève, époussette son pantalon et tourne les talons.

— Rassure tout le monde en leur disant que nous n'allons pas tarder à revenir, ordonne Mateo en prenant la place de son neveu.

Il amarre son regard au mien, ne fait aucun geste vers moi, appuyée à mon arbre fétiche.

— Comment as-tu su que je serais là ? Tu as suivi Enzo ?

— Pas la peine. Quand Suzie a débarqué pour dire que tu avais pris un peu de temps pour toi, j'ai immédiatement su où te trouver.

Je hausse un sourcil, surprise. Mateo tend la main et caresse mes lèvres tandis qu'un sourire étire les siennes.

— C'est toujours ici que tu viens te terrer quand quelque chose te tracasse ou te contrarie. Tu es y venue quand les enfants sont nés, quand tu as appris qu'il n'y aurait pas de procès, à l'annonce du suicide de Lucas, après l'enterrement de ta mère. Tu viens lâcher prise avant de revenir vers nous après avoir remis ton masque d'impassibilité, je me trompe ? Cet arbre-là, derrière toi, il est important pour toi.

— Comment peux-tu savoir tout ça ?

— Matthias traîne beaucoup dans les vignes, comme tu t'en doutes. Il t'y a vue à plusieurs reprises et, bizarrement, toujours après une nouvelle qui t'affectait. Je l'avais aussi remarqué lors de tes disparitions soudaines. J'en ai eu la preuve à la mort du juge, parce que, ce jour-là, particulièrement inquiet, je suis venu voir si tu t'y trouvais. Et c'était le cas.

— Mais tu ne t'es pas manifesté.

— Non, parce que j'ai estimé que si tu avais souhaité ma présence, tu serais venue vers moi. Donc, j'ai respecté ton intimité en espérant que tu t'ouvrirais à moi plus tard. Mais tu n'en as rien fait. Je te mentirais si je te disais ne pas en avoir été affecté. Mais Bernard m'avait prévenu qu'il te faudrait de l'espace, que tu te garderais de tout me dire et que tu aurais besoin d'un jardin secret. Je devrais l'accepter parce que, le plus souvent, tu agirais ainsi pour me protéger. Et savoir que tu venais là où tout a commencé…

— Tu t'en souviens ?

— Crois-tu que je puisse oublier cette première fois ? Tu m'as presque violé, me répond-il, sourire aux lèvres.

— C'est faux. C'est toi qui m'as amenée ici.

— Oui, mais c'est toi qui t'es jetée sur moi après avoir déballé le préservatif que tu avais en poche.

J'éclate de rire à ce souvenir.

— Je t'aime, Clem, et tu m'aimes aussi, tu ne peux le nier. Dis-moi ce qui te fait peur. Tu veux rester libre? Tu veux qu'on vive ensemble sans se marier? C'est un engagement trop irréversible pour toi? On fera ce que tu veux, tu sais. J'aimerais que tu portes mon nom, mais…

— Je veux le porter, mais je ne pourrai pas porter tes enfants.

— Je sais. Ce n'est pas grave si tu n'en veux pas…

— Mais j'en veux, le coupé-je en éclatant en sanglots. Mais je ne pourrai pas t'en donner.

Il m'attire sur ses jambes et je me blottis dans le creux de son cou.

— Je rêve d'enfants, Mateo, avoué-je en pleurnichant, mais je suis stérile. Je n'ai qu'un ovaire, et de taille en dessous de la normale, juste suffisant pour diffuser assez d'hormones pour des cycles menstruels. Mais c'est tout.

— Mais qu'est-ce que tu racontes?

— On m'a diagnostiqué à l'âge de vingt ans. Je souffrais de maux de ventre et j'ai passé une échographie. Je n'avais rien de grave, sûrement une colite, mais les radiologues ont fait cette découverte fortuite. Mon médecin traitant m'a annoncé qu'au vu du compte rendu, je ne pourrai jamais tomber enceinte.

— C'est impossible. Ils ont confondu les clichés avec quelqu'un d'autre. J'ai lu tous les retours de tes examens après l'agression. Étant ta personne de confiance et soucieux des conséquences sur ta santé, le médecin m'a expliqué en détail toutes tes radios et scanners, et je me souviens qu'aucun compte rendu ne mentionnait un quelconque problème gynécologique.

— Cela ne veut pas dire grand-chose… juste que je n'avais pas de traumatisme tant tout le monde pensait que je pouvais avoir été violée.

— Nous savions que ce n'était pas le cas, l'examen local l'avait confirmé. Et on va en avoir le cœur net. Ton dossier médical est à la maison et je sais où. Et si je me trompe, mais je suis certain que non, sache que je t'épouserai quand même, à moins que tu ne te serves de cette excuse pour te débiner.

Après une course à travers les vignes, nous arrivons chez nous, dans la maison que j'ai achetée, notre petit nid d'amour à dix minutes de chez Suzie à travers champs. Mateo sort un fichier cartonné à mon nom, celui dans lequel sont rangés les éléments de preuves qui auraient dû servir au procès contre Lucas et qui dort depuis un an dans les rayonnages du bureau. Très vite, il en extirpe les clichés et une feuille dactylographiée qu'il lit à toute vitesse tandis que moi, le cœur battant la chamade, je me demande comment je vais réagir si j'apprends que j'ai construit ma vie sur une erreur médicale.

— Je crois que tu peux affûter tes couteaux. Et si ce centre radiologique existe toujours, prépare-toi à les attaquer pour avoir mélangé tes images avec celles d'une autre.

Je m'empare du feuillet et le laisse voleter lorsque j'en ai terminé ma lecture. Toute mon existence reposait sur ce qu'il m'avait été dit, ce jour-là. Par la suite, je n'ai plus consulté de gynécologues, les fuyant comme la peste, eux et les femmes enceintes en attente de consultation. Je me contente de me rendre au laboratoire avec une prescription médicale pour des frottis.

Je m'effondre en larmes sur la chaise la plus proche. Le choc est trop rude. Mateo s'accroupit à mes pieds, m'incite à lever la tête que je cache dans mes mains.

— Et si nous allions nous marier, maintenant?

Je réalise que si quelqu'un n'avait pas commis cette erreur, je ne serais pas face à cet homme, prête à l'épouser, à l'aimer et le chérir au-delà du temps et de l'espace.

Cet homme, ton âme sœur, aurait décrété Eve.

Elle aurait également ajouté que ce chemin tortueux et douloureux était un mal pour un bien. Sans quoi, Mateo et moi ne nous serions jamais rencontrés.

— Vous avez une heure de retard! s'exclame Robert en nous voyant enfin arriver.

— Vous n'êtes quand pas aller baiser? me chuchote Nick à l'oreille.

— Heureusement que le maire n'avait que vous à marier aujourd'hui et que Suzie est dans ses petits papiers. Il nous attend. Idem pour le curé, mais lui, vous vous débrouillez pour le calmer, déclare Robert, passablement agacé.

Meg, Suzie et Marie m'entraînent vers la chambre pour m'aider à m'habiller.

— Même si elle reste en jeans, je l'épouse! clame Mateo.

— Oh, non, elle a droit au grand jeu. Une robe sublime l'attend et elle nous a suffisamment pris la tête avec pour qu'elle reste sur un cintre, lui rétorque Suzie.

Avoir droit au grand jeu, je m'en moque. C'est au bonheur que j'ai droit après toutes ces épreuves, et je compte bien en profiter chaque jour qui vient. Et qui sait, l'avenir, à l'instar de Suzie, peut me réserver des surprises.

Remerciements

Alors que je n'envisageais pas vraiment donner une suite à Troubled Hearts, certaines lectrices ont évoqué leur frustration après *Pas sans toi*, jugé trop court.

Plusieurs personnages secondaires pouvaient être susceptibles d'intéresser mon lectorat si je maintenais le lien avec le quatuor Robert, Suzie, Nick et Meg.

Ma mère, elle, suggérait de poursuivre l'aventure du groupe d'amis à travers les enfants. K. Bromberg a mêlé les deux dans sa série Driven, alors pourquoi pas me suis-je dit, alors que je travaillais sur un autre projet beaucoup moins érotique.

L'idée cheminant, il ne me restait qu'à trouver l'héroïne idéale.

Je remercie Gaëlle, ma jumelle de cœur, ma bêta-lectrice impitoyable pour la cohérence et la crédibilité, pour m'avoir orientée vers Clémence. Personnage récurent, ex de Robert, femme indépendante et frondeuse. Son histoire ne pouvait qu'être qu'à l'image de sa personnalité brièvement abordée dans les deux tomes précédents.

Un grand merci à Laureline Roy, autre impitoyable bêta, qui m'incite à ne pas faire dans la facilité au niveau écriture et m'aide à pousser toujours plus loin mon texte.

Merci à ma famille, mes amis pour leurs encouragements quotidiens même s'ils trouvent parfois mes textes un peu hot, «olé olé» disent certains. Je pense qu'ils ont été servis avec celui-ci.

Et un grand merci à vous lecteurs sans qui ces romances sorties de mon imagination resteraient stockés dans mon ordinateur.

Remerciements incomplets si l'on ne met pas en avant le travail remarquable de la Team So Romance, Noémi, mon éditrice, en tête, toujours à l'écoute, hyper réactive dans ses réponses.

Merci à tous et à très bientôt pour de nouvelles aventures dans un tome 4.

Vous avez aimé votre lecture ?
Découvrez les autres romans des éditions So Romance disponibles en format papier et numérique.

Butterfly
Romance contemporaine
Charlie est une femme brillante qui a tout pour elle. Tout, sauf ses souvenirs. À ses quinze ans, un terrible accident en mer lui a pris ses parents, et tous ses souvenirs, la laissant amnésique. Accompagnée par Stan, son meilleur ami de toujours, elle retourne à Saint Amour, lieu du drame, mais aussi le lieu de toute son enfance. En quête de son passé, elle fait la recontre d'hommes magnifiques, dignes d'Apollon, notamment de Sébastien, qui la trouble intensément... Qui est-il ? Et pourquoi Stan se met-il à réagir étrangément ? Il est parfois dangereux de remuer le passé...

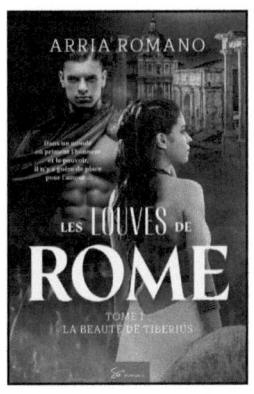

Les Louves de Rome
Tome 1 : Tiberius
Fille d'un puissant sénateur romain, Laelia voit son destin étroitement lié à celui de sa famille. Elle devra suivre les directives de ses aînés dans une Rome peuplée par l'ambition, où la trahison et les complots sont monnaie courante. Toutes ses actions seront guidées par l'honneur familial. Mais son monde s'écroule lors de sa rencontre avec Kaeso Tellus Aquila, guerrier romain assurant la sécurité de l'empereur. Dès leur premier regard, un amour sans précédent se déclare.

Passion d'été
Tome 1 : Les prémices de l'amour
Plus que deux mois avant de commencer ses études d'infirmière ! Laurène est plus motivée que jamais pour profiter de son été tout en gagnant de l'argent. Une occasion inespérée se présente à elle : la foire près de chez elle recrute ! Dès son premier jour, elle y fera la rencontre de Mathias, qui semble bizarrement la prendre en grippe... Pourtant, elle se sent irrémédiablement attirée par lui. Mais les traditions des forains sont différentes des siennes, Laurène s'en rendra vite compte. Entre son boulot et ses premiers amours, son été s'avèrera plus mouvementé que jamais !

The Beast
Le baiser d'une rose enflammée
Les habitants de Chicago vivent dans l'angoisse permanente dès que la nuit tombe sur la ville. Une sombre terreur règne en maître dans les ruelles... Mythe ou réalité ? Olympe en est sûre : la Bête existe et est la cause de ces disparitions. Elle redoute plus que tout de croiser sa route. Sa rencontre avec Eyden et Jason, deux hommes séduisants et totalement opposés, sera la cause de nombreux troubles et changera sa vie à jamais.

Pour en savoir plus
www.soromance.com

Éditions So Romance
159 avenue de la Couronne
1050, Bruxelles
www.soromance.com

D/2020/14.771/28
eISBN : 9782390451501

Maquette de couverture : Philippe Dieu
Photo : © Volodymyr TVERDOKHLIB / Shutterstock